小学館文庫

# 咆哮

アンドレアス・フェーア
酒寄進一 訳



小学館

Original title: Der Prinzessinnenmörder by Andreas Föhr

An imprint of Verlagsgruppe Droemer-Knaur GmbH & Co. KG, Munich
Published by arrangement through Meike Marx Literary Agency, Japan

主な登場人物

レーオンハルト・クロイトナー………ミースバッハ刑事警察署の上級巡査
クレメンス・ヴァルナー…………………ミースバッハ刑事警察署の首席警部
ティーナ・クライン………………………ミースバッハ刑事警察署の鑑識官
ルツ…………………………………………ミースバッハ刑事警察署の鑑識官
ミーケ・ハンケ……………………………クレメンス・ヴァルナーの部下
ペーター……………………………………雪山のスキー客
リザ…………………………………………ペーターの娘、15歳
ピア・エルトヴァンガー…………………テーゲルンゼー校10年生の少女、16歳
ロタール・エルトヴァンガー……………ピアの父親、ミュンヘンの大手保険会社役員
コニー・ポルケ……………………………ピアの親友
ヨーゼフ・コールヴァイト………………ピアの学年主任
メラニー・ポルケ…………………………コニーの母親、〈鸚鵡亭〉のウェイトレス
ケルティング………………………………〈鸚鵡亭〉の客、プロテスタントの牧師
マンフレート・ヴァルナー………………クレメンス・ヴァルナーの祖父
ゲルトラウト・ディヒル…………………ミースバッハの実業学校に通う少女、13歳
ベルンハルト・ディヒル…………………ゲルトラウトの父親、農場経営者
ベネディクト・シャルタウアー…………ミースバッハ刑事警察署の研修中の巡査
ラルフ・ヴィッケーデ……………………ドルトムントのアープラーベックにある精神科病院の入院患者
モニカ・マンティニーデス………………ドルトムント刑事警察署の首席警部
ヘルムート・レッタウアー………………ドルトムントの児童養護施設に暮らす少年
アストリッド・ミクライ…………………ドルトムントの児童養護施設の職員

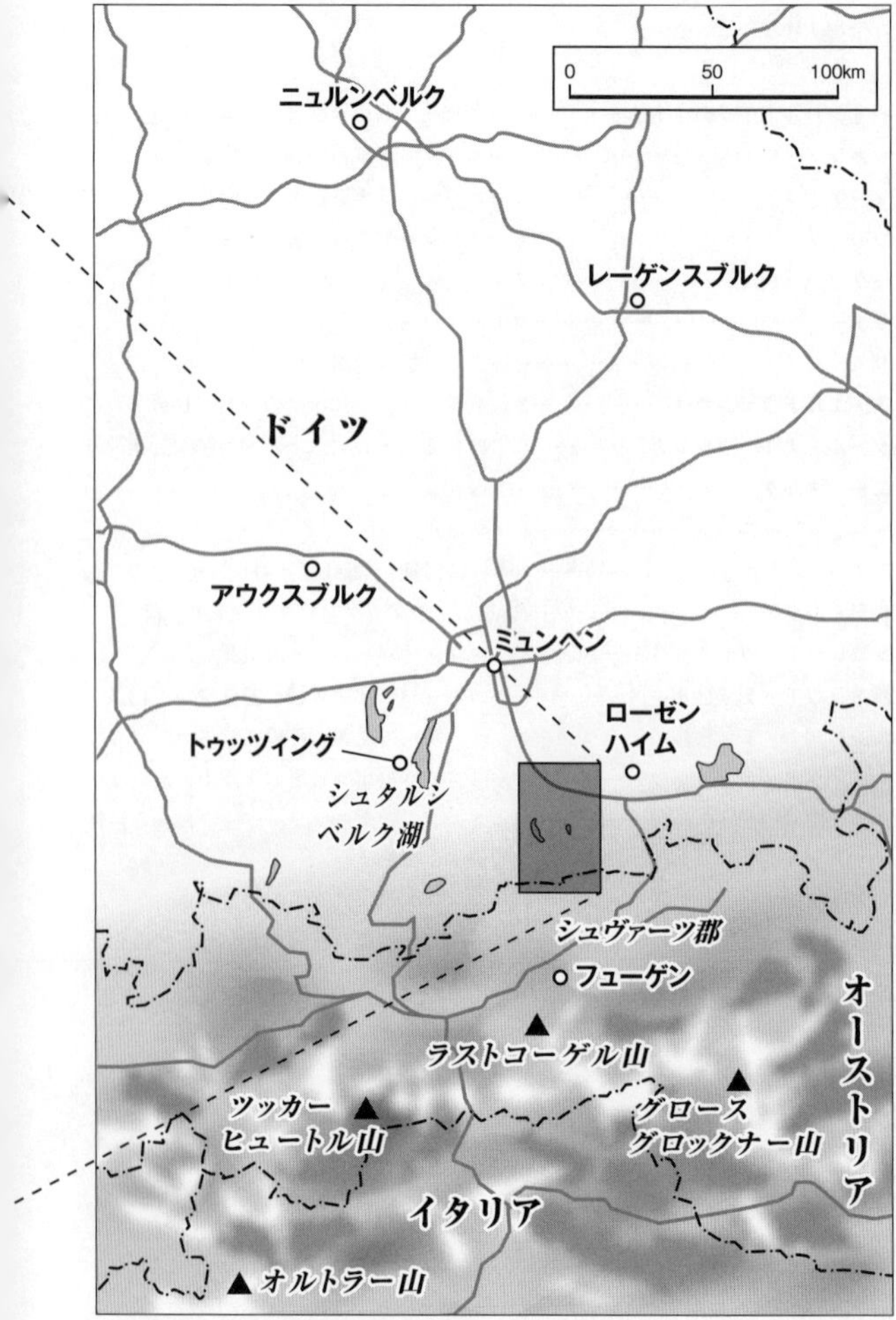

0
50
100km
ニュルンベルク
レーゲンスブルク
ドイツ
アウクスブルク
ミュンヘン
ローゼン
ハイム
トゥッツィング
シュタルン
ベルク湖
シュヴァーツ郡
フューゲン
ラストコーゲル山
ツッカー
ヒュートル山
グロース
グロックナー山
オーストリア
イタリア
オルトラー山

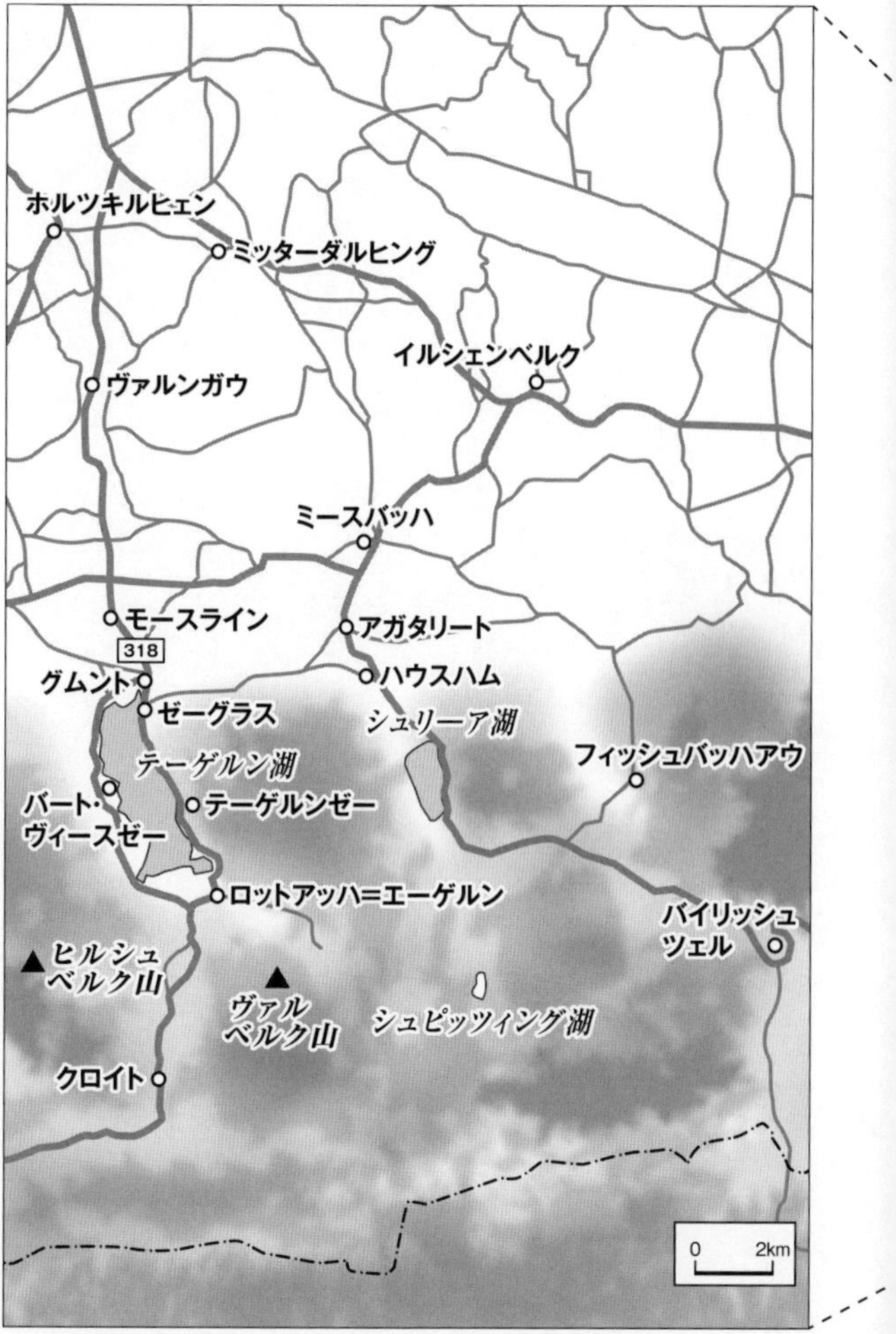

ホルツキルヒェン
ミッターダルヒング
イルシェンベルク
ヴァルンガウ
ミースバッハ
モースライン
アガタリート
318
グムント
ハウスハム
ゼーグラス
シュリーア湖
テーゲルン湖
フィッシュバッハアウ
バート・
ヴィースゼー
テーゲルンゼー
ロットアッハ=エーゲルン
バイリッシュ
ツェル
ヒルシュ
ベルク山
ヴァル
ベルク山
シュピッツィング湖
クロイト
0
2km

# 咆哮

# 1

車の中は暑かった。暖房全開。

前方に見えるのは、ヘッドライトに浮かぶ雪道のみ。車道の左右は雪の壁だ。氷の結晶がきらきら輝いている。雪の壁の向こうにヘッドライトの光はほとんど届かず、雪の重みで枝を垂らしたトウヒが見えるだけだ。外は寒かった。零下十八度。

レーオンハルト・クロイトナー上級巡査はあくびをして、二日前にあけたタバコの箱をセンターコンソールから取ると、一本振りだした。タバコに火をつけるとき、ライターに気をとられ、路上にあったなにかに車がぶつかった。鈍い衝撃。クロイトナーは、かなり疲れているなと思った。ルームミラーをのぞくと、赤いテールランプに照らされた大きな氷塊が見えた。タバコを深々と吸うと、首を振って眠気を覚まし、ふたたび前方を凝視した。

きつい夜を過ごした。クロイトナーは夜の九時から酒場の〈マウトナー〉で仲間とビールを飲んでいた。はじめのうちはいい気晴らしになった。三年前の十月に南チロルまで遠出した思い出でひとしきり盛り上がった。だが午後十時をすこしすぎた頃、口論がはじまった。その時、当時つるんでいたトーニ・ヴィーベックがいつもの調子でラグライナーとぐでんぐでんに酔っ払うまで飲んだという意見と、ワイン祭だったというのにひとりだけビールを飲みつづけたという意見とに割れたのだ。「ヴィーベックはそんなにビールを飲めない。生理的に受けつけないはずだ」とゼンライトナーがいった。だがクロイトナーは主張を曲げなかった。

「ヴィーベックはこだわりのある男だ。十一歳からビール以外の飲みものを口にしない」

本人に電話をかけて確かめれば決着することだが、ヴィーベックは一年前に結婚し、赤ん坊が五時に目を覚ますので、早起きするため毎晩十時には就寝する。もちろんそのくらいでクロイトナーたちが電話を遠慮するはずがない。それがわかっているから、ヴィーベックのほうも夜八時になると、固定電話のコンセントを抜く。赤ん坊のためといっているが、おそらく本人が煩わされたくないだけだ。こうやって人間はだめになる。クロイトナーは情けなかった。三年前はあれだけ飲んだくれていたのに、いまは十時にご就寝とは。

未明の四時になっても、ヴィーベックを巡る論争は一向に決着を見なかったが、三人はウェイターから閉店を告げられた。こうしてクロイトナーは〈マウトナー〉の駐車場で凍りついた自分の車の横に立った。これだけ飲んだら、いまさら寝床に入る気になれない。酔い覚ましにドライブと洒落《しゃれ》込むことにした。

テーゲルン湖とシュリーア湖のあいだまで来たとき、いいことを思いついた。二週間後、オーバーラント地方の警察官による毎年恒例のカーリング大会が行われることになっている。クロイトナーは大会組織委員会のメンバーだ。今年の主催はミースバッハ警察の当番だからだ。会場に選ばれたのはシュピッツィング湖。山の奥の小さな湖で、標高千メートル以上の高地にある。だから確実に凍結する。テーゲルン湖はこの数年、凍結しなくなったし、すこし小ぶりで、それほど深度がないシュリーア湖でも、うまく凍結するかは運次第だ。それと比べると、シュピッツィング湖は確実だ。クロイトナーは下見をしようと思いついたのだった。

シュピッツィング湖に近づくと、東の空が白みはじめた。日中バックカントリースキー客に利用される、いまはがらがらの駐車場に車を駐《と》めると、クロイトナーは降車し、朝の空気を吸って息が止まりそうになった。そのくらい外は寒かった。帽子をかぶり、手袋をはめて、車の後席からスコップを取りだした。冬場にはいつもスコップを携行している。いろいろと役に立つからだ。雪に埋もれた車の雪かきとか、雪上バー作りとか。スコップを積んでいることを笑う奴《やつ》がいるが、彼は気にしないふりをしていた。スコップがお役立ちだとわからない輩《やから》には笑わせておけばいい。

クロイトナーは頭の中ではそうやってふてくされ、スコップを手にして、きゅっきゅっときしむ雪を踏みしめながら湖岸に下りていった。吐いた息が襟元で凍りつく。アルコールが体から発散して、空気の中に消えるのを感じる。冷気が肺に広がり、頭が冴《さ》え渡った。クロイトナーは空を見上げた。最後の星はいまにも消えてなくなろうとしている。雲ひとつない青空に覆われた一月らしい一日になりそうだ。クロイトナーは凍結した湖に足を踏みだした。三十センチほど雪が積もっている。雪にスコップを入れ、雪がふわふわで軽いことを確かめた。このあたりは三週間前から気温が零下五度以上になっていない。氷上の雪はゆるく、解けて氷に張りついているところは皆無だ。これなら払いのけるだけですむはずだ。

クロイトナーは湖の中心へとすすんだ。およそ五十メートル。みしっと音がした。雪がきしんだのか、氷が鳴ったのか判然としない。ふたたびスコップを刺し、氷が見えるまでそっと雪を払った。二メートルほど掘りすすむ。雪を払った細長い帯の左側をさらに二メートル掘る。これで四平方メートルほど氷が露《あら》わになった。疲れ切ったクロイトナーはその小さなアイスリンクの真ん中にへたり込んだ。だいぶ明るくなっていた。残っている細かい雪を両手で払うと、氷に見惚《みと》れた。よく見ると、厚さは均等ではない。小さなでこぼこがある。盛り上がっていたり、へこんでいたり。ちょうど路上でぺちゃんこになったガムのようだ。氷自体にも細かい気泡があり、その先は闇に包まれていた。氷の厚さは三十センチくらい。その下には水深十数メートルの湖底がある。

クロイトナーは黒々した氷に見入った。膝のあたりが凍《し》みてきた。ズボンの膝の部分が早くも氷に固着している。だがクロイトナーはそれどころではなかった。別のことに気を取られていたのだ。氷の下の暗がりに、なにか白いものが見えた気がした。水底に輪郭が金色にぼやけた点のようなものがあり、それがしだいに明るさを増し、大きくなっていく。自分のほうへやってくるようだ。そのなにかが氷を割って飛びかかり、自分を水底に引きずり込もうとする。クロイトナーは不安になった。とっさに逃げたくなったが、立ち上がって走ろうとはしなかった。膝が氷にくっついていたし、氷は充分に厚い。氷が割れるはずはない、と自分に言い聞かせた。それよりなんだろう？　魚か？　それにしては大きすぎる。気泡？　そんなものがなんで上がってくる？　それに浮かんでくるものは、気泡にしては大きすぎる。一部分が淡黄色だ。泥酔したトーニ・ヴィーベックの顔とそっくりな色。その白いなにかの細部がしだいにはっきりしてきた。

全体は白くていくつも点があり、金色のオーラに包まれている。その点は人間の顔を連想させる。そう思うと同時に、毛髪の先端までアドレナリンが分泌された。水底から近づいてくるものはたしかに人間の顔だったのだ！　しだいにはっきり見分けられるようになった。

音もなくゆらゆらと近づいてくる。無重力の宇宙空間を浮遊しているような感じだ。それから氷に当たって急に動きを止めた。少女の顔だ。まばたきもせず、クロイトナーを見つめている。金色のオーラに包まれた少女の顔を見て、クロイトナーは腰を抜かした。

## 2

ヴァルナーは事件現場に車で近づくことができず、湖からおよそ二百メートル離れた道ばたに駐車した。捜査官のほとんどがすでに到着していた。消防団も来ていて、氷を切り取り、死体を水から上げていた。消防団は、鑑識にとって瓦礫《がれき》の山と呼ぶほかない惨状を残して撤収にかかっている。ヴァルナーはその様子を眺めた。急いでも仕方がない。

ヴァルナーは今年三十八歳で、背が高く、まあまあ痩せ型なほうだ。といっても、いまはそう見えない。もこもこしたダウンジャケットを着ているからだ。冬のあいだはずっとそれを着る。つまり九月末から五月はじめまで。ヴァルナーは多くの女性と同じ悩みを抱える。冷え性なのだ。それも四季を通じて。冬はいうまでもなく、夏でも。ほかの男たちが星空の下のビアガーデンで、カリブ海にでもいるかのようにTシャツや薄いコットンシャツという薄着のときでも、ヴァルナーはたくさん取りそろえてあるカーディガンやセーターを着込む。

しかし彼の仇敵《きゅうてき》はすきま風だ。健康を害すると気遣っているわけではない。すきま風を感じると、とにかく体がぶるぶるふるえるのだ。彼にしてみれば、ほかの連中のほうが鈍感だということになる。ヴァルナーには風を感知するきわめて感度のいいアンテナが備わっているのだ。だがいま湖の周囲は無風状態だ。零下十三度ではあるが。

雪に覆われた湖畔《こはん》の草地にキャンプテーブルがあり、紙コップと魔法瓶がのせてあった。ヴァルナーはそのテーブルをよく知っている。鑑識を担当するK3課の備品だ。悲劇が起きた場所にぽっかり浮かぶコーヒーとクッキーの快適な島といった風情だ。クリスマスクッキーの皿までのっている。ヴァルナーはそのキャンプテーブルまで行って、湯気を立てている紙コップをつかむと、あたりを見まわしながらコーヒーをすこしすすった。紙コップを通して指に温《ぬく》もりを感じる。ヴァルナーは、ツィムトシュテルン（シナモンで香りをつけた星型クッキー。クリスマスに食べる）に手を伸ばし、きっと凍っているだろうなと思いつつ、ひとつつまんだ。持つ指に力を入れてみる。この硬さならフロントガラスでもこなごなにできそうだ。皿に戻そうかと思ったが、結局ダウンジャケットのポケットにしまった。

すこし離れたところで、鑑識のティーナとルッが若い娘の裸の死体を検死している。死体は氷の上に横たわっていた。その横にある大きな透明のビニール袋になにか金色のものが入っている。それがなんなのか判然としないが、大きいことは確かだ。異様に大きい。水死体がそんなにたくさんの金を身につけていたというのか。その瞬間、その日最初の朝日がその金色のものを照らした。ぴかっと光って、炎でも上がったように見えた。

「重役出勤して働かず、ほかの者たちのコーヒーを失敬するだけ。あいかわらずですね」

ヴァルナーはミーケ・ハンケの寝不足な顔を見た。ミーケはからかう気満々でにやついている。まったく子どもだ。何度こういってからかってきたか知れない。ヴァルナーは紙コップにコーヒーを注《つ》いで、ミーケに渡した。

「ほらよ。眠そうな顔には効くぞ。目の下に隈《くま》を作ってどうした?」

「昨日クロイトナーと飲んでいたので」

朝早くてまだ頭の回転が遅かったが、「クロイトナー」と聞いて、ヴァルナーははっとした。

「死体を発見したのはあいつじゃなかったか?」

「そうです」そういうと、ミーケはおかげで事件に厄介ごとが加わったといわんばかりにうなずいた。

ミーケは状況を報告した。クロイトナーは〈マウトナー〉を出てから早朝シュピッツィング湖までドライブし、氷の下の死体を見つけたという。他殺死体だと即座に見抜いて、彼は刑事警察に一報することにした。ティーナがその夜、待機当番なのを知っていたので、直接彼女の自宅に電話をかけた。ティーナはクロイトナーがまたなにか大げさに騒いでいると思ったものの、ここが彼女らしいところだが、ぶつぶつ文句をいいつつ現場に駆けつけ、氷上から死体を見分してクロイトナーの対応が妥当だったことを確認した。左肋骨《ろっこつ》の下に、心臓に達すると見られる大きな創傷。ドレスの前が開いていて、その傷を発見したクロイトナーは、ティーナが到着するなり事件性があることを告げ、捜査上、手抜かりがなかったか気にした。それなのにティーナから事件現場をすぐ立ちのけと邪険にされ、かなり気分を害した。というのも、彼に落ち度はなかったからだ。現場を保全することに関して、通路を確保するよう配慮したことも含め、クロイトナーの対応には非の打ちどころがなかった。しかしクロイトナーがいうところの「消防団のトンマども」がなにも考えず、現場を踏み荒らし、タバコの吸い殻まで落としていった。といっても、被害はそれほど深刻ではない。これだけ雪に覆われていては、どうせ鑑識に為《な》す術《すべ》はなかった。

「なにがあったんだ?」ヴァルナーは死体を見ながらたずねた。

「さあ、わかりません。少女は十五歳くらいですね。どこかで見かけたことがある、とティーナがいっています。おそらく学校でしょう」

それを聞いて、ヴァルナーはティーナに十五歳の娘がいることを思いだし、死んだ少女の顔のそばに膝をついているティーナを見た。彼女は死体の手を取って、指に皮膚片が付着していないか調べている。

「ティーナに任せて大丈夫か……」

「平気だといっていました」そういったものの、ミーケは少し案じてもいるようだ。

ヴァルナーはティーナのところへ行くのをやめた。この段階では邪魔になるだけだ。いまは鑑識の出番だ。ルッツがヴァルナーたちのところにやってきた。金色に光っているものを入れたビニール袋を持ってきて、どんとテーブルの横に置いた。ヴァルナーは中身がなにか確かめようとした。緞子《どんす》のようだ。

「ひどいもんです」ルッツが口をひらいた。

「ああ、まだ若い子なのにな」ヴァルナーは答えた。

「いや、事件現場を見てくださいよ。乱闘でもしたみたいだ」

ルッツは消防団のことをいっていた。

「そうは見えないがな。死体が揚がっただけじゃないか。どこで投げ込まれたかわかったか？」

「岸からあそこまで流されたとは考えづらいですね。湖底の地形を詳しく調べました」ミーケはファックスで送られてきた、湖底深度が記されたシュピッツィング湖の図を広げた。彼はバツ印を指差した。死体発見現場だ。「ここに起伏があって、水の流れが水面に向かっているようです」

ヴァルナーは地図をちらっと見てから、温《ぬる》くなったコーヒーをひと口飲んで、ルツのほうを向いた。「どのくらい水に浸《つ》かっていたのかな？」

「特定はむずかしいですね。水が冷たいので、腐敗の進行が大幅に遅くなります。法医学研究所に任せるほかないでしょう。でもまあ、死んで間もないように見えますね」

「この湖が凍結したのはいつだ？」

ミーケは肩をすくめた。「正確に知っている者はいません。ホテルのスタッフの話では、大晦日《おおみそか》には氷の上を歩けたそうです」

ヴァルナーは湖をざっと見まわした。「つまり死体は大晦日前に投げ込まれたか、何者かが氷を割って被害者を沈めたかしたことになるな。行方不明者届は出ているか？」

ミーケは首を横に振った。「バイエルン州では出ていません。ほかの州もいま確認中です。でも、被害者はたぶんうちの郡の人間でしょう。ティーナの話では……」

「ああ、ティーナの話な」ヴァルナーは顔をだした太陽を見て、目をしばたたいた。「妙だな。十五歳の少女が数日から数週間、帰宅しなかった。だれか行方不明者届をだしてもいいはずだ」

「まあ、奇妙な事件はいろいろ起きていますからね」

そういわれても、ヴァルナーは納得できなかった。だがなにも思いつかず、ビニール袋を拾いあげて、中身を見つめた。

「金襴緞子《きんらんどんす》か」

「金のドレス。謝肉祭《ファッシング》のプリンセスが着る衣装みたいですね」

「被害者が着ていたのか?」

「はい」

「謝肉祭《ファッシング》のあと刺殺されて湖に投げ込まれたなんてありえるか? 馬鹿な質問だが」

「まずありえないでしょう」ルッがいった。「衣装の下には普通、下着をつけているはずです」

「衣装しか身につけていなかったのか?」

「ええ。衣装を着た状態で刺されたわけでもありません。衣装には刺された跡がありませんので」

「つまり犯人は……」

「……犯行後にその衣装を着せたのです」

ヴァルナーは少女の死体に視線を向けた。これまで経験した殺人事件は一件や二件ではない。ミースバッハ郡はブロンクスではないが、それなりに殺人事件は起きる。ヴァルナーはもっと凄惨な殺人現場を目にしたことだってある。だが動機はいつも似たり寄ったりだ。嫉《しっ》妬《と》。ドラッグ。物欲。十件のうち九件は、一時間以内に犯人を特定し、あとは捜索して逮捕するだけだ。これで一件落着。

だが今回の事件はいつもと勝手が違いそうだ。少女を殺した犯人の動機はこれまでと異なる。犯人はなにかを伝えようとしている。問題は、だれになにを伝えようとしているかだ。

3

ヴァルナーはコーヒーがまだ入っている紙コップをクリスマスクッキーの皿の横に置くと、凍《い》てつく朝の空気を胸いっぱいに吸い、湖のほうに二、三歩足を踏みだした。そこに規制線が張られていた。ティーナはヴァルナーに気づいて、手を振ってよこした。ヴァルナーも手を振った。それから事件現場をじっくり観察した。といっても、やり方は鑑識とは異なる。鑑識は細部にこだわり、細かい物的証拠を収集し、そのパズルのピースから全体像をつかもうとする。その点はヴァルナーよりも手際がいい。ルッとティーナは長年の経験から勘が働き、事件現場にある無数の証拠品の中からどれが犯人につながるかうまく見極める。ヴァルナーが探すのは別のものだ。事件現場のオーラとでもいうべきもの。犯罪が行われたり、被害者が発見されたりした現場ならどこでも、彼はオーラを感じる。殺人事件は物事によどみを作る。ちょうどなめらかな水面に石を投げ入れたのと同じだ。水が揺れ、波が起きる。石が沈んだあとでも、その波はしばらく残る。それと同じように、ヴァルナーには殺人事件が起こす反響が感じられる。このあいだ起きた事件のときもそうだ。事件現場はミースバッハ市内の家だった。女性が嫉妬深い恋人に二十四回もめった刺しされて殺害された。あれは池に投げた石どころではない。水面に向かって散弾銃を発砲したといったほうがしっくりくる。泡立つほどの激しいカオスの波だったが、すぐに消えてなくなった。今回は、あれとは違う。遠くから押し寄せる大波。力強く、整然としている。

ヴァルナーは湖を見つめた。一月の太陽が雪面を均一な明るい光で包んでいる。彼は死体をすくい上げた穴を見つめた。ティーナが、ミュンヘンから来た法医学者となにか話している。消防団員が歩きまわった跡が雪面に残っている。ヴァルナーは足跡がないところを探して視線を泳がした。きらきらと白く輝き、ほとんど輪郭がない。ふと視線がとまった。見えたというよりも、感じたといったほうがいい。湖の対岸だ。光線の反射がほかと違う。そこになにかがある。ヴァルナーはミーケのところにもどって、その場所を指差し、だれかを見にいかせるように指示した。「あそこは氷が薄いようだ」それだけいって、ヴァルナーは離れ、また頭を働かせた。ミーケはボスの意味不明の指示には慣れっこになっていた。だから数人の警官に声をかけて、自分もヴァルナーが指摘した場所に赴いた。

「なにを探したらいいんすか？」若い巡査が雪をかきわけつつ湖を横切りながらたずねた。

ミーケにもわからない。

「くだらないことをいってないで、さっさとスコップで雪を払いのけろ。最初に氷を割って落ちた奴がグリューワイン（ワインと香辛料で作るホット・カクテル）をみんなにおごることにする」とミーケはいった。

若い巡査は先頭で雪を払いのけた。だが文句をいわずにいられなかった。「こんな作業をさせられるなんて聞いてないすよ。なんになるっていうんですかね。今晩また雪が降るって天気予報でいってましたけど、明日また雪かきをすることになりそうです。それとも犯人がナイフを落としていったとでもいうんすか？　論理的に考えて、犯人は湖が凍結する前に死体を投げ込んだに決まってます。氷はいま、厚さ三十センチ。グリューワインが飲める公算は低いすね」

まさにそういったとき、その巡査はみんなにグリューワインをおごる羽目に陥った。いきなりばりばりっと音がして、あっと思ったときには腹まで水に浸かっていた。

ヴァルナーはそのあいだに岸に沿って湖をまわり込んだ。胸騒ぎを覚えていた。若い警官が氷にはまった場所とは別のところだ。雪の小さな凹凸に気づいたとき、その先にまた別のものを見つけていたのだ。森の中。雪が朝日を受けてきらきら輝いていたので、湖の向こうの森は黒々して見えた。そこでなにか小さいものが光ったのだ。暗い森の中で赤い光が一点、踊っているみたいにゆらゆら揺れている。別の状況だったら気のせいだと思っただろう。一月の冷たい朝にわざわざシュピッツィング湖をぐるっとまわり込むだけの価値はない、と。だがその小さな赤い鬼火がヴァルナーにはなんとなく……ヴァルナーは決して迷信深くはないが、孤独な霊魂がそこをさまよっているような気がした。いや、死んだ娘の魂が妖精のように悲しげに舞い踊っているような気さえした。それに気づいたとき、ヴァルナーは目をこすって、首を大きく横に振り、それから両手で雪をすくって顔に当て、もう一度森を遠望した。光は消えていた。ヴァルナーは疲れているせいだと独りごちた。実際には存在しない幻覚だ。いま心にかけなければならないのは未解決の殺人事件だ。ヴァルナーは湖を横切ろうとしているミーケたちを見た。そのときまた赤い鬼火が目にとまった。

ヴァルナーは雪に覆われた森に分け入った。くるぶしまで雪に沈み、まもなく柔らかい雪に膝まで埋もれた。遠くで声が聞こえる。大騒ぎしている。若い巡査を氷から引っ張りだせと指示するミーケの声も聞こえた。「毛布をよこせ。法医学者に怪我《けが》をしていないか見てもらえ。これではグリューワインをみんなにおごる前に、こいつの大事なところが凍ってしまうぞ」

ヴァルナーは岸から離れた。声が小さくなった。深い雪をかき分けるのがしだいに億劫《おっくう》になったが、進むべき方向には自信があった。赤い光が踊っていたのはこのあたりだ。遠くないはずだ。ヴァルナーは一方で疲れて、もう一方で期待に胸をふくらませて息が上がった。

トウヒの倒木のそばで足を止め、あたりを見まわす。すこし暗くなっていた。鉛色の雲が太陽を隠していた。まだ一日がはじまったばかりなのに、日暮れのような感じだ。吐く息が白くなり、目の前がかすんだ。白い息が消えると、雪に覆われたでこぼこの地面の向こうになにか三角形のものが突きでているのが見えた。ヴァルナーは近づいてみた。とても小さいが、木製の屋根みたいな形をしている。幅にしておよそ一メートル。見えるのはそのくらいだ。ヴァルナーは足早に数メートル走った。その小さな屋根の前で足を止めた。近くで見れば、それは見慣れたものだった。赤い光がなにかもわかった。なんの変哲もないもの。だが赤い光の上にあるものを見て、ヴァルナーは息をのんだ。

## 4

太陽が低くなっていた。四時半ごろだ。ペーターは西の方角に広がる雲を見ていた。二千メートル級の山の頂からかなり遠くまで見通せる。フェーンがまる一日吹いて、アルプスの主峰は日の光をさんさんと浴び、風も生暖かい。この時間でもまだ暖かく感じるほどだ。ペーターはスキーブーツを見た。張りついていた雪の大部分が解け、バックルのあいだから流れ落ちている。魔法瓶から紅茶をひと口飲んで、娘に渡した。

リザは二メートル先の岩に腰かけた。金髪をふたつに分けて三つ編みにし、頭のまわりに巻いている。午後の日の光を浴びて、娘の顔が輝いている。青い瞳がきらきら光り、鼻頭のそばかすがくっきり見える。娘は十五になる。その娘が微笑《ほほえ》んだ。疲れた様子だが、若々しい笑みだ。ペーターは幸せを感じた。

「ママがスキーをしないのが残念ね」そういうと、リザは魔法瓶から紅茶をひと口飲んだ。

「ああ、残念だ」ペーターはいった。

「これは話さないほうがいいのよね？」リザの目に不安がよぎった。

「話したっていいだろう。大まかにならね」リザは父親を見て、口元にいたずらっぽい笑みを浮かべた。そばかすのある鼻に小さなしわが寄った。

「スキーをした。それで充分さ」

「ママはなんで、バックカントリースキーはだめだっていったのかしら？」

「スキーをやらないから、それがどんなものか知らないだけだ。そして知らないから、心配になる。バックカントリースキーをしていた人が雪崩《なだれ》に巻き込まれたってニュースを見て、雪崩がしょっちゅう起きると思っているのさ。わかるだろう？」

「そうね。ニュースだけですむならいいけど……」

リザは魔法瓶の栓を閉めた。彼女はどんなことをするときでも気持ちを集中させる。そのささやかな仕草に、ペーターは見惚れた。リザは魔法瓶を父親に返した。夕方の日の光が彼女の目に映った。

昨夜はふたりでアイリッシュパブに繰りだした。リザが学校でそういう店の話を聞いていたからだ。彼女くらいの年の子にとってアイリッシュパブは憧れの場所だ。客の多くはイギリス人、オーストラリア人、オランダ人、スウェーデン人で、二十歳以上の者はほとんどいない。スタッフも大半がイギリス人やかつてイギリス植民地だった国の出身だ。地元のシュペルテン谷出身はバーカウンターで働く美人、褐色の髪のクラウディアだけだった。午後十時には床のいたるところにガラスの破片やタバコの吸い殻が落ちていて、ウェイターのほうが客よりも酔っ払っている始末だ。スピーカーから聞こえるのはニルヴァーナ、ガンズ・アンド・ローゼズ、グリーン・デイ、そしてまたニルヴァーナ。リザは店に入って五分で、十七歳のオランダ人青年に声をかけられた。だがその青年はダンスフロアへ行く途中、よろめいてスウェーデン人の席にぶつかり、床にこぼした酒の支払いをめぐってすったもんだした。すかさずウルヴァーハンプトンから来たというふたりの若者がオランダ人青年を押しのけた。ペーターはリザから目を離さないようにしながら、バーカウンターでウェイトレスのクラウディアといちゃついた。クラウディアは、ペーターがリザといっしょに入店するところを見ていた。あの少女はだれなのかと彼女に訊《き》かれて、ペーターは自分の娘だといった。クラウディアは一瞬、面食らってからいった。「もてもてじゃない」

リザはイギリスの若者ふたりとダンスフロアに立った。ブロンドで長身痩軀《そうく》。髪をおろして、穴のあいたジーンズと帆布のテニスシューズ姿。店内にいる男どもがこぞって自分の娘を見つめている。イギリスの若者ふたりはエアギターをやって、リザの気を引こうとしている。リザは距離を置いて微笑んでいたが、たまにけたけた笑うこともあった。エンジョイしながらも、節度を守っている。まさしくプリンセスのようだ。そしてふたりの若者を置き去りにして、バーカウンターにいる父親のところにもどった。

「どうした？　あのふたりはだめかい？」

「まあまあ」リザは肩をすくめた。ペーターはクラウディアに注文しておいたマラクジャジュースを娘に差しだした。リザはストローをくわえてジュースを飲んだ。一瞬、娘とジュースがまじりあった。見えるのはグラスとジュースとストローと娘だけ。その瞬間、リザは半目になった。長いまつ毛のあいだからなにを見ているのだろう。たぶんなにも見ていない。まなざしを自分の内面に向けて、なにか自分だけの夢を見ているに違いない。リザはごちそうさまといってグラスをバーカウンターに置いた。

「踊って？」

「いいのか？　だれも座席を譲ってくれなくて、かえってよかった」

リザは父親に微笑みかけた。「なにいってるのよ」三十五歳でもあるかのようにいった。それから父親のシャツを引っ張って、ダンスフロアのほうをあごでしゃくった。その夜、ふたりはダンスに興じ、リザはスパークリングワインを二杯飲んでタバコを吸った。ペンションにもどったのは二時半だった。


「よし、プリンセス、滑る時間だ」

リザはうなずいて、スキーブーツのバックルを締め直した。

バックカントリースキーをしようとペーターが思いついたのは今朝のことだ。夜更かしをしたふたりは遅い朝食をとった。よく晴れていた。空気は暖かく、春めいていた。ゲレンデは芋を洗うような混み具合だった。ほとんどの人がゲレンデに繰りだしている。

ペーターがもちかけた。

「バックカントリースキーをしよう。ふたりだけでスキーが楽しめる」

「いきなり？」リザがたずねた。「なんの用意もしてないでしょう」

「スキーもクライミングスキンもレンタルすればいい。どうだい？」

ふたりは近くのスキーレンタル店へ行き、装備を借りて、このあたりでバックカントリースキーをするならどこがおすすめかたずねた。ペーターはこれまでに何度もバックカントリースキーをしていたので、コツは心得ていた。三時間後、ふたりは標高二千八百メートルの山頂に立った。太陽が輝き、眼下にツィラー谷が一望できた。

ペーターはリザがアノラックのファスナーを閉めるところを見つめながら、あと何回ふたりでスキーを楽しめるだろうと自問した。一、二年でリザには恋人なり、仲間なりができるだろう。それから二、三年で結婚するかもしれない。ペーターはリザの相手が好みの奴ならいいなと思った。いっしょにスキーができて、話が合う奴。結婚式ではリザとラストダンスを踊る。古くさいかもしれないが、リザもそうしたいと望むだろう。

「どうしたの？　変な顔をして」リザがおずおずと微笑んだ。

「なんでもない。ちょっと考えごとをしていただけだ」

ペーターはもう一度、眺望を楽しんだ。南西にオルトラー山が見える。そこはもう南チロルだ。東ではグロースグロックナー山とグロースベネディガー山がピンクに染まっている。北の地平線には切り立ったカーヴェンデル山脈がある。暗くなるまでまだ一時間半はある。谷まで滑走するのは余裕だ。雪崩の恐れはなかった。もう一週間以上、雪が降っていない。

若干心配だったのは、雪が固く締まっていることだ。リザは深雪に慣れていない。けれども、運動神経はあるし、元気だ。ペーターはクライミングスキンをリュックサックにしまい、魔法瓶も押し込んだ。それからビンディングを締め、リザのビンディングがちゃんと締まっているかもう一度確かめた。

「それじゃ、いいかな？」

「いいわよ」そういうと、リザは二、三メートル滑って、最初の斜面の際まで行った。比較的急な斜面だが下に行くほどなだらかになっている。

「すこし速度をつけないとうまくまわれないぞ。雪がかなり重い」

リザは真剣な顔つきで目の前の斜面を見つめながらうなずいた。

「斜滑降するぞ。でも、あまり鋭く入ってはだめだ。先導する。父さんのシュプールにつづくといい」

「わかった」

リザは斜面に圧倒されているようだ。不安を覚えているのかもしれない。バックカントリースキーはまだ二回しか経験していない。しかもそのときはもっと平らな斜面で、パウダースノーだった。ここのほうがはるかに難易度が高い。

「うまくターンできなかったら、キックターンで向きを変えればいい。下のほうは滑りやすいから」

「頑張ってみる」そういうと、リザは上唇をかみしめた。

ペーターはもっとなにか声をかけるべきか考えたが、滑りだすことにした。もしリザがうまく滑れないとまずいことになる。予定よりも時間がかかる恐れがある。

ペーターはどのくらいの角度ならリザでも平気か配慮しながら斜滑降した。最初の数メートルで、思った以上に雪が締まっていることに気づいた。何度か大まわりしたが、ペーターでも手こずるほどだった。斜面の半ばまで降りたところでいったん止まると、リザに声をかけた。

「気をつけろ！　雪がかなり締まっている！」

リザはためらい、斜面をよく見て、二、三メートル横滑りしてから、意を決して滑りだした。かなりゆるい斜滑降だった。だが小さなコブを過ぎたところで、斜度がきつくなった。リザは腰が引けてしまい、さらに速度が上がった。これで大きなカーブが描けるはずだ。だがあきらかにスキーのコントロールが利かなくなっている。

「速度を上げるな、リザ！　前傾姿勢だ！」

リザにはもう彼の声が聞こえていなかった。あるいは聞こえていても、そのとおりにできないようだ。スキー板と重力に身を任せるほかない。その直後、リザは飛ぶような勢いでペーターのそばを通りすぎた。必死の形相だった。

「止まれ！　体を倒すんだ！」ペーターは叫んだ。しかしリザはすでに谷に向かってほとんど直滑降になっていた。そのときスキー板を懸命に曲げて、左カーブを切ることに成功した。だがその先には張りだした岩がある。ペーターは呆然《ぼうぜん》と斜面にたたずんで、小さくなっていく娘を見つめた。速度が落ちることなく、娘は岩の張りだし部分に近づいていく。崖まであと数メートル。リザがやっと倒れた。雪煙が上がり、スキー板が足からはずれて宙に舞った。それで多少はブレーキがかかったものの、リザはまだ崖に向かって滑っていく。止まりますように、とペーターは祈った。だがリザの滑る速度は大きすぎた。突然、リザの姿が張りだした岩の向こうに消えた。ペーターは唖然《あぜん》として見下ろした。リザの悲鳴が聞こえ、静かになった。

## 5

ろうそくの炎は半透明の赤いガラス容器の中でちろちろ燃えていた。死者を弔う灯《ともしび》。屋根の下の小さなキリストの十字架像に取りつけてある。この木の十字架は、交通事故で亡くなった大切な人を弔うときによく立てられる受難者記念碑だ。滑落したり、雷に打たれたりした山の遭難者にもよく手向けられるし、木こりに捧《ささ》げられることもある。木の伐採は危険な仕事だ。

ヴァルナーの目の前にある十字架は若い娘のために立てられていた。氏名はピア・エルトヴァンガー。「一九九〇年十一月四日生　二〇〇七年一月十四日没」と刻まれている。受難者記念碑にはめこまれた写真が、氷の下から見つかった少女かどうかまだはっきりしないが、そこに刻まれた死亡年月日は昨日だ。そしてろうそくの上にこう書かれていた。「二〇〇七年一月十四日殺害」

「それはなんですか？」

ヴァルナーは振り返った。背後に四十五歳くらいの女が立っていた。母性を醸しているが、それなりに魅力がある。我に返ったヴァルナーはおどろき、改めて女を見た。それから相手がだれか気づいた。レア・ケッセルバッハ検察官だ。雪に残る足跡から察するに、湖を横切ってきたようだ。ヴァルナーは何度か仕事をいっしょにしたことがあるが、頻繁ではない。ケッセルバッハが担当するような重犯罪はこの郡ではめったに起きないからだ。

ケッセルバッハ検察官は十字架を指差した。

「今回の事件と関係がありそうなの？」

ヴァルナーは答える代わりにもう一度、十字架のほうを向いた。ケッセルバッハもそこに刻まれた「殺害」という文字に気づき、愕然《がくぜん》として十字架を見つめながらささやいた。「病気ね」


ケッセルバッハ検察官は法医学者と同じようにミュンヘンから出張ってきた。ミースバッハ郡には地方裁判所が置かれていないので、自前の検察局がないのだ。

ケッセルバッハと最後に仕事をしたのは四年前になる。そのとき彼女がひっきりなしにタバコを吸ったため、ふたりは犬猿の仲になった。といっても、ヴァルナーはタバコの煙が嫌だったわけではない。ケッセルバッハがやたらと空気を入れ換えようとしたのがいけなかった。冬だったというのに。

「もうタバコをやめたわ」ケッセルバッハがいった。

「それはよかった。俺の冷え性はあいにく治っていない」

「それはそれは」

ヴァルナーは、そのうちまた窓を開け放たれるのではないかと戦々恐々としながらケッセルバッハに微笑んだ。


すでにこの時点で、よくある殺人事件でないことは明らかだった。今回の事件は苦労しそうだ。しばらく忙しくなるだろう。事実上、ミースバッハ刑事警察署の捜査官およそ二十人は、この殺人事件にかかりきりになるはずだ。ローゼンハイム刑事警察署にも応援を求めることになる。ヴァルナーは事件現場にいる段階で特別捜査班を立ちあげ、ローゼンハイムの同僚に協力要請するための手順を考えた。

会議室にはほぼ三十人がつめかけ、ぎゅうぎゅうづめだった。緊張と期待に満ちた空気に包まれている。集まった者の大半は事件現場を見ていない。事件の概要を同僚から聞いているだけだ。だがその同僚たちにしても、そのほとんどが他の者から話に聞いただけだ。噂《うわさ》が噂を呼んでいた。常軌を逸した殺人事件。悪魔崇拝や新興宗教まで話題にのぼり、二体目の死体が発見されたといいだす者まででている始末だ。ろくに情報をもらっていないローゼンハイム刑事警察署の鑑識官など、クロイトナーが夜中に酔っ払って、少女をテーゲルン湖に投げ込んだと勘違いしていた。

熱を帯びたひそひそ話が、潮が引くように収まった。ヴァルナーがケッセルバッハ検察官を伴って会議室に入ってきたからだ。ふたりは大きな会議机の上座に陣取った。ヴァルナーは携えてきた書類を机に置いた。検察官とすこし言葉を交わすと、魔法瓶に入れてあったコーヒーを注いで彼女にだした。それから会議室に集まった面々を見まわした。ひそひそ声は完全に消えた。

ヴァルナーはまず窓を閉めるようにいって、検察官をみんなに紹介すると、ローゼンハイム刑事警察署の捜査官たちにあいさつし、協力してくれることに感謝の意を表してから、捜査が長引かないことを期待しているといった。おそらくこの刑事警察署をあとにする頃には、彼の祖父がミースバッハ刑事警察署のために焼いて、固くなった末、給湯室に山と積まれた二十キロ近いクリスマスクッキーを食べ尽くしているだろう。

アイスブレークはこれでいい。ヴァルナーは間を置いて、ちらっと書類を見た。

「今朝、凍結したシュピッツィング湖の水中で十六歳の少女の死体が発見された。少女の名はピア・エルトヴァンガー。ロットアッハ＝エーゲルン在住。ヴィースゼー署の同僚がいま両親に連絡を取っているところだ」

はじめに事件現場に駆けつけ、そのあと特別捜査班を立ちあげるために署に戻った捜査官が発言した。

「どうしてわかったんですか？　たしか少女は身元がわかる書類をなにも持っていなかったと聞いていますが」

「そのとおりだ。だれも彼女の身元を知らなかった。だが犯人は事件現場に手がかりを残していた」

会議室が騒然となった。やっぱり！　だれかそういってなかったか？　おかしな事件だ。これからどうなるか気が気じゃないな。

ヴァルナーは死体が身につけていたプリンセスの衣装のこと、創傷のこと、犯人としか思えない人物が森の奥に立てた奇妙な受難者記念碑のことを報告した。

「犯人は用意周到だ」ヴァルナーはつづけた。「だが理解に苦しむ行動もしている。犯罪行為の経過がわかるように、わざといくつか痕跡を残しているからだ。いまのところ、犯行はこのようにすすめられたと見られる。犯人はなんらかの方法で少女を誘拐した。おそらく無抵抗のまま。つまり罠《わな》にかけたのだろう。死体には争った形跡が一切なかった。ちなみに性的虐待を示唆するものもなかった。それから犯人は少女を麻痺《まひ》させて、狙いすまして心臓をひと突きして殺害した。創傷の形状から凶器はスティレットと見られる。麻痺については推測の域を出ない。解剖ではっきりするだろう。だが創傷の精度は、被害者が抗《あらが》ったとすれば不可能なものだ。犯行の時点で被害者はおそらく服を脱がされていたと思われる。いずれにせよ傷口には繊維の痕跡が発見できなかった。少女が死んでから、犯人は金襴緞子の衣装を着せた」ヴァルナーは、湖から引きあげたときの、衣装を着た死体の写真を高くかかげた。「これを見た者のほとんどが、プリンセスのようだといっている。おそらくそこになんらかの意味があるのだろう。話を戻すと、犯人はポラロイド写真で被害者を撮影して、シュピッツィング湖に運んだ。これも推測の域を出ない。殺人は死体発見現場で行われていないと見ている。ただし、いまのところそうにらんでいるというだけだ。最後に犯人は氷に穴を開けて、死体を湖に沈めた。氷が薄くなっているところが見つかっている。氷が閉じてまもなかった。あいにくアントン・ビヒルがそこを踏み破ってしまった。どんな容体か心配だ」

「気落ちするのは、元気になってからでしょうね」ミーケがいった。「グリューワインをおごらずにごまかす気がするので、『アントン・ビヒル——みんなにグリューワインをおごること』と記録しておいたほうがいいでしょう」

なんでグリューワインをおごることになったのか、いったいだれまで飲ませてもらえるのかと、ミーケは質問攻めにあった。

「いやあ」ミーケは全部まとめて答えた。「なにを探したらいいんだなんていうから、『くだらないことをいうな。最初に氷を割って落ちた奴がグリューワインをみんなにおごることにする』と俺がいったら、あいつ、ぶつぶつ文句をいって、そのとたん、ばしゃっと湖にはまったのさ」

会議室は明るい空気に包まれた。ヴァルナーがそのあいだに書類をめくり、ほかに伝えなければならないことを探していると、会議室のあちこちでおしゃべりがはじまった。

「みんな！　話をつづけていいかな？」

また静かになった。

「犯人は死体を湖に沈めた。昨夜、シュピッツィング湖のあたりはかなり冷え込んだから、穴はすぐに凍ってふさがった。それから夜通し雪が降った。だから穴をあけた場所が見えなかった。それと岸から三十メートルほど森に入ったところに立ててあったこの木の十字架」彼はまた一枚の写真をかかげた。「十字架にはこんな言葉が刻まれていた。『ピア・エルトヴァンガー　二〇〇七年一月十四日殺害』つまり昨日だ。犯人が俺たちを攪乱《かくらん》しようとしているとは思えない。捜査の邪魔をしたいなら、むしろなにもしなかったはずだ。そうすれば、死体は春まで揚がらなかったかもしれない。そうなってしまうと、死亡時期の特定は困難になっていた。繰り返すが、犯行が昨日だったことはほぼ間違いない。もうひとつ考慮することがある。行方不明者届が出ていなかったことだ。少女が長期にわたって行方知れずになっていたとは考えられない。さて、問題の十字架像については、ルッから詳しく報告してもらう」

ルッは手元の書類を見てから、応援に来た捜査官たちに簡単に自己紹介し、大きく引き伸ばした十字架の写真を会場にまわしてからくどくどと説明をした。

「受難者記念碑であるこの十字架は事件現場に、あっ、いや、事件現場は確定していないので、死体発見現場ですが、ええと、その近くで発見されたわけです。いま写真をまわしています。それから、あれ、どこにやったかな……」ルッは書類をかきまわし、捜している書類を見つけると、はじめて目にしたかのようにしげしげと見つめた。ルッが報告をつづけたとき、みんながじれったそうにした。「そうそう」そういうと、ルッは書類をとんとん指でたいた。「十字架の材料はトウヒです。廉価版といっていいでしょう。それでも大量生産品じゃありません。おそらく指物師による手作りです。ですので、どこで制作されたか突き止められるかもしれません。まず無理でしょうが、運がよければ、買い主を特定できるかもしれない。ええと、十字架から指紋は採取できませんでした。ろうそくとガラス容器からも無理でした。うちの姑《しゅうとめ》が拭き掃除したみたいにきれいさっぱり拭い去られていました」

笑いが起こった。ルッは笑いが取れて喜んだ。

「しかし十字架にはめこまれた写真からは指紋が採取できました。親指です。犠牲者の指紋でした。ただ、ええと、写真の裏側に指紋がなかったので、被害者が手に取ったわけではないと思われます」

「死んだ人間が写真を手に取れるわけないもんな。いわなくてもわかるさ」

また笑いが起こり、ルッはいおうとしていたことがわからなくなった。ミーケが明るい気分になっている面々を見て、くすくす笑った。ヴァルナーはじろっとミーケを見た。ルッに恥をかかせるな、連携がうまくいかなかったら、ミーケには小指を詰めてもらうといいわたしてあったのだが。

「まあ、たしかに」ルッはにやにや笑いながら話をつづけた。「もちろんそのとおりですが。それより興味深いのは、犯人が写真に指紋をつけたということです。もちろん自分の指紋じゃありません。被害者の親指をつかんで写真に指先を押しつけたわけです。わたしがいいたいのは……」ルッはおずおずとみんなを見まわした。ミーケが彼の肩をたたいた。

「みんな、わかっただろう。わからないのは、なんで犯人がそんなことをしたのかってことだ」

「わからないわけじゃないがな……ありがとう、ルッ。これで状況は大まかにわかったと思う」これで報告を終える、とルッが合図したので、ヴァルナーはミーケのほうを向いた。

「犯人はクロイトナーが翌朝、死体を発見するとは夢にも思わなかったはずだ」

「おい、クロイトナー、酔っぱらっていて、よくそんな芸当ができたな!」軽口をたたいたのはクロイトナーといっしょに〈マウトナー〉で酒を飲んだゼンライトナー巡査だった。

「クロイトナーはしらふだったことにしておく。さもなかったら車でシュピッツィング湖まで行けるはずがないからな」ヴァルナーはいった。「冗談はさておき、俺の仮説はこうだ。

犯人は死体ができるだけ早く見つかるように十字架を立てた。写真に指紋をつけたのは、それが悪ふざけではないとわからせるためだろう」

「死体が早く見つかることで、犯人にはなんの得があるんでしょうか？」

「ないだろうな。犯人の動機は合理的ではない。なんらかの理由で、被害者と犯行を公にしたかったのだろう」

「しかしそれなら死体をシュピッツィング湖に沈めるのはおかしくないですか？　俺だったら、もっと見つかりやすい場所を選ぶけど」

「基本的にはそのとおりだ。ただ概観すると、なにもかもが異常に思える。犯人の動機は百万年かけても、俺たちにはわからないかもしれない」

ヴァルナーはつづいて犯人のプロファイルについてすこし言及することにした。プロファイリングの専門家ではないが、基本的なことは習得していて、ざくっとした評価はだすことができた。もっと具体的なことは事件分析の結果待ちだ。事件分析課は警察内の独自の部署で、殺人捜査の場合でも、事件分析官は特別捜査班に所属しない。彼らは法医学研究所や科学捜査研究所と同じようにその知見を提供する立場だ。それに犯人のプロファイルを作成するには数週間かかることもある。

今回の事件では、犯人がもう若くないことを前提にできるだろう。年齢は三十歳以上。もしかしたら三十五歳以上かもしれない。きわめて周到な犯行であることからもそれとわかる。

争った形跡がなく、人目につかない場所で少女が睡眠薬をのまされているということは、犯人と被害者が顔見知りである可能性がある。つまり犯人は被害者の周辺にいる。親戚、両親の知人、近くのパン屋や教師。もちろん被害者がもともと犯人を知らないケースもありうる。だがその場合でも、犯人は少女の信頼をうまく勝ち取ったはずだ。

「犯人は被害者を無作為に選んだと思う？」検察官はたずねた。

「犯人は少女をしばらく観察して、殺すための準備を整えたはずだ。氏名も知っていた。十字架に氏名を刻んでいる。それから衣装のサイズも少女にぴったりだった。無作為に選んだとは思えない。そうすると別の疑問が浮かぶ。なぜピア・エルトヴァンガーを狙ったのかということだ。外見のせいか、偶然、殺したい対象に合致したのか。そこまではわからない」

そのときヴァルナーの携帯電話が鳴った。画面を見ると、ティーナだった。ヴァルナーはひと言わびて、会議室の外に出た。

ティーナの声はうわずっていた。法医学研究所からかけてきたのだ。ティーナは死体解剖に立ち会い、死体からさらなる手がかりを集めていた。解剖の結果、死亡したのはおよそ十八時間前であることがわかった。暴行を示すいかなる証拠もなかった。血中には睡眠導入剤フルニトラゼパムの痕跡があった。ベンゾジアゼピン睡眠薬のひとつで、いわゆるデートレイプドラッグだ。これでピア・エルトヴァンガーは眠らされたのだ。ヴァルナーが予想したとおりだった。だがほかにも発見したことがあった。だからいつもと違ってすぐに電話をかけてきたのだ。

「なんなんだ?」ヴァルナーはたずねた。

「それがなにを意味するかはわかりませんが」ティーナはいった。「犯人からのメッセージと思われます」

6

ヴァルナーはデスクに置かれたブリキのバッジにかがみ込んでいた。外は曇りだ。昼になったばかりなのに、もう夕暮れのように薄暗い。ヴァルナーはデスクライトをつけ、ピンセットでバッジをつまんで目に近づけた。爪よりもすこし長く、細かった。表面は大部分が空色だ。右下だけが薄茶色で、なにかの図のように見える。粒子が粗く、極端に拡大した写真のようだ。それからバッジの下の部分に「2」という数字が刻まれ、それがよけいにその図を見づらくしていた。

ヴァルナーはバッジをデスクにもどした。

「どこにあったって?」

「口の中です」ティーナはいった。「湖で調べたときは見落としました。舌の裏に押し込んであったので」

「そうか。科学捜査研究所がなんといってくるか待とう」ヴァルナーは数字を見つめた。なぜそんな遺留品があるのか皆目見当がつかなかった。シリアルキラーの場合、なにかしら決めごとがあることは知っている。犯人が子ども時代に体験したトラウマと関係する象徴。犯人は被害者を復讐のはけ口にするからだ。そしてその復讐心は、往々にして自分の母親に向けられる。

ヴァルナーはプロファイラーではない。ただの田舎《いなか》の刑事だ。だが二十年近く刑事をやって、勘が働くようになっていた。そして今回の事件は、これまでに出会ったどんな事件とも違うと感じていた。犯行の手口は多かれ少なかれ犯人の人生と関連があるものだが、今回のメッセージの宛先は愛情に欠ける犯人の母親ではなく、別のだれかに向けられているようだ。それは彼、ヴァルナーだ。

ヴァルナーが考え込んでいると、ティーナがかかってきた携帯電話に出て、こういって通話を終えた。

「なるほど……だれも見覚えがないのね。わかった。ありがとう。これからブツをそちらに送る」

ティーナはまたヴァルナーのほうを向いた。

「科学捜査研究所からでした。それの写真を撮って送っておいたんです。身分証明のバッジとか記章とか、よく使われているものかなと思いまして。でも、科学捜査研究所の人間はだれも見たことがないそうです。それを科学捜査研究所に送りますね。ひとまず犯人が自作したものと考えましょう」

ヴァルナーはうなずいた。「ふむ……2か……どういう意味かな?」

ティーナは肩をすくめた。「どうして被害者の口に入れたのか謎ですね」

「象徴的な意味があるはずだ。犯人はこのバッジで俺たちになにか伝えようとしている」

「なにを伝えようとしているというんですか? 案はないのですか?」

「そうだな」そういうと、ヴァルナーは外を見た。風が吹いて、葉を落とした樹木が揺れている。「ないわけじゃない……」

ティーナは期待のまなざしをヴァルナーに向けた。「というと?」

「これはパズルのピースだ。ただしひとつ目でしかないということさ。次の犯行でまたピースが手に入るだろう」


ふたりはエルトヴァンガー家の鍛鉄製の門に近づいた。気温は零度をかろうじて上まわっていた。乾いた暖かい風が南から吹いているが、太陽は顔をだしていない。空は流れる灰色の雲に覆われていた。ベルを鳴らしてもいないのに、門がかってに開いた。見えないところにいるだれかがスイッチを押したのだろう。来訪は告げてあった。

砂利が敷かれた進入路の雪がきしんだ。解けかけた雪を踏んだときの音だ。タイヤは雪を溝から落とし、きれいな轍《わだち》を残した。家はオーバーバイエルン地方によくあるスタイルの田舎家で、とてつもなく大きかった。ヴァルナーは身構えた。これまでは死んだ少女を遠くから見ただけだ。これから被害者の世界に足を踏み入れる。その世界が満ち足りたものであることは間違いない。金持ちの家の子女が殺害されたのだ。家の前にはBMW6シリーズとアウディQ7が駐まっている。ひときわ大きなガレージにさらにどんなお宝が入っているか、充分想像がつく。

「Q7とはね。あれ一台でもうちのガレージに入らないですよ。幅がありすぎて」ミーケがいった。

「やっかんでいるのか？　いかした車が市場に出たのに、おまえの福祉住宅のガレージに入らないからって」

「まあ、そのとおりなんですけどね。近所の人間が納得しないでしょうし。団地ではうちが安く住宅を手に入れたことに嫉妬している連中がいるんですよ。わからないでしょうけど」

玄関のベルを鳴らすと、ふたりはもう一度、そこに駐まっている車に視線を向けた。ドアを開けたのはロタール・エルトヴァンガーだった。年齢は四十代の終わりごろ。ダークスーツを着て、それに合わせたネクタイを結んでいる。イタリア製だな、とヴァルナーは思った。スーツのことは、車ほど詳しくないが、高級スーツであることはひと目でわかる。エルトヴァンガーはのっぺりした顔立ちで、顎が大きかった。鼻が奇妙に曲がっていて、ぺしゃんこだ。鼻骨を折ったことがあるのかもしれない。ピアの父親である彼は神経がまいっていたが、平静を保ちつつ、ていねいな言葉でヴァルナーとミーケに几帳面《きちょうめん》にあいさつした。エルトヴァンガーはミュンヘンの大手保険会社の役員だというが、ふたたび職場に出るのはいつになるだろう、とヴァルナーは自問した。さすがに明日は忌引きするだろう。さもなければ、社員や役員仲間から冷たい男だと評される。だが一週間まるまる休むとは思えない。今度は自由市場の厳しさに応えられない人物と評されてしまう。休んで三日というところか、とヴァルナーは判断した。木曜日には出勤するだろう。短時間出勤して、緊急の用件を処理するだけかもしれない。だが出勤するはずだ。

ブリッタ・エルトヴァンガーは夫とおなじくらいの年齢だ。同僚が調べたところによると、ドイツでハリウッドに出資している映画ファンドを取り仕切っているという。夫人の仕事は高額納税者である知りあいを誘って、ファンドに投資してもらうことにある。夫人は最近、法改正で仕事がしづらくなったが、税理士がきっと抜け穴を見つけるはずだ。夫人も夫と同じように気を張っていた。さっきまで泣いていたのは見え見えだ。

ヴァルナーは同情しているという顔つきをした。そうすべきではないと自覚しつつ。

「お嬢さんと最後に会ったのはいつですか？」

「木曜日だ」エルトヴァンガーがいった。「ミラノに出張していて、今朝早く飛行機でミュンヘンに着いた」彼は、おまえもいえ、と妻に合図した。

「わたしは金曜日の昼です。午後には仕事の約束がありました」

　ヴァルナーはすこし面食らった。

「つまり三日もお嬢さんの顔を見ていなかったということですか？」

「週末にスキーをしに行くといっていたんです。女友だちと」

「その女友だちの名前は？」

　エルトヴァンガーはまた妻のほうを見た。夫人は懸命に思いだそうとした。

「思いだせません」と夫人がいうと、夫が口をはさんだ。「わたしが聞いたところでは、友だちはひとりしかいないはずだが。ピアは……付きあいがいいほうではなかったので。友だちの名前はすぐわかると思う」

　ミーケは啞然としていることを隠すことができなかった。

「お嬢さんには友だちがひとりしかいないんですか。それなのに名前をご存じない？」

「なんだね。きみはなにがいいたいんだ？」エルトヴァンガーがむっとしていった。

　ヴァルナーは険悪な空気を和ませる必要を感じた。さもないと、事情聴取にならない。

「まあそういうこともあるだろう」ヴァルナーがミーケのほうを見ていうと、ミーケは首を横に振り、気分を害したのか窓の外を見た。「つまり、お嬢さんは金曜日にスキー旅行に出たということですね。行き先は？」

「違います」エルトヴァンガー夫人がいった。「友だちの母親が迎えにくることになっていました。わたしは仕事で家を留守にしていました」

「週末に電話でお嬢さんと話をしましたか？」

夫妻は首を横に振った。

「そうですか。しかし今日は学校があるはずですね。ということは、昨日の晩にはもどってくる必要がありましたね」

夫人は泣きそうだった。

「わたし……どのくらい留守にするか聞いていませんでした。忙しくしていて、聞き忘れたんです」

エルトヴァンガーが唖然として夫人を見た。

「聞き忘れただと？」

「そんな言い方しないで。あなただったら、あの子が四週間いなくても気づかなかったでしょう！」夫人がおいおい泣きだし、夫が手を取ろうとすると、さっと手を引いた。

「そういうつもりじゃなかったんだ、ブリッタ……」

しかし夫人は泣き止《や》むことができなかった。堪《こら》えていたものが堰《せき》を切ってあふれだしたらしく、泣きながら部屋から出ていった。エルトヴァンガーは夫人のあとを追おうとはしなかった。

「ひとりにしておいたほうがいいだろう。ほかになにか聞きたいことはあるかね？」

ヴァルナーは、聞いても仕方がないだろうと思った。おそらく家政婦のほうが両親よりも少女のことを知っているはずだ。

「お嬢さんの交友関係は比較的小さいということですが」

「わたしが知るかぎりはそうだ。先ほどもいったように、わたしは出張が多くて」

「お嬢さんと最後にじっくり話をしたのはいつですか？」

沈黙。エルトヴァンガーは思いだそうとした。ヴァルナーは無意味だと思った。

「やり方を変えましょう。明日までにお嬢さんの友人のリストを作ってくれませんか。調べがつく範囲でけっこうです。それからお嬢さんと接点があった三十歳以上の男性のリストもお願いします。テニスのインストラクター、庭師、親戚、知人など」

エルトヴァンガーはひたすらうなずいた。

「ええと、わたしたちが子どもを放任していたという印象を持ったかもしれない。典型的な金持ち、高級車を乗りまわし、子どもには時間を割かない。ありがちなことだ、と。しかし早急に判断しないでいただきたい。昔は違ったんだ。ピアがなぜか、ええと、なんというか……心を閉ざしてしまった。前からむずかしい子だった。それでも、わたしたちはあの子を愛していた……わかるかね？」

「もちろんです、エルトヴァンガーさん」

こういう言い訳は聞き飽きていた。子どもが犯罪に手を染めたとき、親が口にするきまり文句。もちろん家族だけに責任を押しつけることはできない。田舎でも、親のあずかり知らないところで子どもは影響を受ける。だがその一方で、エルトヴァンガー家の状況は一目瞭然だった。両親は早い時期から娘のことをいないものとしてあきらめていた。

「お嬢さんの部屋を拝見したいのですが。あとで鑑識が来ますが、それまで勝手にいじらないでください」

「もちろんだ。部屋は二階だ。案内しよう」

ピアは自分の部屋を作りあげていた。この家のほかの空間には骨董品《こっとうひん》やブランドものの調度品が置かれていて、ここで人が暮らしているとは思えない雰囲気だったが、ヴァルナーとミーケが足を踏み入れたその部屋は、メルヘンの巣窟のようだった。壁のいたるところにファンタジー映画のブロマイドやポスターが貼ってある。勉強机の上や棚には古代エジプトの神々の胸像や立像が並び、冷えた香のにおいがした。ヴァルナーとミーケは気をつけながら見てまわった。鑑識のルッとティーナは、まだ捜索していない部屋に先にだれかが足を踏み入れるとへそを曲げるからだ。ヴァルナーは大きな本棚を見つめた。ピアは読書家らしい。大半が神秘主義や伝説や秘教に関わる本だ。なかでも目につくのが薔薇《ばら》十字団に関するものだった。

「A・M・O・R・Cってなんでしょうね？」ミーケが口をひらいた。彼がデスクで見つけた、インターネットからプリントアウトしたらしい紙に、その省略記号がのっていた。ヴァルナーもその省略記号を見つめた。かすかにどこかで見た記憶があった。本棚にもどって、薔薇十字団関連の本を取りだし、ひらいてみた。最初のページにその省略記号があった。

「Alter Mystischer Orden Rosae Crucis（いにしえの神秘なる薔薇十字団）という意味らしい」

「秘密結社かなにかみたいですね」ミーケはその本をぱらぱらめくってみた。「入会儀礼。なんだこれ。ろくでもない感じですね」

「それほどでもないだろう。だがセクトの専門家に問いあわせたほうがいい。セクトはひとりで活動するものじゃない。これは手がかりになるかもしれないな」

エルトヴァンガー夫妻は娘が薔薇十字団に関心を持っていたことすら知らず、神秘主義に興味を持っていたのなら気づいたはずだし、娘の年頃ならそういうことはごく普通のことだといった。

部屋から出ようとしたとき、ヴァルナーは気になるものを見つけた。それ自体はなんの変哲もないものだった。ユーゲントシュティール（アールヌーヴォーに対応する一九世紀末ドイツ語圏の芸術運動）風のサイドボードに貼ってあった一枚の写真だ。若い頃のエルトヴァンガーの写真で、冬の山小屋で友人たちといっしょに撮ったものだ。髪がぼさぼさで、顔を洗った様子がなく、日焼けして鬚《ひげ》も剃っていなかった。ただ鼻は無事だった。ヴァルナーがその写真に目をとめたのは、この家の雰囲気にそぐわなかったからだ。ブランドもののスーツに身を固めた役員はいまの生活をする前、違った人生を送っていたのだ。ヴァルナーは写真に写っている若いエルトヴァンガーの顔を見つめた。微笑んでいる。前途有望な若者のまなざし。いつ頃の写真だろう。二十歳？　このまなざし！　さっき玄関で見た目つきと雲泥の差だった。

## 7

テーゲルンゼー校は元修道院の建物に入っていた。校舎は巷《ちまた》で「お城」と呼ばれている。修道会が退去した一八〇三年、フォン・ドレクゼル男爵の所有となり、その後、バイエルン王マクシミリアン一世の手に渡った。マクシミリアン一世はこの大きな建物を夏の離宮にした。これが呼び水になってテーゲルンゼー谷観光がはじまり、以来この界隈《かいわい》は裕福な土地柄となった。

第二次世界大戦後、この修道院の一部がギムナジウムになった。一九七〇年代に教室の天井の漆喰《しっくい》がはがれ落ちたのがきっかけで、校舎は改築された。設計にあたった建築家は大理石や真鍮《しんちゅう》をふんだんに使った。そしてガラスも。中庭に面した壁面は一面ガラス張りで、生徒たちは若くして温室効果の恐ろしさを身をもって体験することになった。

担任教師のブレークルは、ピア・エルトヴァンガーが勉強熱心で目立たない生徒だったといった。

「学校を休むことがなく、珍しいことにドイツ語も数学も成績が良好でした。問題を起こすことのない生徒で、これまたいまどき珍しいことでした。そういう生徒でしたから、教師としてあまり気にかけることはありませんでしたね。あいにくそういうものなのです。だからピアの交友関係はよくわかりません。わたしの印象では、友だちはすくなかったはずで、そもそも友だちがいるということを聞いたことがありません。でも保証はできかねます。ほかのクラスメイトも、クラスの仲間のことをろくに知りませんから」

ヴァルナーとミーケはクラスメイトに事情聴取した。ピアを最後に見かけたのはだれで、いつなのか、下校するとき彼女がどういう道を通ったか、そして彼女が顔をだした謝肉祭《ファッシング》のイベントがあったかどうか。その結果、謝肉祭《ファッシング》のイベントに行っていないことが判明した。ヴァルナーたちはほかにも、ピアが好きな場所や交友関係などもたずねたが、あまり収穫はなかった。

だれもピアのことを悪くいわなかったが、おそらく死んだばかりだからだろう。みんな、彼女のことをあまり知らなかったものの、いろいろと噂していたことがわかった。そのひとつは、彼女が同性愛者で、十年B組のコニー・ポルケと付きあっているというものだった。コニー・ポルケは、ピアのおそらく唯一の親友だった。ほかにも、ピアに彼氏がいたという噂もあった。ただしその彼氏が何者かという点についてては意見がわかれていた。姿を見たことがないという子もいれば、ピアがトルコ系やアフリカ系の若者といっしょにいたという子もいた。どうも信憑性《しんぴょうせい》に欠ける。直接見た者は結局クラスにいなかった。


コニー・ポルケは早退していた。親友が死んだという知らせに接して虚脱状態になり、病院に運ばれたのだ。すでにそれから一時間以上がたっていた。ヴァルナーとミーケは、ピアの学年主任ヨーゼフ・コールヴァイトから話を聞くことにした。彼は暖房を効かせすぎの職員室でヴァルナーたちに応対した。今朝から外気温が二十度まで上がったことを、だれも知らないようだ。ヴァルナーにとっては好都合だった。コールヴァイトは額がはげ上がり、腹が出ていた。年齢は四十代の終わりくらい。担当している教科はドイツ語と歴史。気取ったところがあるが、それなりに魅力を感じる人物だ、とヴァルナーは思った。コールヴァイトにはバイエルン訛《なま》りがあった。嫌いな標準語を無理してしゃべっているのとは違い、標準語もうまく使いこなして、わざと訛りを加えて個性をだしている教養人といった感じだ。彼は笑みを絶やさなかったが、その目つきからショックを受けていることがわかった。

「はい、二、三度うちに来たことがあります」

「どのような用件で?」

「わたしには守秘義務があります」

「ピアさんにはもうその義務を解くことができません。先生が決めることです。犯人を捕まえるためなのですけどね」

コールヴァイトは考えた。

「そいつはまだ犯行に及ぶでしょう」ミーケがいった。

コールヴァイトはうなずいて、ため息をついた。

「彼女はすこし孤独だったのです。クラスで嫌われていたということではありません。しかし……クラスメイトとは接点がなかったのです。クラスメイトとそりが合わなかったわけです。パーティや最新型の携帯電話や着信音のオプション。彼女はそういうことよりもっと深いものを求めていたんです。おわかりいただけると思いますが」

「どういうアドバイスをしたのですか？」

「もうすこしクラスメイトと話を合わせたほうがいいと助言しました」

「どうして先生に相談したのでしょう？」

「ほかに話せる相手がいなかったからです」

「コニー・ポルケさんは？」

「ふたりはとても親しかったです。しかしそれが問題でもあったのです」

「どういうことでしょうか？」

「コニー・ポルケは同じタイプです。ほかの子とどう付きあったらいいか助言できるわけがありません」

「ピアさんに恋人がいたかご存じですか？」

「いなかったと思いますよ。謎のアフリカ系青年なんて噂が立ちましたが、根拠がないですね。わたしの経験から申しますと、よくわからない人についてはおひれをつけたくなるものです」

「ピアさんはスピリチュアルなことに関心があったようですね。薔薇十字団とか」

コールヴァイトはちらっと考えてから、作り笑いをした。

「若い人にはそういうことに関心を寄せる者が多くいます。めくじらを立てるほどのことではないです。有用なこともあります。よりどころを得るわけですから。まさか事件と関係があるのですか?」

ヴァルナーは肩をすくめた。

「ピアさんは薔薇十字団のことを話題にしましたか?」

「話題にはしませんでしたね」


病院の担当医は、コニーの容体は深刻ではないといった。それでも、今日はそっとしておくべきだという。ヴァルナーとしては、すぐにも事情聴取したかったが、親友を殺された少女の心情はよくわかった。

病室の前でヴァルナー(ミーケは近くの肉屋にレバーケーゼのサンドを買いにいった)は母親のメラニー・ポルケに会った。ヴァルナーは身分を告げ、コニーの様子を訊いた。娘は怯《おび》えて泣いている、と母親はいった。母親の年齢は三十代の終わりくらいで、それなりに魅力があった。金髪を短くカットし、目は褐色だ。娘が心配なのか、目の周りにたくさんしわが寄っていた。

「お嬢さんには気の毒なことです」ヴァルナーはいった。

「ピアは本当に殺されたんですか？」

ヴァルナーは、そう見ているといった。母親はヴァルナーを見た。ふたりは一瞬黙って顔を見あわせた。母親は肉厚の唇を引き結んでいる。香水の甘いにおいがした。ヴァルナーは自分が神経質になっていることに気づいた。

「ピアさんとお嬢さんは週末スキーに行ったそうですね？」

メラニー・ポルケはあきらかに面食らっていた。

「そんなまさか。なぜですか？」

「ピアさんの両親から聞きました」

「コニーは家にいました。土曜日も日曜日も昼まで寝ていました。それにコニーはスキーが苦手です。ですから、ありえません。スキーに行くという話も聞いていませんでしたし」

「お嬢さんは週末ピアさんといっしょでしたか？」

「週末はピアの顔を見ていません。いつもはうちに来るんですが。コニーの部屋で……なにをしていたかは知りません。あの年頃の女の子のすることをしていたのだと思います」

ヴァルナーの息づかいが速くなった。ピアは親に嘘《うそ》をついたのだ。なぜだろう。スキーに行かなかったのなら、なにをしていたのだろう。

「すみません」メラニー・ポルケはいった。「これ以上はなにも知りません」

「いや、助かりました。また質問したくなったときのために連絡先をいただけませんか」

「シュリーア湖の〈鸚鵡亭《おうむてい》〉で働いています」

「ああ、そこなら知っています。働いているのは夜ですか？」

メラニー・ポルケは軽く唇をひらいてうなずいた。ヴァルナーは今晩〈鸚鵡亭〉を訪ねることにした。

8

ペーターは張りだした岩から下を見た。リザの悲鳴がまだ岩壁に反響している。岩の手前二十メートルくらいのところにスキー板が一本転がっている。夕日を浴びて、赤味がさした雪、二、三メートルはある大きな岩。ほかにはなにも見えない。心臓がばくばくいっている。胸が詰まり、膝ががくがくふるえた。さまざまな思いが一気に脳裏を駆け巡った。日没まであとどのくらいだろう。滑落したリザは無事だろうか。近くに電話機はあるだろうか。ヘリコプターを頼むとして、アルペン協会の会費は払ってあったろうか。バックカントリースキーをすると、なんでペンションにいっておかなかったんだろう。

　ペーターはスキーストックで雪をひと突きして滑り降りた。雪は重かった。とても重かった。どうしてリザにこんな無茶をさせてしまったのだろう。自分自身、力任せにしないと回転できなかった。張りだした岩まで一気に滑りたい誘惑に駆られたが、ペーターになにかあったら、ふたりともおしまいだ。彼はリザのスキー板が転がっているところで止まった。二、三メートル先の雪の中に彼女のサングラスが落ちていた。

「リザ！」ペーターの叫び声が反響したが、返事はなかった。スキー板をはずすと、湿った雪を踏みしめて、張りだした岩まで行ってみた。そのときかすかにリザの声が聞こえた。ペーターはもう一度、娘の名を呼んだ。ふたたび返事があった。ペーターの目に涙があふれた。興奮して二度、つまずいた。

　リザは十メートルほど下の岩場にある小さな雪原に落ちていた。雪原は急な斜面にあった。リザは滑り落ちまいと必死になっている。ペーターは、怪我をしたかどうかたずねた。リザは大丈夫だといった。ペーターは、スキーブーツで雪を踏みしめて、滑らないようにしろといってから、娘のところへ下りていった。運がよければ、娘の手をつかみ、引っ張りあげるなり、自力で上がる手助けができるだろう。リザは怖くて動けないようだ。何度も下を見ては、身をこわばらせている。あと数メートルで高さが百メートルはある奈落だ。ペーターは山登りが得意なわけではなかった。しかもはいているのはスキーブーツ。岩場を移動するには向かない。だが靴底が固いので、しっかり踏みしめることはできた。

「そこを動くな！　じっとして、下を見るんじゃない！　すぐそっちへ行く！」

リザはうなずいた。彼女の目が死の恐怖に染まっている。ペーターは用心しながら下りたが、一度足を滑らせ、かろうじて体を支えた。ひとつ間違えれば、自分も危険だ。突然、押し殺した悲鳴が聞こえた。ペーターは下を見た。足下の雪が崩れ、娘の体が二メートルほど滑ったのだ。奈落とのあいだにある雪面はもうごくわずかだった。ペーターには雪の下がどうなっているかわからなかった。岩場だろうか。それとも雪がせりだしているだけで、下にはなにもないのだろうか。時間がいたずらに過ぎていく。雪がいつ崩れ落ちても不思議ではない。

雪原に辿《たど》り着いて、ペーターはそこが思った以上に急斜面であることに気づいた。雪に足を乗せて、雪質を見た。ふわふわしている。これでは足を支えられないだろう。ペーターは雪原の縁に沿ってリザのそばまで下りていった。

「リザ！　父さんの目を見るんだ」リザは父親のほうを見て、唇をかんだ。リザははじめ見たときよりも雪の先端に近いところにいた。息を詰まらせ、ふるえている。

「横に移動できるか？　こっちへ来るんだ。気をつけて」

リザには、どうしたらいいかわからないようだった。

「右足を雪から抜いて、もっと右のほうに突き入れろ。ちゃんと体が支えられるか確かめるんだ」

リザはスキーブーツをそっと雪から抜いて、足場を探した。

「今度は両手だ。まず右手、それから左手」リザがいわれたとおりにすると、左足が踏んでいる雪がさらさらと崩れた。亀裂が走っている。ペーターは落ち着こうとした。

「今度は左足だ。気を付けろ。そこに体重をかけちゃだめだ」リザは雪からそっと足を抜いた。その瞬間、足下の雪が崩れ落ち、リザが悲鳴をあげた。

「見るな。大丈夫だ」

だが大丈夫なわけがない。ペーターはスキージャケットとセーターを脱ぎ、両方の袖を結びあわせた。リザは父親のほうへさらに三歩おそるおそるすすんだ。救助ロープ代わりの服が届く距離だ。その瞬間、リザの下の雪が動いた。袖がリザの目の前に落ちた。

「その袖をつかむんだ」できるだけ静かにペーターはいったが、声がふるえていた。「早く！つかめ！」気づいたら叫んでいた。リザは目をむいて父親を見つめた。気が動転している。雪が崩れつつあることに、リザも気づいたのだ。「袖をつかめ」ペーターがそう叫んだ瞬間、娘の足が沈んだ。幅数メートルの亀裂が口を開け、谷側の雪がざざっと落ちた。リザはとっさにスキージャケットの袖をつかんで、服にかじりついた。両足ともすでに崖からぶら下がっている。ペーターはセーターの袖を両手で持った。セーターがリザの重みで伸びた。

「動くな。いま引っ張る」ペーターは岩に足をついて、セーターの袖を力のかぎり引っ張った。リザは痩せているが、スキーウェアとブーツだけでも十分重い。ペーターはすこしずつ娘を引っ張りあげた。リザは右のスキーブーツの先で雪を踏むことができた。あとすこしでスキージャケットの袖をつかめる。そのときふたつの袖の結び目がほどけはじめた。スキージャケットは滑らかな生地だったので、充分に引っかかってくれなかったのだ。からみあった二匹の蛇が分かれるように、セーターとスキージャケットがどんどん離れていく。リザの両足がまた固い雪の先端から出てしまった。

「足をどこかに引っかけるんだ！」ペーターは叫んだ。

リザはスキーブーツを雪に食い込ませた。その瞬間、セーターとスキージャケットが離ればなれになった。ペーターは岩のほうにひっくり返り、リザは急な雪の斜面に立って、手にしていたスキージャケットを呆然と見つめていた。それからすぐそこにいる父親に視線を向けた。リザはゆっくり後ろに落ちていった。自分になにが起きたのかわかっていないようだった。唇が動いて声にならない言葉を発して、静かに滑落した。

岩の端まで辿り着いたペーターは、なかなか下を見る勇気が出なかった。それでも、身を乗りだしてみると、百メートル下に別の雪原があり、そこに人の姿が小さく見えた。リザだ。手足が奇妙にねじ曲がっている。ペーターはしばらく奈落を見おろした。彼は自分も飛びおりたいという衝動に駆られた。仮に生きて下山できたとしても、妻になんといったらいいだろう。ペーターの人生は数秒前に終わったのだ。あと一歩のところだったのに。ペーターはもう一度空を見上げた。西では太陽が山の頂に触れようとしている。生暖かい風が顔に当たった。ペーターはセーターを手にしていた。そのセーターのノルウェイ風の模様をしばらく見つめた。黒い地に赤と白の配色。よく見ると、幾何学模様が奇妙に崩れている。ペーターはその模様をしみじみと観察した。まるで小さな魔法の世界に埋没し、現実世界で彼を待つすべての苦しみから逃げようとするかのように。

ペーターはセーターを下げて、奈落を見下ろした。死んだ娘は白いシーツの上に横たわっているように見える。その光景が脳裏に焼きついた。そこから目をそむけることができなかった。だがふいに、なにか変だと気づいた。頭の中を血が駆け巡った。いったん目を閉じてから、いま目にした光景を心に呼びさまそうとした。間違いない。一分前のリザと、手足の位置が違う。さっきは両足をひらいていた。膝が動いた。リザが動いた！

## 9

午後五時ごろ、ヴァルナーは捜査会議をひらき、これまでに判明したことを検討した。ルツとティーナはピアの部屋を捜索したが、たいしたものは見つからなかった。ティーナのコンピュータで、ピアがひらいた薔薇十字団をはじめとする神秘主義のウェブサイトを確認した。それにラブレターの写しも発見した。ヴァルナーは「写し」というのがなんなのかたずねた。「昔ながらのやり方です」とティーナはいった。清書した紙の下に白紙の紙束を置いて、筆跡が残るようにする。そうすれば、あとで読み取れる。だが、これがはたして謎の恋人に宛てた手紙かどうか。

「そうらしいです」とティーナはいった。だがその手紙も決定的な手がかりにはならなかった。ティーナは手紙を書き写したものをヴァルナーに渡した。はじめに「愛する人へ」と記されていた。つづいて、ピアと愛する人がいっしょになってから、「世界は絹のような光に包まれている」と書いてあった。次の段落には、ピアが「心の奥底で感じる朝のさえずりに涙している」とある。最後の段落は、ピアの自宅の前にあるリンゴの木の枝にのった雪の話だった。ヴァルナーはメモをティーナに返した。

次にローゼンハイムから応援に来た若い捜査官が八方手をつくして、受難者記念碑の出どころを突きとめてきたと報告した。フィッシュバッハアウに住むジーガースプファントという家具職人がバイリッシュツェル在住の女性のために制作したものだった。その女性の叔母が夜間の交通事故で命を落としたからだった。ところがその女性は、事故死した叔母の娘と遺産相続でいがみあい、受難者記念碑を叔母のために立てる気が失《う》せてしまった。ちょうどそのとき、その女性の近所に住む人の息子がやはり交通事故死した。受難者記念碑は、制作費を払うことで所有者が変わり、この新しい所有者の話では、二、三日前まで事故のあった国道三一八号線の見通しの悪いカーブに立ててあったという。だれがそれを持ち去ったかは、目下捜査中。あいにく受難者記念碑を立てていたあたりに人家はなく、泥棒を目撃したドライバーがいる見込みもないが、その後の状況を考えると、この窃盗犯が今回の犯人ではないかと思われ、それだけに窃盗の目撃者を探す必要があるといった。

次に被害者の足取りを追った別の班が報告した。ピア・エルトヴァンガーは金曜日の午後、徒歩で両親の家を出て、ロットアッハ＝エーゲルンのドラッグストアに立ち寄って買い物をした。購入したのは二本の蜜蠟《みつろう》キャンドルだった。レジ係は基礎学校時代の同級生だったので、ピアを知っていた。

「彼女は、クリスマスが終わったのに、本物の蜜蠟キャンドルなんか買ってどうするのかとたずねたそうです。裕福な家の出ではないため、高価な蜜蠟キャンドルをクリスマスのとき以外に使うことが解せなかったのです。のちに被害者となるピア・エルトヴァンガーは雰囲気作りに必要だといったそうです。どういうことなのか、自分にはわからなかったといっています。レジには客が並んでいて、それ以上会話をつづけられなかったようです」

そのあと、ピアはケーキ屋でブラウニーを五つ買った。小さい頃から知っている店主は、ピアがこの何ヶ月かブラウニーをよく買っていることに気づいていた。それ以前はフルーツケーキや果物の砂糖漬けが好みだったという。ふたりの捜査官が、その後バスに乗り込むピアを見たという証人を見つけた。午後四時、ケーキ屋近くの停留所だった。捜査官はバスの運転手にも事情聴取した。運転手はロットアッハで乗ったリュックサックを担いだ娘のことを覚えていて、娘はハウスハムで降りたが、乗車券はシュピッツィング湖まで購入したという。ロットアッハ発テーゲルンゼー経由のバスはハウスハムで北に向かうが、ミースバッハ発シュピッツィング湖行きのバスがハウスハムとシュリーア湖を経由して南へ向かう。シュピッツィング湖行きのバスの運転手にも事情聴取したが、ピアのことは記憶になかった。その日は、若者がかなり乗車していたからだ。金曜日の午後で、多くの人がシュピッツィング湖で週末を過ごす。したがって推測の域を出ないが、ピアは午後五時四十五分、シュピッツィング湖に到着したと思われる。

「しかし、そこでなにをしたのかな？」ミーケがたずねた。「スキー板を持っていなかったし、ほかのウィンタースポーツの用意もなかったようだが。持っていたのはブラウニーが五個とろうそくが二本。週末のあいだシュピッツィング湖でなにをしていたんだ？」

「だれかと会っていたんでしょ」ティーナがいった。「謎の恋人かだれかに」

ヴァルナーは学校で聞いた話を頭の中で反芻《はんすう》した。

「学校の人間じゃないな。あるいは週末を少女と過ごしていたことを警察にいえない事情があるかだ」

「殺人犯かもしれないですね」ルッツがいった。

「シュピッツィング湖に住んでいる人間はいるのか？」ヴァルナーは質問した。

「ほとんどいないです」ミーケがいった。ホテルと食堂が大半で、貸し別荘の山小屋が何棟かあるだけだという。

「よし、それじゃホテルの宿泊客をすべて調べよう。それから週末に貸し別荘を利用した者もだ。もちろんその貸し別荘のオーナーも」

「まさか全員を訪ねて、血に染まった服が家にないか訊いてまわれっていうんですか？」

ティーナは考えただけでうんざりなようだ。

「もちろんそんなことはしない。まず全員の名前を調べる。同時にインターネット書店と地元の書店で薔薇十字団関連の本を購入した人物を割りだして照合する。一致する人物がいればめっけものだ」

ティーナは懐疑的な顔をした。

「きっとうまくいく。もしうまくいかなかったときは、近郊に住んでいる者でホテルと貸し別荘を利用した客に当たる。まあ、明日までまだ時間がある。運がよければ、それまでにピア・エルトヴァンガーの謎の恋人がだれかわかるかもしれない」

ヴァルナーが署を出たのは、暗くなってからだった。フェーンがいまだに木の枝や街灯を揺らし、ヴァルナーの髪が乱れた。風は南のアルプスから吹き下ろす。山脈の上にはオリオン座があった。空は澄みきって、満天の星だった。オリオン座のベルトの真下にシュピッツィング湖がある。ヴァルナーは夜の駐車場に立って、自分の車を見つめた。街灯が揺れるせいで、車の影が動いている。いまだに生暖かい。十二度はあるだろう。この数週間で、アスファルト上の固まった雪が解けはじめていた。だがその下は凍結している。ヴァルナーはそろそろと駐車場を横切った。家に帰る気がしなかった。もう一度、オリオン座を見上げて車に乗り込むと、ハウスハムに向かった。

二キロ走ったあと左折して、アガタリート病院をめざした。受付で、コニー・ポルケがまだ同じ病室にいるかたずねた。確認が取れた。ところが病室には華奢《きゃしゃ》な女しかいなかった。扁桃腺《へんとうせん》の除去手術を受けた患者で、娘からアイスをもらっていた。女の子は病院を見てまわっている、と娘のほうにいわれた。

コニー・ポルケは談話室にいた。バスローブ姿で窓辺に立ち、夜のとばりが下りた外を見ていた。ヴァルナーが部屋に入ると、コニーは振り返った。ショートカットにした金髪を房状に束ねている。顔立ちは母親にそっくりだ。この季節でも白い肌にそばかすがある。唇は肉厚、目は薄茶色、すこし男の子っぽい。ヴァルナーは身分を名乗った。コニーは黙って彼の身分証を見た。

「具合はどうだい?」ヴァルナーはたずねた。

「よくはないです」

「質問してもいいかな?」

　コニーはうなずいた。

「ピアさんは、週末にあなたとスキーに行くと親にいっていた。知っていたかい？」

　コニーはしばらく考えてから、その質問にうなずいた。

「なぜおかあさんにいわなかったのかな？　ピアさんの親から電話がかかってくるかもしれないだろう」

「電話がかかってきたことなんて一度もないですから」

「ピアさんは本当はどこにいたんだ？」

「知りません」

「きみはピアさんの親友だったよね。ピアさんがなにをするのか訊かなかったの？」

「ええ、訊きました」

「それで？」

「週末を恋人と過ごすといってました」

「それはだれ？」

「知りません。ピアはないしょにしていました」

「親友なのに？」

「ええ。いいたくないっていわれました。だからしつこくたずねませんでした。明かすくらいなら死んだほうがましだっていってましたから」

「どうしていいたくなかったのかな？」

コニーは顔を窓の近くに持っていって、外の闇を凝視した。口から吐いた息で、窓ガラスが曇った。それからまたヴァルナーのほうを向いた。

「いったら別れることになるっていってました」

「どういうことだろう？」

「教えてくれませんでした」

「きみはどう思った？」

コニーはプラスチック製のベンチにすわって遠くを見た。涙を堪《こら》えているようだ。ヴァルナーは、せっつかないことにした。

「コーヒーを飲むかい？　あるいはココアか紅茶」

「ココア」

自動販売機のところへ行ったヴァルナーは、コニーをちらっと見た。ベンチにすわって両手で顔を覆い、なにか考えごとをしている。ヴァルナーはココアをだすと、コニーのところに持っていった。コニーは紙コップを両手で包んで、ひと口飲むと、膝のあいだに置いた。

「黙っているべきじゃなかったですね。ずっといい気がしなかったんです」

「ピアの恋人に？」

コニーはココアに息を吹きかけた。

「彼はなにかのセクトに入っているみたいでした。だから、ピアは隠していたんだと思います」

「つまり恋人のいいなりだったということ?」

「なにがいいたいんですか?」

「恋人はピアさんに無理な要求をしていたのではないかな。性的なこととか、金をせびるとか、普通だったらしないようなことをピアさんにさせていた」

「いいえ、それはなかったと思います。そういう話はしませんでした」

「じゃあ、どんな話をしていたのかな?」

「ピアは……」コニーはそこで口をつぐみ、自分の言葉に自信がないのか、どういったらいいかもう一度考えているようだった。「恋人といっしょにいられて幸せだったようです。ふたりで愛の詩を書いたりして。前世でも出会っていたっていってました。彼はマハラジャの息子で、ピアは農家の娘。身分が違っても、相思相愛だった。でもマハラジャの知るところとなって、恋人は戦場に送られ、戦死してしまったそうです」

「それを本気で信じていたのか?」

「ええ、確信していました。気はたしかなのっていったら、かんかんに怒りました」

コニーはココアを飲み干すと、紙コップをにぎりつぶして、そばにあったゴミ箱に投げた。

コニーはヴァルナーを見て、下唇をかんだ。

「わたし、ピアがうらやましかったんです。恋人とのことは……めちゃくちゃロマンチックでしたし。わたしもときどきそういう思いをしたいと思いました。相手に夢中になって、ひとつになる感覚」コニーはごくんとつばをのみ込んだ。「犯人はその恋人なんですか？」

「あなたはどう思う？」

コニーは肩をすくめた。

「秘密だらけで……おかしいと思います」紙コップを捨てたゴミ箱を見た。「黙っているべきじゃなかった。そうすれば、ピアは死なずにすんだかも」

「きみにはどうしようもなかっただろうな。今夜は病院に泊まるのかい？」

「母さんには仕事がありますから。仕事が終わるのは遅いから、あたしを迎えにこれません」

## 10

〈鸚鵡亭〉は木材をふんだんに使った酒場だ。一九七〇年代から現代までの音楽が流れ、客は若者から五十代までで、カシミアセーターを着た湯治客や医者の息子などの姿は見かけない。

ヴァルナーは店の反対側の路上に車を駐めた。西向きの風に変わり、雨が降りだしていた。ヴァルナーは夜の闇を見つめた。ワイパーが途中で止まっていて、フロントガラスには無数の雨滴がついていた。今朝はまだ雲もなく、凍結した湖に横たわる少女の死体を太陽が照らしていた。ヴァルナーは、見間違いだと思ったろうそくの明かりを思いだした。一陣の風が吹いて、フロントガラスに雨を吹き当てた。車内の暖房を切ったから、すぐにじめじめとした冷気に包まれるだろう。だが車を降りれば、もっと凍えるはずだ。ヴァルナーは、どうして冷え症なのか自分でもわからなかったが、昔からそうだった。母の死が冷え性と関係していると思っていたが、あまりに単純な発想だったので、いつもその考えを払い捨てた。ヴァルナーは〈鸚鵡亭〉のほうを見た。ビールをひっかけたくなった。

ヴァルナーは酒場の入口に立った。メガネが濡《ぬ》れていたので、外してから入店した。店内はむっとしていて、タバコの煙が充満していた。普段ならメガネが曇る。しかし外は暖かかった。ヴァルナーはダウンジャケットからティッシュをだして雨に濡れたレンズをふき、それから店内を見まわして、窓がすこし開いていることに気づいた。窓の近くは避けたほうが無難だ。月曜日なので、店はそれほど混んではいない。バーカウンターにコニーの母親メラニー・ポルケがいた。レザージャケットを着た灰色の髪の男と話をしている。男はイヤリングをしていて、髪を後ろで結び、自分で巻いたタバコをくわえている。メラニーははじめ、ヴァルナーに気づかなかった。バーカウンターには、三十歳くらいの若い女がふたりいて、見たところなにかデリケートな話をしている。ひとりは鼻ピアスをしていて、もうひとりは黒いネックレスをかけ、胸を大きく開けていた。鼻ピアスの女は胸あき女に向かって、これ以上夫にショートメールを送るなと要求していた。女たちの横の席が空いていた。さらにその横に五十歳くらいのブレザーを着た男がすわっている。

だれかが叫んだ。「よう、シャーロック・ホームズ、こっちにどうだい！」ヴァルナーは声がした席を見た。クロイトナーを中心に人だかりができていた。クロイトナーは今朝の死体発見者。注目の的だ。〈鸚鵡亭〉に来た客の半数が彼を囲んで、その身の毛のよだつ話を聞いていた。クロイトナーはとんでもない話をしていた。死体がばらばらだったとか、眼孔からウジがわいていたとか。だがヴァルナーに声をかけたのはクロイトナーではなく、ザイトリッツという客だった。たしか地元の貯蓄銀行の行員だ。出世したヴァルナーとため口を利けば、まわりから一目置かれると思っているようだ。クロイトナーはライバルの出現を面白く思っていないらしく、ザイトリッツが声をかけたあとこういった。「警部はなんも知らんさ。見つけたのは俺だから。この俺が……」彼は自分を指差した。「第一発見者だからな！」ヴァルナーは、その場を彼に任せて、バーカウンターに行った。

ヴァルナーはブレザーの男の横に腰かけて、ふたりの女の興奮したおしゃべりには耳を傾けないようにした。ヴァルナーに気づいて、メラニー・ポルケが微笑みかけてきた。薄手の黒いVネックのカシミアセーターを着ていて、爪には赤いマニキュアが塗ってあった。仕事を意識してか、爪は長く伸ばしていない。

「コニーを家に送ってくれたんですって?」

「もう聞いているのか?」

「電話があったんです。ありがとう。助かりました」

「いいってことさ。人助けが好きなんだ」

メラニーは両手をカウンターについて、しげしげとヴァルナーを見た。

「いつも?　だれに対しても?」

「善良な人ならな。悪いことをする奴は、俺にかかったら厚着をしないと……あっ、いや、そういう奴にも、俺はやさしいさ」

メラニーが笑った。ヴァルナーの肩から力が抜けた。ヴァルナーは堅苦しくならないようにつとめたが、軽口を叩《たた》くには倍の力が必要だった。

「なににします?」

「ビールを頼む」

「かしこまりました」メラニーは短いが心のこもった笑みを浮かべ、ビールサーバーのところへ行った。ヴァルナーは彼女を見ながらコースターをいじって、それからちらっとブレザーの男を見た。男が親しげに微笑みかけてきて、それから手元のワイングラスを手に取った。メラニーがビールを持って戻ってきて、ヴァルナーの前に立った。

「それで？　犯人はわかったんですか？」

「いいや。絞り込むところだ」ヴァルナーははっきりとは答えず、意味ありげに沈黙した。警官は公務上の秘密を口外してはならない。メラニーは事情を察してうなずいた。

ヴァルナーはなにもいえず申し訳ないという気持ちを含めた笑みを浮かべた。それでもなにかいわなければならない。さもないと、会話はここで終わってしまう。

「お嬢さんとそっくりだな。姉妹といってもとおりそうだ」そういった瞬間、つまらないことを口にしてしまったと思った。きまり文句。センスの欠片《かけら》もない。さっさと飲んで退散したほうがよさそうだ。

「お上手ね」メラニーはいった。にこにこしている。ヴァルナーは自信を取り戻した。過ぎた褒め言葉は逆効果、というのは祖父の口癖だ。

「いや、本当だ。店に入って、あなたを見たとき、あれれ、さっき家に送ったはずなのにと思った」

メラニーは笑った。ヴァルナーも笑った。

「話をずっと聞いていたいけど、ほかのお客もいるので」

「仕事が終わったあとの予定は？」

メラニーの顔がすこし曇って、笑いが消えた。

「家でコニーが待ってますから」

ヴァルナーはタバコの煙の中に消えてしまいたかった。

「そうだよな。すまない。うっかり……馬鹿な質問だった。あたりまえだ……」

ヴァルナーがメラニーのほうを見ると、彼女が微笑んだ。

「いいんですよ。またの機会に誘ってください」

「そうする」

メラニーは笑みを残して背を向けると、またビールサーバーの前に立った。ヴァルナーはビールをひと口飲んで、立ち働くメラニーを見た。ビールサーバーの蛇口に当てたビールグラスを持つ指。力強くはあるが、太くはないその指の赤いマニキュアに目がとまった。メラニーはもう一方の手で蛇口をあけて、泡立つ液体をグラスに流し込んだ。優雅な手つきだ。グラスをカウンターに置くと、手拭いで両手をふき、赤いマニキュアが髪をすいた。そのときカシミアセーターが一瞬持ち上がって、腰のあたりがすこし見えた。彼女が見たので、ヴァルナーは目をそらした。彼女を見ていることを気取られたくなかったのだ。

ヴァルナーはだれかに見られている気がしていた。無視してビールをひと口飲んでから、思わず右を見た。ブレザーの男が彼を見て、一礼した。

「調子はどうです？」ヴァルナーはたずねた。

「ええ、元気です。あなたは？」

「上々ですよ」ヴァルナーはビールグラスを口に持っていき、ホップのにおいをかいだ。ブレザーの男もワイングラスを覗《のぞ》き込んだ。ふたりはしばらく自分のグラスを見つづけた。メラニーはまた注文を受けて働いている。ヴァルナーはコースターに印刷された文字をじっと見た。

「ひどい話ですね」ブレザーの男がいった。ヴァルナーは我に返って、男をけげんそうに見た。「死んだ女の子の件です」

「ああ、まあ、そうですね」

「すみません。警察の方のようでしたので」

ヴァルナーは愛想がよくないのもまずいと思い、すこし話をすることにした。それにそうすれば、メラニーをじろじろ見ないですむ。

「十六でした」そういうと、ヴァルナーはその言葉の重みを男に感じさせた。男はしみじみとうなずいた。

「あなたの子どもが殺されたとします」ブレザーの男がいった。「なにがあったのか気になって仕方がないでしょう。苦しんだだろうか。怖かっただろうか。あなたが助けにくるのを待っただろうか。そしてあなたは自分を責める」男は間を置いた。自分でいったことにショックを受けていた。「仕事中に……そういうことをお考えになりますか?」

「考えないようにしています」ヴァルナーはビールグラスの縁を親指でふいた。じつはいつもそういうことを考えている。「仕事中は、犯人がなにを感じているかとか、不安を抱いているかとか、そういうことを考えます」

ブレザーの男がうなずいた。

「お子さんは？」ヴァルナーはたずねた。

「いません。しかし娘を亡くした方を知っています。とても悲しい話です」

「子を亡くすというのはいつだって悲しいものです。あなたの友だち？」

「いいえ。あの方は……なんといいますか、ある日、わたしのところに来たのです。話がしたいといって」

「あなたはセラピストかなにかですか？」

「聖職者です。ケルティングといいます」

「ヴァルナーです」ふたりは握手した。

ヴァルナーは男を見つめた。一見したところ、聖職者らしくない。

「カトリック？」

「プロテスタントです。ルール地方の出身です」

プロテスタントの牧師は、ヴァルナーには聖職者に見えなかった。ブレザーとジーンズ。最近は女の牧師だっている。本当の聖職者は黒いスータン（聖職者が日常身につける服）を着て、奇妙な帽子をかぶり、香炉をさげたり、聖水をトイレ用ブラシみたいなもので振りかけたりする存在だ。

ヴァルナーはオーバーバイエルンで育った子ども時代にそう植えつけられていた。

「その人はなぜあなたのところに？　聞いてくれる人を求めていたということですか？」

「罪の告白をしにきたのです」

「プロテスタントでも告解をするのですか？」

「します。しかしカトリックの赦《ゆる》しの秘蹟《ひせき》とは違って、聖職者に告白するわけではありません。自分の心の中で罪を悔いるのです。神との対話なわけです」

「では、だれが赦しを与えるのです？」

「神です」

「なるほど」ヴァルナーはすこし考えた。「どうすれば、神の赦しを得たとわかるんですか？」

牧師は肩をすくめた。

「本心から悔いれば、赦してくださいます」そうはいったものの、確信はないようだった。

「わたしは警官すぎるのでしょうね。あるいはカトリック教徒すぎるというか。しかし本当に悔いたかどうか、どうやってわかるのですか？」

「カトリックの場合はどうやってわかるのですか？」

「自分ではわかりません。神父に赦しをもらい、ロザリオをたぐって、おしまいです。もちろん神父がだめな人なら、ついてないってことになりますね。せっかく告解しても、役に立ちませんから。しかし神父に示してもらうのでなければ、自分ではわからないものです。でもそのほうが明解だと思います」

「じつをいうと、わたしもそう思います。プロテスタントにおける罪の告白はハードルが高いのです。それに心の重荷を軽くしてくれません。他人に自分の罪を話すということは、その罪をその人に手渡すことといってもいいでしょう。すくなくとも、わたしはそう考えています」

ヴァルナーは、思いがけず心の問題に踏み込んだ牧師を興味津々に見た。

「そうですね。そのほうがほっとできます。しかし記憶するかぎり、ほっとできるのは束《つか》の間《ま》です。最後に告解したのは十二歳でした」

メラニーが注文を聞きにきた。ブレザーの男はワインを、ヴァルナーはビールを注文した。

「さっきの話の人ですが、どうしてあなたに告白しようとしたのですか？」

「彼はカトリック教徒でした。しかし彼の教区の神父とは馬が合わなかったのです」

「あなたはその人になんといったのですか？」

「カトリックの神父でなくてもいいのなら、喜んで告白を聞きましょうといいました。告解して贖罪《しょくざい》を得たと告げることはできませんが、ego te absolvo（汝《なんじ》の罪を赦す）くらいの言葉はいえます。それでいいかどうかは、自分で判断してくださいと。しかしその人は赦しを求めていなかったのです」

「というと？」

「その人は告白のあいだずっと神をののしりました。というか、神の代理人であるわたしをですが。そしてわたしがなぜその人からお嬢さんを奪ったのか弁明をしなければなりませんでした。それがその人の生涯最大の悪夢だったのです」

「おそらく罪の意識があったんでしょう」

「ええ。その人は娘さんを連れてバックカントリースキーをしたんです。バックカントリースキーはしないと奥さんに約束したのにしてしまったのです」

「そして娘を死なせてしまい、おめおめと帰宅した？」

「そうです」

「最悪だな」ヴァルナーは目の前にいるのがだれか思いだした。「すみません」

「かまいませんよ。ほかにいいようがありませんし」

ふたりはしばらく押し黙った。

「なにがあったんですか？　雪崩に巻き込まれたとか？」

「いいえ。お嬢さんは崖から落ちたんです」ブレザーの男は考えた。「といっても、実際になにがあったか詳しくは話してくれませんでした」

「あなたはののしられても平気だったのですか？」

「好きにさせました。罪をなすりつけられる相手がいること、それがあの人の唯一のよりどころだったのです」

「その人はどうなったんですか？」

「それがまたひどい話でして。でも今度お話しします」

11

ヴァルナーは自宅の前の路上に車を駐めた。夜は雨になると天気予報がいっていた。明日の早朝には雪に変わるらしい。

ヴァルナーは祖父の家で暮らしている。祖父は一九五〇年代のはじめ、自分の手でその家を建てた。祖父はそれが自慢だったが、ヴァルナーにして見れば、アマチュアらしい不備がいろいろとあった。たとえばドア枠のサイズが子ども向けの高さ一メートル七十五センチだとか。祖父のマンフレートは「人間、たまに頭をかがめれば、高慢ちきにならずにすむ」とうそぶいている。といっても、七十八歳になるマンフレートの身長は一メートル六十二センチなので、自分は頭をかがめずに出入りできた。だが十五歳のときから一メートル八十センチを超えていたヴァルナーは、うっかりしているとすぐたんこぶを作り、十八歳の誕生日には酔っ払って脳しんとうまで起こす羽目に陥った。

ミースバッハでも、ヴァルナーが住んでいるこの界隈には、一九六〇年代まで建てられていたプチブル向けの住宅がひしめいている。なかには数軒、一九七〇年代には廃れたアスベストを使った家もある。いまでもなんとか建っていて、その建材の名前故に有名だった。

ヴァルナーは一九六九年に生まれた。二年後、母親がテーゲルン湖でヨットに頭をぶつけ、気絶したまま深緑色の水底に沈んで溺死した。母親の死体は浮かんでこなかった。父親はヴァルナーを祖父母に預け、一九七七年のある日、数ヶ月仕事でベネズエラへ行くといって出ていった。父親は二度、絵ハガキを送ってきた。一枚はカラカスから、もう一枚はアンティグア島から。それっきり音信不通になり、ミースバッハに帰ってこなかった。幼いヴァルナーは、子ども部屋の窓から外を見ていたら、父親がきっといつか帰ってくると思っていたが、思春期を迎え、ほかのことに気持ちが向くようになった頃、とうとうそういう希望を捨てた。父親が失踪して十年後、ヴァイアルン出身の旅行家から、ミースバッハの出で、八年前にベネズエラのジャングルに住みついた男にオリノコ川で出会ったという話を聞いた。その男はジャングルで旅行ガイドをしていて、ミラグロスという名の黒髪の女と結婚していたという。黒髪のミラグロスの美貌を考えると、故郷を一顧だにしないのもわかる、と旅行家はいった。ギムナジウムを卒業した後、ヴァルナーは数ヶ月にわたる旅をした。行き先が南アメリカだったのは偶然ではない。黒髪のミラグロスと結婚したという男を捜した。実際、うだるように暑く、蚊がうようよしている小さな町で男を見つけた。コロンビアとの国境に近いオリノコ川上流だった。ヴァルナーは父親に十三年間会っていなかった。しかも最後に見たのはヴァルナーが七歳のときだ。オリノコ川の男は白髪で、顔じゅうひげだらけ。父親に似たところはなにひとつなかった。しかし故郷から来た者に会えてうれしいと男は喜んだ。ちなみに出身地はミースバッハではなく、ライヒェンハルだった。南アメリカで暮らして二十年。ミラグロスはいまだに黒髪だったが、子どもを三人産んで、体重は四十キロ増えていた。男はいった。ベネズエラは住みやすく、みんな、人がいい。だが男は死ぬほど退屈で、バイエルンの食堂や雪の中のハイキングを懐かしんでいた。二年前、一度だけライヒェンハルに戻ったことがあるという。二週間というもの雨に祟られた。「いまは故郷がいいか、知らない土地がいいか心が揺れている。正直いうと、退屈で死にそうでも、快適な気候と人のいい人間のところのほうがいいと思ってる」といっていた。ヴァルナーは父親を捜すのをあきらめた。父親にはもう興味がなかった。自分の人生にとって大事なことにケリがついていないという気持ちがふっと心をよぎったときだけ、ベネズエラに思いを馳《は》せた。

門に鍵がかかっていた。奇妙だ。鍵をかけることなどありえない。マンフレートは振戦を起こす傾向があって、鍵の束をズボンからだすのすら嫌がる。当然、ギザギザの鍵を挿すのはもってのほかだ。だからいまでも、昔ながらの大きな鍵穴にシンプルな鍵を挿している。門はふだん鍵がかかっているかのように閉めてはいるが、実際にはただ押すだけでよかった。鍵がかかっているのは、マンフレートに来客がいるからだろうか。だが家を訪ねる者は出るときを考えて、門を開けておくだろう。それに、訪問者がマンフレートの性癖を忘れるはずがない。というのも、マンフレートはことあるごとに振戦の話をするし、クラスメイトの通夜で亡き友のために乾杯しようとしたときに振戦を起こした話は有名だ。マンフレートは白ビール（小麦を使った上面発酵のビール）のグラスを五客割ってしまい、二十年間洗っていなかった喪服をついにクリーニングにだす羽目に陥った。

雨はやんでいた。それでもあちこちで水滴が落ちていた。雪解けの水だ。ヴァルナーはぐちゃぐちゃしている地面を歩いて玄関に向かい、窓を見上げた。どの窓も暗い。屋根の上で、黒い鳥がばたばた動いている。ヴァルナーは玄関の鍵を開けた。また羽ばたく音がした。ヴァルナーは見上げた。顔に水滴が当たった。夜だというのに鳥が多くいる。カラスに違いない。どうも落ち着きがない。カラスがまた一羽飛んできてひと声鳴き、ヴァルナーからは見えない屋根のどこかに姿を消した。カラスのことは放っておいて家に入った。家は小さくて狭い。それはドア枠だけではない。大戦直後は贅沢《ぜいたく》な建て方をしなかったからだ。ヴァルナーは台所に入って、冷蔵庫から瓶ビールをだした。マンフレートを起こさないように照明はつけず、音もださないようにした。ヴァルナーはひとりでビールを飲み、物思いにふけった。すこしテレビを観《み》るのもよさそうだ。バスローブを着たマンフレートが二階から下りてきて、おしゃべりをはじめたら面倒だ。

ヴァルナーは冷蔵庫の扉を閉めた。台所がまた暗くなった。冷蔵庫の横にかけてある栓抜きを手探りして見つけ、瓶ビールの栓を抜いて窓辺に立った。そこからは庭が見渡せる。ビールをひと口飲んで、濡れそぼった庭を見た。ところどころ黒ずんだ乳白色の氷に水が張ってきらきら輝いている。ヴァルナーは早朝、塩をまこうと思った。正面に物置がある。屋根から落ちて物置の前にたまった雪の残りが解けかけている。

ヴァルナーはセーターを着たメラニー・ポルケを脳裏に浮かべ、「今度また誘って」といわれたことを思いだしていた。車が走ってきて、ヘッドライトの光が物置をかすめた。それまで闇に沈んで見えなかったアルミの梯子《はしご》が光った。梯子は物置に立てかけてあった。梯子の定位置ではない。ヴァルナーがフックを取りつけて、使わないときは物置の中に吊《つる》せるようにしてあった。車が走りすぎると、ヘッドライトの光もそこからそれ、梯子はまた闇にまぎれた。濡れた道を走るタイヤの音とともにエンジン音が消えた。

静寂が戻った。聞こえるのはカラスが立てる音だけだった。あいかわらず落ち着きがなく、一斉に鳴きだした。やけに騒がしい。頭上でカラスたちが諍《いさか》いを起こしているのだ。一羽が屋根から飛びおり、庭に逃げ込んだかと思うと、台所の窓の前をよぎって、闇の中へと舞い上がった。そのカラスのカギ爪のあたりでなにかが光った。金色だった。ヴァルナーは身を乗りだしてカラスを見た。その瞬間、カラスは街灯の上を飛んだ。またカギ爪のあたりで一瞬なにかが金色に光った。そしてカラスは夜の闇に消えた。

「明かりをつけたらいいのに」祖父のマンフレートがいった。ヴァルナーはきびすを返して窓から離れると、暗い台所の戸口に立っている祖父の影を見た。マンフレートが白いバスローブを着ているのだけはわかった。週末をパリで過ごしたとき、ホテルから盗んできたものだ。ホテルには大金を払っているのだから、客室のバスローブくらいおまけにしてもいいはずだというのが、祖父の持論だ。

「つけなくていいさ」ヴァルナーはいった。

マンフレートも足を引きずりながら冷蔵庫へ行き、かすかにふるえる指でビールをだした。冷蔵庫内の照明で一瞬、マンフレートの顔が明るく浮かび上がった。ヴァルナーはその瞬間、そこに子どもが立っているような気がした。祖父が年とともに小さくなっているからだけではない。祖父が小柄なのは若い頃からだ。それよりも、なにをするにも注意を要するところが子どもみたいなのだ。

祖父は冷蔵庫の扉を閉めた。台所がまた暗くなった。祖父は冷蔵庫の横にかけてある栓抜きを手探りした。栓抜きを見つけて、栓を抜こうとしたが、何度やってもうまくいかなかった。ヴァルナーは祖父からビールを受けとって、栓を外してやった。マンフレートは、栓がスイングトップの瓶ビールを手に取っていたのだ。ヴァルナーはビールを祖父に返した。

「スイングトップだったのか？」マンフレートはくすくす笑いながらいった。

「そのようだ」ヴァルナーは祖父との会話が長引かないことを祈った。「スイングトップだからまた閉められる」

「なにがいいたいんだ？」

「ビールはやめておいたほうがいい。また夜中に五回はトイレに起きることになる」

「どうせ眠れやせん。こんな遅くまでなにをしていたんだ？」マンフレートは両手でビールを口に持っていき、ひと口飲んだ。それからビールを静かにキッチンプレートにおいて、口をぬぐった。

「捜査をつづけていたのか？」マンフレートが好奇の目をした。

ヴァルナーは質問に答えるべきか考え、説明したほうがましだと判断した。邪推されるから、祖父には女の話をしたくない。

「事情聴取していた」

「死んだ少女の件か？」

「ああ」

「ひどい話だ。まったくひどい……事情聴取の相手は女か？」ヴァルナーがうなずくと、マンフレートはいわくありげな表情をした。

ヴァルナーは窓の外を見て、ビールをひと口飲んだ。解けかけた氷の上になにか落ちている。さっきはそこになかった。なんなのかよくわからない。庭は暗かった。トラックが走ってきて、道を曲がり、家の前を通った。ライトが庭をよぎり、梯子に当たった一部が反射した。地面に落ちていたものが一瞬光った。金色で、ハガキくらいの大きさがある。といっても形はいびつだ。そしてまた夜の闇に消えた。

「その証人とうまくやるんだな」マンフレートは目配せした。「わしがおまえの年ならほっとかなかった。ははは」

「そうかい？　おばあさんの目があったのに？」

「はっ、なにをいうか。結婚する前の話だ。へらず口をたたきおって。もうすこし女を狩りにいったらどうだ。あっ？」

「平気さ。心配いらない」

「ホルモンバランスにも大事なんだぞ。わかるか？　気分がよくなる。発散はだいじだ」マンフレートはひと声うなってスイングトップを開け、ヴァルナーと乾杯した。「そうじゃないか？　わしのいうとおりだろう？」

ヴァルナーはビールをぐびぐび飲んだ。飲み終われば、マンフレートはベッドに入るだろうと期待して。

「だからわしは元気なんだ。戦争ではなにもかも失った。着る服があるくらいだった。それでも、元気だった。ホルモンバランスのおかげさ。わしがなにをいいたいかわかるな？」

「ああ、わかるよ。今日はどうだった？」

「やめてくれ。ひどい天気だった。買い物をしようと思ったんだが、ドアから出るなりこのザマさ。これを見ろ」マンフレートは白いバスローブの前を払った。下には緑色とオレンジ色の花柄をあしらった一九七〇年代のタオル地のパジャマを着て、がりがりの脚には同じタオル地のズボンをはき、パジャマの裾をズボンにねじ込んでいた。マンフレートはまずパジャマの裾をだすと、ズボンを膝まで下ろした。形といい大きさといい、ピザを半分にしたような青あざがあった。暗闇の中ではそう見えた。

「そりゃなんだい？　痛そうだな」

「ああ、痛いとも」マンフレートは指二本で青あざをつついて、顔をしかめた。

「ところで、今日はだれか来たのか？」

「アンテナの修理人が来た」

「梯子を使ったのはそいつか？」

「ああ、そうだ。屋根に上がる必要があったからな」

「呼んだのか？」

マンフレートは困惑してヴァルナーを見た。

「いいや、おまえじゃなかったのか？」

ヴァルナーは変に思った。呼ばれてもいないのに、アンテナを修理する奴がいるだろうか。それ以前に、アンテナに問題はない。パラボラアンテナだって異常はなかった。まさか祖父は……。

うんだ？」

「アンテナの修理に来たのは間違いないのか？」

「わしはアルツハイマーじゃない。煙突掃除人でなかったら、ほかに屋根でなにをするというんだ？」

ヴァルナーも同じ疑問を抱いた。

ヴァルナーが玄関から出ると、外はまた雨模様だった。気温も下がっている。雨はもうすぐ雪に変わりそうだ。ヴァルナーは足下に気をつけながら物置のほうへ行った。地面はいつもよりもつるつるしている。ヴァルナーは梯子を雨樋《あまどい》に立てかけ、二、三歩家から離れた。屋根になにかのっている。棟の上だ。きっとそれが原因で、さっきからカラスが騒いでいるのだろう。ヴァルナーは家から出るときにベルトに挿した懐中電灯を抜いて、カラスが集まっているあたりを照らしてみた。黒いカラスが集まっている上に、雪まじりの雨に視界をさえぎられ、そこにあるのがなにかよくわからない。ヴァルナーは地面を見た。足下にあったのは、ちぎれた金襴緞子の切れ端だった。ヴァルナーは梯子を上った。雨樋のすぐ下に着くと、彼に気づいたカラスの羽ばたく音が聞こえた。すぐにカラスが二羽、彼の顔のそばをよぎって飛んでいった。すると屋根の雪が動きだし、雨樋を越えて一斉に滑り落ちた。ヴァルナーはのしかかってくる雪の重みに耐えた。雪は解けかけて重く、顔や胸に当たった。屋根にはそんなに雪はのっていないからすぐに収まるとヴァルナーはたかをくくった。ところがそのとき、なにか重いものが頭に覆い被《かぶ》さった。それがヴァルナーの胸と梯子のあいだに入ってきて、梯子を横にずらした。梯子は、はじめはゆっくりだったが、やがて勢いよく傾いていった。ヴァルナーは梯子から手を離して、地面に落ちた。幸い先に屋根から落ちた雪がクッション代わりになった。そして梯子がヴァルナーの横に倒れた。

雪の中から顔をだしたヴァルナーが最初に目にしたのは、瓶ビールを持って玄関先に立っているマンフレートだった。「大丈夫だ」とヴァルナーはいったが、マンフレートが見ていたのはヴァルナーではなく、その横にあるものだった。マンフレートは目をむいて、見つめている。ふるえる手からビール瓶が滑って、地面に落ちた。それからふらっとして、ドア枠に手をついた。ヴァルナーはゆっくり横を向いた。視界になにか金色のものが飛び込んできた。右手には、いまだに懐中電灯をにぎっていた。彼から一メートルも離れていないところに、懐中電灯に照らされた少女の目があった。

## 12

真夜中を過ぎると雪になった。雨がぼた雪に変わり、しんしんと降っている。家の前の路上には、青色回転灯をつけた警察車両が六台も駐まり、巡査や私服警官が車のあいだを歩き、車と庭を行き来している。そして無線から声が漏れていた。

少女はカメラとビデオで撮影したあと、さらに調べるために物置に移された。雪が落下したせいで、発見現場の捜査は不可能になった。ルッはベッドから叩き起こされて、死体の検死をした。ミュンヘンから来るはずの法医学者は当分期待できない。雪に覆われた高速道路でトラックが横になって立ち往生したため、渋滞に巻き込まれてしまったのだ。検察官も法医学者の後方で前にすすめずにいるらしい。

特別捜査班の手すきの捜査官が全員、事件現場に駆りだされた。コーヒーをいれるように指示されたティーナは台所でハーブティーを見つけ、マンフレートのためにポットいっぱいにいれてくれた。ヴァルナーは捜査官のためにクリスマスクッキーもだした。マンフレートが自分で焼いたものだ。ヴァルナーは入れ歯のせいで食べられないし、ヴァルナーも食べたくなかったので、復活祭《イースター》にこっそり捨てられる運命だった。案の定、クリスマスクッキーはなかなか減らなかったが、二十人もいる捜査官たちの中にはひとりかふたり歯がしっかりしている猛者《もさ》がいるものだ。

ヴァルナーはミーケといっしょに台所にいた。窓から見える庭は強力なライトに照らされて昼間のようだ。ティーナはほかの捜査官といっしょに手がかりを探したが、そのうちにすべてが三センチほどのべた雪に覆われてしまった。

午後七時半に行方不明者届がだされていた。農業を営むディヒル夫妻から娘が帰らないという届けがあったのだ。行方不明者は十三歳。名前はゲルトラウト。ミースバッハの実業学校に通っていて、下校したが、家に帰ってこなかった。ディヒル夫妻は娘の居場所を突きとめようと午後いっぱいあちこちに電話をかけた。娘はふだん下校したらまっすぐ家に帰っていたという。結局、電話ではらちがあかず、夫妻は警察に電話で通報し、行方不明者届をだした。死体がゲルトラウト・ディヒルなのは間違いなかった。

ミーケは夫妻に伝えるのは明日まで待とうと提案した。いまからでは真夜中に起こして、娘の死体が発見されたと伝えることになるからだ。ヴァルナーはそれでもすぐ電話をかける決断をした。夫妻が寝ていないのは明らかだ。一瞬、電話連絡をだれかに任せようかと思ったが、これはヴァルナーの役目だ。事前に電話をかけずに、だれかを夫妻のところへ向かわせるのも望ましくない。こんな遅い時間に、そんなことはできない。

呼出音が一回鳴るなり、相手が出た。父親のベルンハルト・ディヒルだった。ディヒルは娘が死んだという知らせを黙って受け止めた。ヴァルナーは相手が聞いているか確かめなければならなかったほどだ。電話の向こうで「警察から?」と訊く女性の声が聞こえた。それから、警察がなんといったか、その声がたずねた。しかしディヒルはなにもいわなかった。女がまた切羽詰まった様子で質問した。「どうなっているの?」と女が夫をせっついた。声が裏返っていた。争う音がして、受話器が床に落ちた。それから女が電話口に出た。大泣きしているが、懸命に気持ちを抑えようとしていた。消え入るような声で「母親です。なにがあったか教えてください」といった。ヴァルナーは伝えた。

ヴァルナーは、ディヒル家へ臨床心理士を派遣するようにとミーケに指示した。新鮮な空気が吸いたかった。コーヒーをひと口飲もうとして、両手がふるえていることに気づいた。マンフレートのことが気になって、外に出るついでに居間を覗いた。若い女性警官のヤネッテが祖父のカップにハーブティーを注いでいた。祖父は興奮するとひどくふるえる。他人が注いだハーブティーなど飲める状態ではないはずだが、ヤネッテの心遣いが功を奏しているようだ。

玄関を出たところで、ヴァルナーは深呼吸した。湿った冷気が肺を満たし、頭がすっきりした。屋根を見上げると、雪が落ちてきて顔に当たった。そのあとルツがいる物置に足を延ばした。彼はまだ検死をしていた。死体はビニールシートを敷いた作業台に横たえてあった。金色の衣装は少女から脱がして、作業台の横に広げたビニール袋に入れ、あとで調べることになっている。ヴァルナーは、左胸の小さな創傷を見た。ヴァルナーがさっき目のあたりにした少女の目は閉じてある。顔は青白いが、おだやかだ。体はすこしだけ女性らしい肉付きがあった。

「今朝の死体と同じか？」

「ええ、まったく同じです」ルツはいった。「被害者の身元はわかったのですか？」

「名前はゲルトラウト・ディヒル。ミッターダルヒング村在住。十三歳」

ルツは死体を見つめた。重苦しい気持ちでいるようだ。

「両親にはもう……？」

　ヴァルナーはうなずいた。ルッは鑑識官なので、そういう電話連絡をする役はまわってこないが、それが簡単なことでないのはよくわかっていた。

「死体のまわりにカラスが群がっていた。なにもされていないのか？」

　ルッは死体の肩の片方を持ちあげて、壁のほうに死体をすこし転がした。背中が見えた。髪の生え際から肩甲骨にかけて、カラスがついばんだ痕があった。といっても、頸椎《けいつい》のまわりを半円形で。ルッはそこを指差した。

「ここが衣装から出ていたんです。仰向けだったら、顔がこういう状態になっていたでしょう」

「それでも親にはなんの慰めにもならないだろう。口の中は調べたか？」

　ルッは作業台用の棚へ行った。そこに透明の小さなビニール袋があった。ルッはそれをヴァルナーに渡した。袋の中にはブリキのバッジが入っていた。爪よりもすこし長くて、細かった。バッジには「72」と刻まれていた。それ以外はピア・エルトヴァンガーの口の中から見つかったバッジにそっくりだ。ヴァルナーはそのバッジを見つめた。ルッが横に立った。

「なんでしょうね？」

「さあな。あとでコーヒーを運ばせる」

　ルッはうなずいて考え込み、それからまた死体のほうを向いた。

祖父のマンフレートはいまだに顔面蒼白《そうはく》で興奮していた。ハーブティーを飲めば気持ちが落ち着くはずなのに、美しいヤネッテがいるせいで、効果は半減されていた。ヴァルナーは、質問に答えられるかと祖父にたずねた。マンフレートはためらった。ヤネッテがいなくなるのを心配しているようだ。ヴァルナーはヤネッテにとどまるように頼み、祖父が今回の事件の最重要証人であることを彼女に説明した。

「業者が来たのは午後五時ごろだった。もう日が落ちていた。だからびっくりしたんだ。あいう連中はふつう定刻で仕事をやめる。四時半に来てくれと頼んだりしたら、断られるのがオチだ。まったく堕落した連中……」

「五時に来たってことだな」ヴァルナーは祖父に、ほかの証人に対するような堪え性がなかった。

マンフレートはうなずいて、ティーカップにふるえる手を伸ばした。ヤネッテがすかさず反応して、マンフレートからカップを取って口元に持っていった。マンフレートはふた口飲んでから弱々しく声をふるわせながらいった。「ありがとう。感謝する」

ヴァルナーはカップを祖父の手が届かない自分の横のテーブルに置いた。

「そいつがどんな奴だったかいえるか？」

「中背だった。一メートル七十八センチくらい」

「一メートル七十八センチくらいってなんだ？」

「測ったわけじゃない！」

「そういう意味じゃない。一メートル八十センチくらいとか、一メートル七十センチくらいとかならわかる。だが七十八センチくらいってのは……？」

「どうだっていいでしょう」ミーケが割って入った。「なにあら探しをしてるんですか？」

「そうだ！　ひとりよがりで困る。よくいってくれた。わしがそういうことをいうと、いつも被害妄想だと片づけられる。あら探し！」マンフレートはミーケを指差した。「すばらしい！」

ヴァルナーはミーケに視線を向けた。情愛のこもったまなざしだった。ミーケは携帯電話を見つめてささやいた。「まあ、あとはふたりでやってください。わたしはちょっと……」ミーケは携帯電話を指差して外に出た。こんな夜中にだれに電話するつもりだろう。ヤネッテもそろそろ帰るといったが、ヴァルナーは簡単な仕草で、まだ残ってほしいと意思表示した。

「それで男の外見は？」

「野球帽を目深にかぶっていた。それからメガネをかけていた。かなり大きなメガネで、レンズは色つきだった」

「言葉を換えると、人相はわからなかったんだな？」

マンフレートは肩をすくめて、そういってもいいという仕草をした。

「そいつが死体を屋根にのせたとき、なにか気づかなかったのか?」

「そういったじゃないか」

「あのなあ。知りたいのは、どうしてなにも気づかなかったのかだ。言い換えれば、そいつが屋根に上ったとき、どこにいたんだ?」

「ここでテレビを見ていた。ちゃんと映るかどうか見ていてくれっていわれたんだ」

「つまりずっとテレビを見ていたんだな?」

「そうだ。そういわれた」

「それで? テレビはどうなった?」

「よく見えたさ」

「変だと思わなかったのか?」

「どうして? わしに文句があるのか?」

「いいや。忘れてくれ。そいつの車はどこにあった?」

「そこの庭さ。車に乗って入ってきた」

「そして、門を閉めたんだな」

「そうだ。変だとは思ったんだ。わざわざ閉めなくてもよかったからな。すぐに出ていくんだから、閉めることはない」

「どんな車だった?」

「ワンボックスカーだった。なにか文字が書いてあった。レンタカーだった」

「ひょっとして……?」

「いいや、覚えてない。覚えていれば、教えてやれるんだがな」

マンフレートはいらいらしだした。

「わかった。ではアンテナの修理に来たといった奴は、レンタカーのワンボックスカーで庭まで乗りつけて、門を閉めたんだな」

マンフレートは遠くを見るような目つきをした。ハーブティーのカップが視界に入ると、マンフレートはつらそうなまなざしをヤネッテに向けた。ヤネッテはすぐに反応して、カップをマンフレートの口元に持っていき、それからティッシュで彼の口をふいた。マンフレートは彼女の腕を軽く叩いて、感謝するようにうなずいた。ヤネッテはカップを置いて、居間から出ていった。マンフレートは物憂い様子で彼女を見送ってから、ヴァルナーのほうを向いた。

「考えてみたら、なにもかも変だった。しかしそのときは、なんとも思わなかった」

「間違ったことはしていないさ。俺でも気づかなかった。普通のことだ」

マンフレートはうなずいた。ヴァルナーは祖父のカップにもうすこしハーブティーを注いだ。マンフレートは手をふるえさせることなくカップを手に取り、熱々のハーブティーに息を吹きかけた。ヴァルナーは祖父のそばに腰かけた。

マンフレートはハーブティーをゆっくり飲みながら窓の外を見た。見えるのは警察車両の青色回転灯だけだ。

「あいつはなんであの少女を殺したのかな？」

「さあな。動機は謎だ」

マンフレートは啞然として首を横に振った。

「なんて世の中だ」

ヴァルナーはマンフレートに腕をまわした。

「じいさんの若い頃だって、ろくなもんじゃなかっただろう。それでもなにかしら生きがいはあったはずだ」ヴァルナーは愛情を込めて祖父を見た。「ヤネッテを呼ぼうか？」

ヴァルナーが目配せをすると、マンフレートは笑みを浮かべて、ヴァルナーの腕に手を置いた。その瞬間、ミーケが戸口にあらわれた。彼は皮肉と好意がないまぜになったまなざしでヴァルナーを見た。そしてボスよりも事情に通じているときによく見せる目の輝きもあった。

「腰を上げてもらいましょう。ホシがミスを犯したようです」

# 13

ヴァルナーとミーケは、ヴァルナーの家の前の路上で吹雪《ふぶき》に巻かれながらルノーの壊れたヘッドライトを見つめた。ふたりといっしょにいたのは、ボンバージャケットとジーンズという恰好《かっこう》の長髪の若者だった。名はフーベルト・マンゴルト。三軒先の家の住人だ。ヴァルナーは二十年前から知っている。マンゴルトの話では、五時すこし前に車をぶつけられたという。

「そいつに止まれって叫んだんだ。車から引きずりだしてやろうと思って追いかけたんだけど、道に張っていた氷で足を滑らせて腰を打っちまった。あまりの痛さに意識が朦朧《もうろう》としてしばらく道にひっくり返ってた。だけど、その車のナンバーはしっかり覚えておいたよ。レンタカー会社シュライバーレントの車だった。すぐに電話で警察に通報した。だけど少女の殺人事件で手一杯だから、すぐには対応できないっていわれた」

「シュライバーレント社にさっそく連絡をとってみました」ミーケがいった。「しかしこの時間ですから、だれも出ませんでした。朝になるのを待つしかないですね。でも、とんとん拍子でいくでしょう」

三時半、ようやく捜査官たちが引き払った。ヴァルナーはマンフレートのためにもう一度ハーブティーをいれ、念のため通常の半量の睡眠薬を与えた。マンフレートはしきりに寝返りを打ったが、ひとまず眠ってくれた。ヴァルナーは眠れなかった。さまざまな考えが頭の中をうずまいていた。犯人は被害者をヴァルナーの屋根に置いていった。なぜだ？　ヴァルナーは理由を探したが、わからなかった。犯人が挑発しているとしか思えなかった。五時すこし前、ヴァルナーは台所でコーヒーをいれた。湯気を上げるコーヒーカップを持って窓辺に立ち、庭を見る。雪はもう二十センチほど積もっている。窓を開けると、夜風にあおられて、雪が顔に当たった。いつもと違って冷気を楽しんだ。

ヴァルナーは朝の六時十五分に出勤した。報道陣はすでに署の前に集まって、質問を浴びせてきた。ヴァルナーは「申し訳ない、警察本部の報道担当に問いあわせてくれ」といって取りあわなかった。

ルッがすでに来ていて、コーヒーをいれていた。ルッとヴァルナーはオフィスチェアにすわって、静かにコーヒーを飲んだ。窓の外はまだ暗かった。外からは除雪車の作業音が聞こえた。

ルッは一年前に離婚していた。別れた妻は通りをひとつ隔てた家で郡行政管理局の建設課長と暮らしている。相手は音楽や演劇に関心が高く、そこがルッと違うところだった。ルッはいま、DIYでキッチンやサウナや床暖房を自作した一戸建てにひとりで住んでいる。八歳の息子には、二週間に一度、週末にしか会えない。だからいっしょに過ごすときは家でくすぶらず、釣りやスキーを楽しむ。ルツはまだ手を加えている最中の家で孤独を託《かこ》っていた。だがDIYにはもう喜びを感じていない。だからオフィスにいる時間のほうが多い。夜中に眠れないと、よけいにいたたまれないのだ。

六時半に、ミーケが出勤した。ミーケは眠れない夜を過ごした。今朝はげっそりやつれている。ティーナは八時前には来ないだろう。娘に朝食をださなくてはならないからだ。

三人は濃いコーヒーを飲み、シュライバーレントの社員が出勤するのを待った。三人三様で物思いにふけった。天気予報によると今朝は雪になる、とミーケがいった。だが雪は忌々《いまいま》しい夜のあいだもずっと降っていた。

「なんであんなことをしたんでしょうね？」ルツがふいにいった。

「なんのことだ？　うちの屋根に死体を置いたことか？」

「ええ。めちゃくちゃ見つかる恐れがあったわけでしょ。交通事故の件もあるし。犯人は用意周到なのに、どこかお粗末だ。どうも腑《ふ》に落ちません」

ミーケは考えながらカップに角砂糖を三つ落とした。

「だれだってミスはするさ。犯人はいかれてる。わかるか？　俺たちよりも頭がいいつもりなんだ。どこまでやれるか試している」

ミーケはあくびをして、角砂糖をさらにふたつカップに落とした。

「もう五つ目だぞ」ヴァルナーはいった。

ミーケは罵声《ばせい》を吐いて、半分溶けてしまった角砂糖をスプーンですくいあげた。

ヴァルナーは窓の外を見つめた。

「ルッツのいうとおりだ。たしかに腑に落ちない。殺人事件を起こしたのは、世間の注目を浴びたいからだろう。すべて用意周到に準備し、あらゆるリスクを計算に入れている。それなのに交通事故を起こすとは……もしかしたら計画を変更したのかもしれない。計画どおりに行かず、ミスを犯した」

「計画を変更したってどうしてわかるんですか？」

「最初の死体がすぐ見つかったのは偶然だ。犯人は死体を湖に沈めた。さらに雪が降ることを知っていた。普通なら親がまず行方不明者届をだす。だがどこを捜せばいいか、だれにもわからない。そして二、三日して、だれかが受難者記念碑を見つける。湖底を捜すことになるのはそれからだ。死体が翌朝発見されることを、犯人は計算に入れていなかったはずだ」

「それでも」ルッツはいった。「あの交通事故は解せないですね。ルノーは門から五メートル離れていました。どうしてぶつけたりしたんでしょう？」

七時に、ミーケはレンタカー会社のイェリネクという女性社員と連絡がついた。車のナンバーを伝え、昨日その車を借りた人物の氏名を突き止めてほしいと依頼した。ミーケが電話で話しているあいだ、ルッツとヴァルナーは彼の横に立って様子を見ていた。名前がわかっても、おそらくどうにもならないだろう。それでも、それが犯人の名前のはずだ。ところが、レンタカー会社のコンピュータに問題が発生した。プログラムが止まってしまい、コンピュータを再起動しなければならなかったのだ。ミーケは受話器を耳に当てながら、コーヒーをいれてくれと頼んだ。ヴァルナーはコーヒーメーカーのところへ行った。コーヒーに角砂糖を三つ落としていると、隣の部屋で、間違いないかと念を押しているミーケの声が聞こえた。なにか問題があるのか、彼はもう一度コンピュータを調べるように頼み、それから声を荒らげた。

「いつだれがその車を借りたかコンピュータでわからないなんて、どうかしている。協力しないのなら、目に物見せてやる」

ヴァルナーはデスクにコーヒーを置いて、ミーケの手から受話器を取った。

「替わりました。ヴァルナーといいます」彼は電話に向かっていった。「申し訳ないですが、少女がふたり殺害されて、こちらはいっぱいいっぱいなんです。問題の車をだれが借りたかお教えください」

「だれもその車を借りていません。さっきもそういいました」イェリネクは答えた。

「しかしそのナンバーの車が昨日の午後五時ごろ、ミースバッハで目撃されているのですよ。

コンピュータの入力ミスではないですか？」

「車を貸しだすときにすべての情報をコンピュータに入力しますので、ミスが起きるはずはありません」とイェリネクはいった。

「そうかもしれませんが、希《まれ》に入力ミスなどが起きることもあるでしょう。問題の車が昨日貸しだされていないかもう一度調べてくれませんか。なんならうちの者をだれか手伝いに行かせますが。いいえ、さっきの口が悪い刑事ではなく。だれかもっとやさしい者を行かせます」ヴァルナーはいった。

ヴァルナーは受話器を置いて、ミュンヘンにあるレンタカー会社へ行くようにミーケにいった。ミーケは、ミュンヘン警察に捜査協力を要請してはどうかと提案した。だがヴァルナーは、それでは頑固なイェリネクがその車をレンタルしていないと突っぱねるのではないかと危惧した。だれかがその車を運転していたことは間違いない。そしてそいつが二件の殺人事件の犯人だ。

「やはり、なにかおかしいですね。犯人はわたしたちを煙《けむ》に巻いたのです」ルッはいつになく興奮していた。

「まあ、そう焦るな。ボンバージャケットの奴が見間違えたのかもしれない。あいつがナンバーを見て、覚えていたことのほうが驚きだ」ミーケはいった。

「ミーケのいうとおりだ。証人が数字の順番を間違えたか、文字を勘違いしたかしたんだろう。そういうこともある」

八時半、ヴァルナーは特別捜査班の会議をひらいて、役割分担をした。ローゼンハイムの捜査官のひとりは、証拠品の二着が同じ店で買われたかどうか、金襴緞子の衣装の出所を探る。シュピッツィング湖周辺に山小屋を持っている者や、週末にそこで過ごした者、つまり所有者からその友人、親戚、貸し別荘を借りた者まで調べあげ、そのデータから被疑者に該当しない者を除外する。除外者は二十五歳以下と七十歳以上の男性と女性全員。残った者の中に前科者がいるかどうか、あるいは、山小屋にひとりで宿泊したなど怪しい行動をした者について調べなければならない。捜査官ふたりには、「薔薇十字団」に関する本を扱うインターネット書店の顧客データを入手し、そこで浮かんだ氏名と山小屋のデータを比較検討してもらう。それからピア・エルトヴァンガーがこの半年、携帯電話で通話した相手のリストを携帯電話会社から提出してもらう必要がある。犯人のプロファイルを作成するミュンヘンの事件分析官には二件の殺人事件に関する情報を伝えなければならない。ヴァルナーはさらにふたりの捜査官に、ゲルトラウト・ディヒルが通っていた学校で聞き込みをするように指示した。といっても、役に立つ情報が得られるとは思っていなかった。今回の事件が被害者のプライベートと関係している可能性は低いからだ。いまのところ殺されたふたりの被害者には一切接点がない。ふたりはまったく異なる世界の住人だった。

真夜中から間断なく雪が降った。しんしんと冷え込み、白く一面をおおった雪があらゆる音を吸収して静かだった。国道からの分かれ道に入って五百メートルほどのところで上り坂になり、ヴァルナーの車は立ち往生した。ヴァルナーとティーナは車を乗り捨てて、農場まで残りの道を歩いた。坂を上るうちに、ヴァルナーさえも体が火照《ほて》った。

「どうしてわたしを連れてきたんですか？」

「ミーケにはミュンヘンに行ってもらうことにしたからだ」

「ほかのだれかを連れてきてもよかったじゃないですか」

「きみに来てもらいたかったんだ。不服か？」

「普段は同行することなんてないじゃないですか」

「きみは鑑識官だからな。だが今回は……女性にいてもらったほうがいいと思ったんだ」

ヴァルナーは白い息を吐いた。雪が顎に当たって、すぐに解けた。ふたりはしばらく黙って雪を踏みしめながら歩いた。

「ファレリーのことが心配なのか？」ヴァルナーが声をかけた。

「ええ」ティーナは足を止めた。唇をひらいて深呼吸した。ティーナ本人はタフだが、十五歳の娘を抱えている。「本当に気がかりなんです」

ヴァルナーは黙ってうなずいた。捜査がどんな状況にあるか、ティーナも承知している。

ヴァルナーも、彼女の不安を取り除いてやることはできない。本当ならそうしてやりたかった。犯人の手がかりはつかんだから、あとは大丈夫だといえたらどんなにいいだろう。しかしまだそこまで行っていないことをティーナも知っている。彼女は気を取り直して歩きだした。

すこしして、ふたりは坂を上り切った。その先に農場が見えた。十分も歩けば着くだろう。ヴァルナーは一面まっ白な景色の中、ゆっくりと歩をすすめた。急いではいなかった。臨床心理士によると、両親は娘の死を気丈に受け止めたという。「しかし娘との関係は濃かったようです。ディヒル夫妻は長いあいだ子どもに恵まれず、何度も体外受精を試みました。保険で払える限界に達しても、さらに四度、自費で試したあと、別の医者が夫に原因があることを突き止めたんです。夫妻はその後、養子縁組をする決心をし、二年後乳児を引き取りました。それがゲルトラウトだったのです。子作りに何年も苦労したふたりにとって、養子に対する思いは並大抵のものではなかったはずです。ゲルトラウト・ディヒルは農家にはめずらしく、過保護に育てられてきたようです。両親は気持ちの整理がつかないでしょう。悲しみを形にすることもできないかもしれません。セラピーが必要になります。それも長期にわたって」

農場に着いても、人影がなかった。鎖がこすれる音以外なにも聞こえない。家畜小屋で牛が一頭動いている。冷気の中、その家畜小屋から暖かい匂《にお》いが漂ってきた。手前にある母屋の壁は白塗りで、二階部分にはバルコニーがあり、洒落た透かし彫りの黒い手すりに囲まれていた。母屋と連結した家畜小屋の壁はレンガで、屋根の部分は木造だった。庭は東を向いている。相当古いことがわかる。二百年くらいの歴史はあるだろう。昔は西風から家を守るためにこういう配置にした。いまは日当たりを考えて、庭は南向きに作る。横から風を受けることは承知で。

雪はいまだにゆっくりと絶え間なく降っていた。庭に積もった雪は三十センチはありそうだ。朝の雪かきを怠っている。ティーナは家畜小屋のほうへ行って、扉を開けた。空気は暖かく湿っていた。二十五頭の乳牛がいて、中はポカポカしていた。家畜小屋はきれいに清掃されていた。ティーナは乳牛の乳房を見た。搾乳はすんでいる。鎖がこすれ、乳牛が鼻から息を吐いた。隅でなにか動く気配がした。猫が一四、囲いの板張りの陰に消えた。

「だれもいないですね」ティーナがヴァルナーのところに戻ってきていった。

ヴァルナーは、家畜小屋の上に設けられた、この地域によくある飼い葉置き場へ通じる傾斜路の下に立った。

ヴァルナーは足下の地面を見つめた。風のあたらない角に赤いシミが広がり、雪が積もっているあたりまでつづいていた。

「血液?」ティーナがたずねた。

ヴァルナーはうなずいた。ふたりは母屋の玄関にまわることにして、台所の窓の前を通った。台所にも人の気配はなかった。家の正面の玄関の横にチベットのマニ車が飾ってあった。ヴァルナーはそれをしばらく見つめてから、そっとまわしてみた。

「そんなことをしてもだめでしょう」そういうと、ティーナはドアをノックした。返事はなかった。ドアには鍵がかかっていなかった。ふたりは室内に踏み入った。玄関はそのまま廊下になっていて、いくつもの部屋が並んでいた。左が居間で、右が事務室、その次の左側の扉は台所に通じている。部屋はどれも片付いていなかった。台所では古い鉄ストーブで薪《まき》が燃えていて、室温は三十度はありそうだ。ここでもだれにも会えなかったので、ヴァルナーは、来訪を告げられるようにドアの横の壁に取りつけてあるカウベルを鳴らした。だが人を呼び寄せることはなかった。ふたりは廊下にじっとたたずみ、カウベルの音がしだいに小さくなるのを聞いていた。かすかに音楽が聞こえた。廊下の奥から聞こえる。そこに地下へ通じる階段があった。ティーナがそっと扉を開けた。むっとする臭いがあふれでた。音楽は地下から聞こえてきた。クリス・デ・バーだ。

　地下には大きな冷凍庫があり、その上にカセットレコーダーが置いてあった。聞こえていたのはクリス・デ・バーの『ザ・フェリーマン』だ。冷凍庫の横の大きな作業台で、ジーンズにエプロンといういでたちのディヒル夫人が背を向けて立っていた。肉らしきものを切り分けている。冷凍庫のそばに青いビニール袋が置いてあり、むしった羽根《はね》でいっぱいにふくれていた。

「ディヒルさん……？」

ディヒル夫人が振り返って、けげんそうにヴァルナーを見た。

「ヴァルナー、ミースバッハ刑事警察署の者です。こちらは同僚のティーナ・クラインです」

「肉を冷凍しているところなんです」そういうと、夫人はエプロンで両手をふいた。作業台には羽根をむしられたカモが十羽以上のっていて、そのうちの一羽が解体されていた。夫人はそのカモをラップにくるんだ。ほかにも五羽、高価なリネンのまっ白なナプキンにくるまれている。

ヴァルナーは、いきなり死んだ娘のことを話さずにすんだので心底ほっとした。

「そうですか。カモをナプキンにくるんでいるのですか？」

「娘の嫁入り支度をしているんです」夫人は、ナプキンにくるんだカモをやさしく見つめた。

「そうするものなんですか？　冷凍についてはよく知りませんので」

「わたしも知りません。ただ、寒いところにこのままにはしておけないでしょう」

高価なリネンにくるんだ五羽のカモは冷凍庫の中で永久に凍結されるのだ。ヴァルナーとティーナはカモから目をそらすことができなかった。ラジオからは、河を渡してもらうまでは「渡し守」に金を払うもんじゃない、とクリス・デ・バーが歌っていた。

「お嬢さんのことで来ました」ティーナはいった。

「まだ帰っていません」夫人はいった。「午前中は学校ですので」

ヴァルナーは二、三歩、夫人に近寄った。

「ディヒルさん……」ヴァルナーは作業台のカモを見て、夜中に自宅の物置で見たルッと死んだ少女が脳裏をかすめた。「ディヒルさん、お嬢さんは亡くなったのです」

夫人はすこしためらってから、カモのほうを向いた。

「ごめんなさい。用事があるんです」

「いくつか質問があるのです。つらいのは承知しています……」

「用事があるんです。夫と話してください。毎年これをやらなくちゃならないんです」

夫人はカモを意味もなくラップでぐるぐる巻きにした。ラップがなくなると、乱暴にナプキンをつかんだ。ヴァルナーはそっと夫人の上腕に触れた。

「ディヒルさん……」

夫人はさっと振り返り、ヴァルナーをにらんで叫んだ。

「忙しいんですよ！　見てわからないんですか？　これを全部冷凍する必要があるんです！」

そういうなり、まだパックしていないカモを取って、ヴァルナーのほうに投げた。カモは壁に当たって床に落ちた。木靴の二歩手前に。夫が地下室にやってきていた。夫が夫人のところへ行って、腕を取ると、夫人は夫の胸の中でしばらく訳のわからないことを口走った。それから押し黙り、床からカモを拾いあげて、こびりついた汚れをふきとった。夫人は新しいラップのケースを開けて、手の甲で鼻汁をぬぐって、作業を再開した。

その部屋にはタイル張りのストーブがあって、ぬくぬくして居心地がよかった。すきま風の心配はなかった。窓には冬場用のはめ殺しの窓がもう一枚はめられていた。部屋の調度品はいかにも田舎風で、例外は曼茶羅《まんだら》の壁掛けだけだ。ここの住人は遠い異国を旅したことがあるようだ。ディヒルは机でヴァルナーとティーナに向かいあった。つらそうな表情だった。

「犯人はお嬢さんをしばらく観察していたようです。おそらく顔見知りで、お嬢さんは気を許したのでしょう。最近、あなたが知らない人のことを話題にしませんでしたか？」

ディヒルは考えたが、ゆっくり首を横に振った。

「お嬢さんにいつもと違うところはありましたか？」ティーナが質問した。

「さあ……しかし最近、娘は機嫌がよかったです。うきうきしていました」

「理由はご存じないのですね？」

ディヒルは首を横に振って、顔をしかめたかと思うと、泣きだし、両手で顔を覆った。

ディヒルが気を取り直すと、ヴァルナーはゲルトラウトの部屋を見せてほしいと頼んだ。

壁は映画のポスターで埋まっていた。娘はハリウッド映画にはまっていた、とディヒルがいった。何度かいっしょにハウスハムの映画館に行ったこともあるという。だが車でなければ、そこまで行くのは遠かったので、ゲルトラウトはＤＶＤを観て我慢していた。ベッドの横には膨大な数のＤＶＤがあった。

ティーナは窓から吹雪で乳白色に染まった景色を眺めた。

「このあたりで見かけない人がうろついていたりしませんでしたか？」

ディヒルは考え込み、窓台に手をついて雪景色を見つめた。

「秋に知らない人が人目についています。わたしは見ていませんが、隣人から、見かけない車が何時間も駐まっていたといわれたことがあります。だれかが車に乗ったままだったそうです。それも三日にわたって。それからしばらく姿を見ませんでしたが、一週間後またあらわれたと聞いています」

「それがだれか調べましたか」

「いいえ、そのあとまたあらわれなくなったので、忘れていました」

ヴァルナーたちは玄関に出た。ディヒルが指でマニ車をまわした。

「アジアを旅したことがあるんですか？」ヴァルナーはたずねた。

「ネパールです。もう昔の話です。当時は登山をしていました。でもそのあとこの農場を引き継ぎまして、それからは旅ができなくなりました」

地下からクリス・デ・バーの歌声が聞こえた。

# 14

午後四時ごろ、捜査官が全員、特別捜査班本部に集まり、その日の捜査結果を報告した。ミーケはミュンヘンのレンタカー会社シュライバーレントを訪ね、電話ではらちがあかなかった例の社員と対面してきた。相手は三十代終わりごろの小太りの女で、それなりに色気があったという。ミーケはヴァルナーと名乗って、今朝、同僚が不躾《ぶしつけ》だったことを詫《わ》び、相手の心をひらくためにその性格が悪い同僚に自分も困っていると十五分近く愚痴《ぐち》をいったという。ヴァルナーから本題に入ってくれといわれて、ミーケはどうやってその社員の心をひらき、つまりはレンタカー会社のコンピュータにアクセスできたか説明したかっただけだと弁解した。

「その社員ともう一度、問題の車のデータをすべてチェックして、プリントアウトもしてもらい、コンピュータにアクセスできるのがだれかも確認しました。アクセス権を持つ者は多くありませんでした。ただし部外者がシステムに侵入した可能性も排除できません。システム管理室に入らなくても、インターネット経由で実行可能ですから。コンピュータのデータは、社員が今朝いったとおりでした。車はたしかに昨日レンタルされていませんでした。つづいて問題の車を実地検分して、距離計の数字がデータに記載されている距離と一致しているのを確認しました。それが正しければ、車は二日前から一メートルも動いていないことになります。科学捜査研究所に依頼して、会社のコンピュータシステムがハッキングされていないか調べてもらっています。さっきも言ったように、その可能性が排除できませんから。専門家はその可能性は低いといっていますが、なにか見つけるかもしれません。齟齬《そご》が生じた原因としてはあと、ヴァルナーの隣人がナンバープレートを見間違えたことが考えられます。そこで、問題の時間帯にレンタルされた車のナンバーをすべて教えて欲しいと社員に頼みました。目下その返事を待っているところです。遅くとも明日にはデータが届くと思います。そうすれば車を運転していた者の正体に近づけるでしょう」

ヴァルナーは、的はずれかもしれないが、もうひとつ可能性があると思うといった。犯人が借りた車のナンバープレートをはずし、別のレンタカーとすり替えた可能性だ。ミーケはそのことに思い至らなかったことを認め、そうでないことを祈るといった。そうなると、お手上げだ。

ピア・エルトヴァンガーが身につけていた衣装の出所が判明した。昨年の十一月十四日、デュッセルドルフのブライダルショップで販売されたものだった。販売された日は火曜日で客がすくなく、また現金で支払われたので販売員はよく記憶していた。五百ユーロ以上の価格で現金払いは珍しい。しかも最初に注文した女性からは二ヶ月にわたって音沙汰がなく、購入したのは男性で、中背で三十五歳から五十歳のあいだだったという。

シュピッツィング湖の別荘オーナーの割り出しは、連絡がつかない者が複数いたため、思ったより手こずった。それでも山小屋のオーナーと貸し別荘利用者のおよそ八十五パーセントがわかり、犯人に該当する人物の絞り込みもはじめていた。とはいえ絞り込みには数週間かかる見込みだった。

大型オンライン書店は、薔薇十字団に関する本の購入者リストを警察に渡すのに難色を示した。法的に妥当か顧問弁護士に相談し、検察局にも問いあわせ、検察局と顧問弁護士が電話で話しあった結果、データは明日、提出されることになった。

興味深かったのは携帯電話の通話リストだ。捜査を担当した者は、第一被害者ピア・エルトヴァンガーの通話リストに興味を覚える通話が奇妙なほどすくないといった。ピア・エルトヴァンガーが電話をかけた相手はほとんどコニー・ポルケだけだった。たまに自宅の固定電話との通話記録もあった。相手は両親だろう。通話時間は二分を超えることはなかった。あとは学校や、コニー・ポルケとは違う同級生。それ以外はなかった。例外は一度だけ。日曜日にシュリーア湖の電話ボックスからピアに電話がかかっていた。午後二時四十五分ごろ。通話時間は四分間。間違い電話にしては通話時間が長い。これがピアの最後の通話だった。十六時間後、彼女の死体が発見された。携帯電話はこのあと電源が切られ、いまだに所在がわからない。

ヤネッテはローゼンハイムの捜査官といっしょにゲルトラウト・ディヒルが通っていた学

校の教師や同級生に事情聴取した。ゲルトラウトは目立たない生徒だったようだ。成績もクラスで中の上。同級生たちによると、彼女は最近、浮かれていたが、訳は話さず、秘密にしていたという。通学はたいてい鉄道を利用していた。乗車する駅はダルヒング駅で、駅までは冬でも自転車で往復していた。もちろん農場までの道が除雪されているときだけで、そうでないときは自宅から駅まで車で送ってもらっていた。昨日は放課後、鉄道で帰らなかった。これは複数の同級生の証言でわかっている。ゲルトラウトはだれかと会う約束だったらしい。相手がだれかはだれにもいわなかったが、それを楽しみにしていたらしい。同級生ふたりが午後一時二十分ごろ、ミースバッハ市内のカフェにいる彼女を見たのが最後だった。

広い会議室での会議を終えると、ヴァルナーはミーケを連れて自分の部屋に戻り、コーヒーをいれた。すこし遅れてルツもやってきた。だれもいない自宅に帰る気がしなかったのだ。ヴァルナーは化石と化したマンフレートのクリスマスクッキーの皿をテーブルに置き、マグカップにコーヒーを注いだ。ミーケのマグカップには「おはよう、ミスター・ファアン」というロゴといっしょに無精髭《ぶしょうひげ》を生やした団子っ鼻の顔がコミック風に描かれていた。目には隈があり、歯をむいている。ロゴが皮肉なのはあきらかだ。ミーケはキャスターつきのオフィスチェアにすわったまま絨毯《じゅうたん》敷きの床を移動して、頭の後ろで手を組んだ。ヴァルナーはデスクの角に腰かけて、ツィムトシュテルンをかみ砕こうとした。

「これまでわかったことをまとめてみるか」ヴァルナーがいった。

ミーケはマグカップに角砂糖を四個落とした。

「犯人はいかれていて、用意周到。衣装は二ヶ月前にデュッセルドルフで購入。現金で五百ユーロ！　電話ボックスからの電話。道ばたに立てた受難者記念碑の窃盗。指紋も皮膚片も一切残さない。すべて完璧。それでいて、自動車事故のようなポカをしている」

「あれはポカじゃないです。俺たちをからかっているんですよ。結局、なにもわからなかった」ルツはいまにもマグカップをにぎりつぶしそうだった。

「ナンバープレートの数字を取り違えたのさ。明日には犯人を捕まえてやる」

「そうですね」

ルツはかっかしている。犯人に腹を立てているのだ。もちろん殺人を犯したからだが、警察を愚弄《ぐろう》しているのも許せないらしい。

「手がかりはどれも、奴がわざと残したものばかり。偶然じゃない。その意味では、奴はいまのところまったくミスを犯していない。ほら、これ！」

ルツは鑑識の小さなビニール袋をふたつテーブルに置いた。そこには被害者の口の中から見つかったバッジが二個入っていた。

「これが手がかりです！　犯人のメッセージは『2』と『72』。この謎を解かなければならない」

「そうかっかするな。まったく冗談じゃない」

「科学捜査研究所ではバッジについてなんといってる？」ヴァルナーが会話に割って入った。

「ふたつを並べると、粒子の粗い山の図になるという話です。雪に覆われた高い頂」

ルッはふたつのバッジを並べてみた。距離を置いて、すこし想像力をふくらますと、たしかに山の図のようだ。

「この山がどこにあるかまではわからないんだな？」

「山かどうかもあやしいですからね。仮に山だとしても、はたして実在するかどうか」

ヴァルナーはもう一度バッジを見つめた。「きっとこの山は存在する。専門家に訊いてみる必要がある。アルプスのスペシャリスト。あるいは山岳救助隊。山に詳しい者がいるはずだ」

「悪くないアイデアかもしれませんね」ルッはバッジをまた袋にしまった。「ふたりの被害者の共通点は？」

「ほぼ同年齢。だがあとは……」ミーケはお手上げという仕草をした。

「殺人犯が共通。でもほかに共通点はない。外見も異なる。ひとりはショートカットで、田舎娘風、もうひとりは良家のお嬢さま。それでも、犯人はこのふたりを狙いすまして襲っている。何ヵ月も観察し、娘の信頼を勝ち取ったはずだ。そしてかなり前から、犯行にどういう演出を施すか決めている。そういう奴は年齢が近いってだけでふたりを選んだんじゃないはずだ。だが、犯人の食指が動く少女に決まったタイプがあるのなら、ふたりは似ているはずなんだ。犯人は完璧主義者だからな」

「俺たちが知らない共通点がなにかあるということか」

「ああ。そして性的な動機も排除していい。そういう犯人は外見を重視する。あるいは売春婦を殺したり、いつも同じ場所で被害者を襲ったりする」

「金襴緞子の衣装は？　性犯罪者にありがちだが？」

「原則的にはそうだ。とはいえ、動機は別にありそうだ」ヴァルナーはコーヒーを飲み干すと、マグカップの底を見つめた。「俺が引っかかっているのがなにかわかるか？」

ルッはうなずいた。

「電話ボックスですね？」

「そうだ」ヴァルナーはマグカップをデスクに置いて、その縁を指でなぞった。「ピア・エルトヴァンガーは金曜日の夕方、シュピッツィング湖に向かい、日曜日の午後、だれかがシュリーア湖の電話ボックスから彼女に電話をかけている。つまり犯人に殺されるまで、ほぼ二日いっしょだった可能性がある。それなのに、犯人は別の場所から彼女に電話をかけたというのか？」

「彼女がそのときまだシュピッツィング湖にいたかどうかわかっていません。彼女は山小屋に向かったが、犯人はまだそこにいなかったんじゃないですかね。日曜日の午後にようやく犯人は彼女に連絡を入れ、殺すのに邪魔が入らない場所に誘いだした」ミーケがいった。

「それなら、シュピッツィング湖の雪に埋もれた山小屋のほうが人目につかないでしょう」ルツは首を横に振った。

「ああ、訳がわからない。もっと情報がないと」ミーケが立ち上がった。「明日になればもうすこしわかるはずです。レンタカー会社のデータが届けば、奴は年貢を納めることになります」

電話が鳴った。すでに八時近かった。電話をかけてきたのは科学捜査研究所のスタッフだった。

「こんばんは、マルギットです。まだいたんですか？」

「まあな。それで、どうした？」

「手がかりが見つかりました……」

## 15

スキーブーツで固い雪を踏み砕きながらすすんだ。太陽は山の向こうに姿を消し、影が伸びてきていた。気温もみるみる下がった。零下五度と零下十度のあいだだろう。いまのところ空は晴れている。沈みゆく太陽が山の頂をパステルカラーに染めた。下の谷は闇に沈みはじめていた。

ペーターは娘の名を呼んだ。だが返事はなかった。動いている様子もない。はじめはリザのところへ下りていこうと思った。雪に身を横たえ、雪庇《せっぴ》の縁まで身を乗りだした。スキーブーツの先を雪に突き刺して、雪庇から下をうかがったが、なにも見えなかった。雪庇は絶壁に張りだしていて、岩壁の下のほうがようやく視認できた。どこもかしこも岩だらけだった。ペーターはさがって、すこし上のほうに置いてあったスキー板をはき、セーターを着た。暖かくしなければいけない。スキージャケットはリザといっしょに崖から落ちてしまった。

北西に雲の塊があった。東はもう夜になっている。山の頂からも光が消え、星がぽつぽつあらわれている。ペーターは焦りを覚えた。もうすぐ雪になる。気温は零下十五度かそれ以下に落ちるだろう。リザは奈落で意識を失っている。この寒さに持ちこたえられないだろう。スキー板のところまで戻ったとき、ペーターは体中びしょ濡れだった。緊張し、不安に苛《さいな》まれたせいで、全身から汗が噴きでていた。心臓がばくばくいっている。それでも気持ちを落ち着けて、娘が滑落した場所をあとで説明できるように記憶にとどめた。下山するのに一時間はかかる。道に迷わなければ、もっと早く下りられるかもしれない。もし夜のとばりが下り、吹雪になれば、谷になどもう下りられないだろう。この山のことを知らないし、吹雪になれば地図も役に立たない。ペーターはビンディングをはめて、急いでスキーストックをつかみ、滑りだそうとした。それから考え直して、ストックのリングに手を通した。もしストックを失ったら大変なことになる。ただでさえ雪が重く、ストックがあっても滑るのはむずかしい。もうすこし斜面を上る必要がありそうだ。ペーターはあたりを見まわし、すぐさま滑降したい衝動に抗った。百メートル先にリザがいる。山の風に当たって、娘の体からすこしずつ体温が下がるだろう。時間が経《た》っていく。ペーターはこれまでたくさんの過ちを犯したが、いまは許されない。

　ペーターはゆるやかに斜面がはじまるところまで数メートルすすんだ。そこからは遠く下まで見渡せる。道はひらけている。まだ充分に明るい。一時間で谷まで下りられると思うとほっとする。下のどこかに電話があるはずだ。山岳救助隊に救援要請して、リザを山から下ろしてもらえるだろう。うまく行けば、吹雪になる前に。リザの体温は下がる。たぶん骨も折れているはずだ。それでも命は助かるだろう。そう考えるうちに、ペーターは気が高ぶるのを感じた。ストックを強く押して滑りだした。雪は重いが、体勢は保てた。新たな勇気が湧いた。だが突然、左のスキー板が雪に沈んだ。先端が雪面に刺さって、左足が雪の中にもぐり込んだ。ペーターはもんどり打って、二十メートルほど斜面を転がり落ちた。雪からなんとかはいだしたものの、なにがあったのかすぐにはわからなかった。左のスキー板の先端が折れていた。リザが最初に滑落したとき、焦って滑って岩にぶつけたようだ。右のスキー板も足から取れていた。転倒したときにビンディングがはずれたのだ。スキー板がついたままの左足を深雪からなんとか引っ張りだし、ビンディングをはずして、エッジの金属部分だけかろうじてぶらさがっているスキー板の先端を見た。

スキー板一本で谷まで滑り下りるのは無理だ。整備されたゲレンデで、これほど疲労していなければやれるだろうが、こんな重い深雪では試すだけ無駄だ。ペーターはあたりを見まわした。二、三メートルほど上に自分のスキー帽があった。もうすこし上の雪の中から右のスキー板の先端がのぞいている。スキーストックは二本とも手首に引っかかっていた。解けた雪が襟から入ってきた。さっきより薄暗くなっている。そこから尾根まですべてが雪に覆われ、ところどころ岩が見えるだけだ。そしてその上に夕空。いまのところ晴れているが、一時間前には気配があっただけの雪雲が刻々と迫っている。そのとき、光が目にとまった。はじめは目の端にちょっと捉えただけだった。星のように見えた。だがはるかに強い光だ。尾根の上だ。ストックを手首に引っかけたまま、リュックサックを肩からはずし、必死になってハイキング用地図を捜した。地図上で方角を確かめると、尾根を目で探し、山小屋の印を見つけた。スキーなしで斜面を下るには三時間は覚悟する必要がある。闇の中でも方角を見失わず、吹雪に巻かれて道に迷わなければという前提でだ。だが一時間あれば、山小屋まで登れそうだ。そこには無線機があるはずだ。山岳救助隊に連絡が取れる。問題は山小屋への道がわかるかどうかだ。下から見るかぎり簡単そうだ。山ではどこで行く手を阻《はば》まれるかわからない。だが岩場の起伏は雪のおかげで平らになり、道は見つけやすいはずだ。

一時間が経った。あたりはほとんど真っ暗だ。山小屋の明かりはいまだに遠いところにあった。だがもう後戻りはできない。スキーブーツで雪の中を歩くのは、思った以上に体力を消耗した。山小屋へのルートはもはや輪郭のはっきりしない黒い筋でしかなく、しかも黒々した岩に遮られて切れ切れにしか見えない。ペーターはまっすぐ歩いていけることを祈りつつ山小屋をめざした。だが斜面はますます急になり、足を前にだすのもままならなくなった。彼は上を見た。星が見えない。頬に雪が当たるのを感じた。

十五分後、吹雪の中を懸命に歩いた。風が出て、目の前を無数の白い雪が舞っている。横殴りに降ったかと思うと、ぐるぐる舞い踊り、視界を奪う。周囲十メートルは混沌《こんとん》とし、その先は闇に包まれていた。自分の平衡《へいこう》感覚を信頼するほかない。引っぱられる方向は下で、抵抗を感じるのが上だ。そしてそっちに山小屋がある。そのはずだ。自分の中で引いた山小屋への直線がすでにずれている可能性もあるが、迷ってはいけない。そのまますすむしかない。どこかに着くはずだ。それが山小屋でありますように、と彼はひたすら祈った。心の中の祈りではない。声にだして祈った。服をはためかせ、セーターを通して皮膚に刺さるほどの吹雪の中でも自分の耳に聞こえるくらい大きな声だった。吹雪は刻一刻激しさを増し、体温を奪っていく。それでも登りつづけた。身のまわりで吹きすさぶ吹雪をものともせず、一歩一歩、まともに見えない足下を見つめながら。ますます急斜面になった。二本のストックを手前の雪に突き刺し、腕に力を入れて体を引きあげ、雪の中から引き抜いた片方のスキーブーツをまた数センチ先の斜面に突きいれる。それからもう一方の足で同じことをする。ふともから力が抜けていくのを感じていた。まともに足が上がらない。足にコンクリートブロックをはめられているような感じだ。ひと息入れるほかない。斜面に体をもたせかけ、ストックを持つ腕のあいだに頭を入れた。息が上がっている。体がふるえる。力が出ない。体力がもう残っていない。このまま雪の中に横たわって眠ってしまいたかった。そのときリザがまぶたに浮かんだ。彼女の顔がゆっくりと雪に埋もれていく。燃え上がる炎のように、アドレナリンが頭の中を駆け巡った。必死の思いで腰を上げた。しかし足がいうことを聞かない。

いきなり静寂に包まれた。風がやみ、雪が舞うのをやめて、すっと引いていった。雪雲に裂け目ができ、星明かりが見えた。目の前には五十メートルほどの雪原が広がっていた。ほとんど垂直に近い斜面で、その先にはその雪原の何倍もある絶壁がペーターの行く手を阻んでいた。これ以上登るのは無理だ。そのことに気づくなり、彼の心に大きな冷気が広がった。天気が好転したいまなら、谷に下って助けを呼んだほうがいいかもしれないと一瞬思った。リザの元から離れて二、三時間は過ぎているだろう。だがまだ間にあうかもしれない。もう二、三時間、リザは寒さに耐えるかもしれない。だがそのときまた一陣の風が吹いて、雪のにおいを運んできた。ペーターの幻想はあっというまにしぼんだ。天気は好転してなどいなかった。吹雪はひと息入れただけだ。すぐにまた雪が吹きすさび、ペーターを谷まで下りさせてはくれないだろう。彼自身、凍死するか、生き延びるかふたつにひとつだ。リザは明日、確実に死ぬ。ペーターは下を見た。斜面を転げ落ちればこの苦しみから解放されると思った。夜のしじまに音楽が聞こえたのはそのときだ。ほんの一瞬だった。風の音だったのかもしれない。ペーターは暗闇に耳をすました。一分ほどじっとしていた。ふたたび風が巻いて、また聞こえた。遠くかすかな音だが、間違いない。風が音楽を運んできた。

## 16

マルギットはヴァルナーに興味深い新情報をもたらした。ふたりの被害者の口から見つかったバッジを、科学捜査研究所のスタッフが並べて撮影し、その写真をコンピュータで処理した。数字を消して、元の図が見えるようにしてから、アンシャープネスをかけ、あらかじめ推測していたとおりに山脈が浮かび上がるように加工した。写真は所内で回覧された。山のどれか、あるいは山脈のどこから見た景色かだれか知っているのではないかと一縷《いちる》の望みをかけたのだ。何人かのスタッフが意見を寄せたが、一致を見なかった。シュトゥーバイアー・アルペンのツッカーヒュートル山かオルトラー山、あるいはグロースグロックナー山からの眺望。言及された山の写真や地図と比較検討したが、どれも決め手に欠けていた。そんなときに科学捜査研究所の雑用係であるマルティン・シュロービッヒェルが、これはラストコーゲル山に違いないと断言した。

入手できた写真はあいにく彼の主張の裏付けにならなかった。写真はどれも南からの眺望、トゥクサー・アルペンの主峰から撮影されたものだからだ、とシュロービッヒェルはいった。北から見たラストコーゲル山はたしかにバッジの図と一致した。もちろんバッジの図にはあまり特徴らしい特徴がなく、アルプスのどこにでもあるような山に見える。だがシュロービッヒェルはある事情からラストコーゲル山の北壁に詳しい数少ないエキスパートだったのだ。

一九七九年当時、シュロービッヒェルは熱心な登山家だった。一年前に八千メートル級を登頂し、いずれラインホルト・メスナーのように前人未踏の探検に身を捧げ、大ホールでスライドショーをひらき、印象的な写真を集めた本を出版するのが夢だった。だが一九七八年から七九年にかけての冬、その夢は潰《つい》えた。彼はトゥクサー・フォアアルペンのなんの変哲もない山に登った。探検の準備にも当たらないような登山。ただのウォーミングアップだった。ところが雪崩に遭遇してしまった。雪崩注意報では危険はないはずだった。そして雪崩と呼べるものはたしかに起きなかった。湿った雪が数立方メートル崩れただけだ。だが彼は足下をすくわれ、雪に埋まってしまったのだ。といっても全身ではなかった。首から上は出ていた。だがそれ以外は完全に雪に埋まった。数立方メートルの雪などたいしたことがないように思えるが、その重さは数トンに及ぶ。手足を動かそうとしたが、身動きができなかった。湿った雪が万力のように彼の両手両足をがっしりつかんでいた。二時間後、シュロービッヒェルは体力の限界に達し、助けを待つ以外なすすべがないという結論に達した。救助されたのは二日後。彼は凍死寸前になり、体が火照り、服を脱ぎたくなっていた。もちろん手足が動かせなかったので、服は脱げなかった。そのおかげで一命をとりとめた。ただ右足だけは救えなかった。完全に凍結してしまったのだ。この二日間、首まで雪に埋もれた状態で、彼は前方の山を見つづけた。それがラストコーゲル山だった。意識を保つため、山を仔細《しさい》に観察し、あらゆる岩角や突起やくぼみを覚え、日夜、異なる光で変貌する山の姿を目に焼きつけた。

「シュロービッヒェルはそれ以来、その山を嫌っているんです。もちろんそれは不当な非難です。右足を失ったのはその山のせいではないのですから。しかし問題はそこじゃないですね」マルギットはそういって報告をしめくくった。「バッジの図はトゥクサー・フォアアルペンのラストコーゲル山にほぼ間違いありません。犯人がその山でなにをいいたいのかはわかりませんが、なにかの手がかりになるでしょう」

ヴァルナーは山の名前をメモして、彼女に礼をいった。

ルツとミーケにも、ラストコーゲル山の名は初耳だった。だがこの山がパズルのパーツとして適当に選ばれたと思う者はいなかった。

「パズルのパーツがさらに集まれば、きっと訳がわかるでしょうね」とミーケはいった。三人はそこで押し黙った。パズルの次のパーツがなにか、それが気になった。

「そうかもしれないな」ヴァルナーはいった。「もう一度換気しよう」ヴァルナーは窓を開けた。空気が淀《よど》んで、ろくなことが考えられなかったからだ。窓を開けると、ヴァルナーはトイレに行った。凍えるのはルッとミーケのふたりで充分だ。

雪はやんでいた。空気は冷たく澄んでいた。オリオン座が南に見える山並みの上にかかっていた。ヴァルナーは帰宅するわけにいかなかった。マンフレートを気遣わなければならないことはわかっている。日中、何度も祖父に電話をかけた。祖父はそのたびに、鑑識がまだいて、報道陣に家を包囲されているとこぼした。ヴァルナーはルッにいって、鑑識の捜査を終了させた。祖父によれば、犯人は一度も家に入らなかったという。外は雪に覆われ、犯人の遺留品が見つかる可能性はまずない。ヴァルナーは、巡査をひとり身辺警護につけて、報道陣を遠ざけるように頼んだ。マンフレートはなにかというと不平を鳴らす。それは不安のなせるわざだ。祖父にとっては、驚天動地の出来事だった。屋根の雪といっしょに足下に落ちてきた少女の死体がトラウマになっている。ヴァルナーは、電話で話すたび、そのことをひしひしと感じた。それでも、いまは帰れない。〈鸚鵡亭〉は昨日と同じような混み具合だった。だが店内の空気が変わっていた。最初の殺人はぞっとすることだが、それでも好奇心をかきたてた。だがいまはすこし違う感情が優勢になっていた。不安だ。

クロイトナーは今度も聴衆をはべらせていた。昨日は上機嫌で、大風呂敷を広げていたが、今回は、一般市民の安全が自分の双肩にかかっているとでもいうようにふるまっている。犯人を捕まえたらリンチにしようとそのかす連中には与《くみ》せず、法の代行者として冷静さを保っている。巧妙に立ちまわる犯人を逮捕するには、冷静な判断が必要だというのだ。クロイトナーは捜査の現状について詳しいことは一切語らずに、捜査結果の細部に至るまで、それも州警察長官からじきじきに詳しく教えられているかのように振る舞っている。だがクロイトナーが口にできるのはこの程度のものだった。

「ともかく昨夜は、大衆紙がいうところの『シュピッツィング湖の怪物』にしてやられた。あとすこし情報があれば、モザイクの穴は埋まるんだがな。そうすれば、一発かましてやる。奴は自分が賢いと思ってる。それもものすごく賢いってな。だが実際には、あいつの与《あずか》り知らないところでなにが進行しているかまったくわかっちゃいない。現代の警察は科学捜査に重きを置いてるんだ。個人が太刀打ちできるもんじゃない。警察にどういうことができるか、一般にはまったくといっていいほど知られちゃいない。捜査上の秘密ってやつでいうことはできないけどな。『CSI科学捜査班』なんてちゃんちゃらおかしい」

ヴァルナーはカウンターに向かってすわった。メラニー・ポルケはいなかった。刺繍《ししゅう》がしてあり、わざと切れ目を作ったジーンズとショートブーツをはいた二十五歳くらいのウェイトレスがヴァルナーに微笑みかけ、注文を聞いた。ヴァルナーはグリューワインを注文した。また寒気を覚えていた。ダウンジャケットは着たままにしたが、それでも寒気がする。死んだ娘が自分の上に降ってくるという体験をしてから、心の中がぞっとするほど冷えきっていた。いつもの冷え性とは次元が違う。骨の髄までしみる寒さだ。警官になってはじめて、不安を覚えている。明日か明後日、あるいは二週間後、また死体を目の当たりにして、少女の死を阻止できなかったことを思い知らされるのだ。犯人を捕まえるまで、静かな夜とはおさらばだ。それが何日も、場合によっては何年もつづくことになる。犯人を見つけられないいま、墓に入ることになるかもしれない。

ヴァルナーは考えを整理して、恐怖心を心の奥底にしまい込もうとした。ラストコーゲル山のことが脳裏をよぎった。なにか意味があるはずだ。現時点ではだれにも解明できないなにかが。一連の殺人はその山となにか関係しているのかもしれない。山といえば……ピア・エルトヴァンガーの父親は昔、登山をしていた。ふたり目の父親ディヒルもそうだ。といっても、郡内で暮らす者の八割は登山経験があるだろう。ヴァルナーはカウンターにモバイル端末PDAを置いて、エルトヴァンガーの番号をだした。エルトヴァンガー夫人が電話に出た。登山をするかという質問は否定した。北ドイツのミュンスター生まれで、夫の登山熱には付きあいきれずにいたという。夫は不在で、ミラノに出張しているといって、夫の携帯の番号を教えてくれた。だが夫の携帯電話の電源は切られていた。ヴァルナーは、折り返し電話をくれるよう留守番電話にメッセージを残した。つづいてディヒル家に電話をかけた。ベルンハルト・ディヒルが出た。声が途切れ途切れで、話すのがつらそうに聞こえた。ディヒルは以前、トゥクサー・フォアアルペンで何度か登山をしているが、ラストコーゲル山は知らないといった。

「ラストコーゲル山に登った記憶はありませんが、近くならあるかもしれません。可能性は高いです。しかしいつどこだったか覚えがないです」

奥さんの様子を訊くと、ディヒルはいった。

「話しかけても返事をしてくれません。相当まいっています。救急医を呼ぼうと思っています。ええ、家内も登山をしていました。でも日帰りでバイエルン・アルプスに登るくらいで、本格的なアルプス登山はしていません」

ヴァルナーは礼をいって、通話を終えた。娘が殺された翌日、出張でミラノに出かけたエルトヴァンガーにはあきれた。ヴァルナーはグリューワインをひと口飲んだ。寒気がひどくなっていた。

「具合がよくないようですね」だれかが声をかけてきた。昨晩出会った牧師が横に立っていた。ヴァルナーは我に返るまで二、三秒を要した。

「なんとかやっています」ヴァルナーはスツールごとすこし動いて、牧師がすわれるようにした。

「またなにかあったようですね。小耳にはさみました」

「昨日の夜です。ふたり目の少女の死体が見つかったんです」

牧師はうなずいてから、ウェイトレスにワインを注文した。ふたりはしばらくカウンターに向かったままなにもいわず、コースターをいじっていた。それから牧師がゆっくりヴァルナーのほうを向いて、ずっと気になっていたらしい質問をぶつけてきた。

「犯人が憎いですか？」

ヴァルナーは考えた。

「どうでしょうね。憎いとは思います。でも、憎まないように心がけています」

「どうしてですか？　キリスト教徒だからですか？」

「警官だからです。感情に流されると、ものが見えなくなります。スポーツと同じです。ひどい言い方に聞こえるでしょうが、そういうものです」

「相手がスポーツとは異なる行動を取ったらどうしますか？」

「見境がなかったらということですか？　同じようにしなければ、次の殺人を食い止めることができないと？」

「たとえば」

「そいつのはらわたを引き裂いてやりますよ。しかしそれは許されない。どうしてそのようなことを訊くのですか？」

「囚人の心のケアをよくするのです。彼らがなにをしたか知らないほうがいいと思うことが多いのです。知っているとつい……。それでもわたしは事前に、面会する人の罪状を確認します。どういう人が相手か知っておきたいので」

「なぜですか？　人は変わるでしょう」

「ええ。彼らにも物語があるのです。当時のことをとやかくいわれるが、あれは俺じゃなかった。あれは別人がやったことだ。あんたができないのと同じように、俺にもできっこない。そういうかもしれませんね。しかし過去を捨てることは何人《なんびと》にもできません。いまはどんなに人がよくても、かつて子どもを殺したのは動かぬ事実だったりするのです。そのことは念頭に置く必要があります」

「赦しを与えるのが仕事のはずなのに、おもしろい考え方をするのですね」

「カトリックの聖職者とは違って、赦しを与える必要がありませんので。カトリックの赦しの秘蹟には全面的に共感しますが、聞かずにすむのなら、そのほうがいいです。誤解がないようにいっておきますが、赦しを与えることには賛成です。しかし、なにもなかったかのように罪人を安堵《あんど》させていいということにはなりません」

「おもしろいですね」ヴァルナーはまだ口にしていない質問の答えを牧師の顔に求めたが、見つからなかった。「たとえばここに幼児虐待をした男がいるとします。その男は心から後悔している。そして自分の犯した行為でどんなに苦しんでいるかあなたに語るとする。あなたはその男になにをいいますか？」

「苦しみつづけなさいというほかないですね。自業自得ですから」

「あなたは牧師らしからぬ牧師のようですね」

「正直いって、ひどい牧師ですよ。乾杯！」

牧師はワイングラスを上げて、ひと口飲んだ。ヴァルナーもグリューワインを持って応えた。その応答は「わかります」とも、「そうですね。この世は厳しい」ともいえない、あいまいなグレーゾーンにあった。一分ほど沈黙したあと、ヴァルナーはまた口をひらいた。

「そういえば、スキーヤーはどうなりました？」

牧師はきょとんとしてヴァルナーを見た。なにをいっているのかわからなかったようだ。

「スキーの事故で娘を失った男の話ですよ。その男がその後どうなったか、今度話してくれるといっていたでしょう」

「ああ、あの人のことですか……」そういうと、牧師はなにか考えるようにうなずいた。

「あの人は告白をするためにわたしを訪ねてきましたが、そのじつ、だれかをののしりたいだけだったのです。それは話しましたね」

「ええ。そしてあなたはそれをそれほど気にしなかったのですよね。理解できたから。そういう話でした」

「あの人は……崩壊していました。精神的にです。わかりますよね」

「どのくらい？」

「あの人は保険会社の外交員でした。ミュラー氏と呼びましょう。名前があったほうが話しやすいので。外交員という立場上、ミュラー氏は顧客からいろいろと聞かされることになります。家財道具の損害保険を締結するとき、人は自分の半生を語るものですから。ところが税理士エーフェス氏の元妻のところでぼやが起きたときに問題が生じました。そのぼやで絨毯が損害を被ったのです。絨毯は半分以上焼け焦げてしまいました。アンティークであるうえに、エーフェスさんの父親が一九六〇年代半ばにアフガニスタンから持ち帰ったもの、つまり父親の思い出の品だったのです。エーフェスさんはそのことを涙ながらに語りました。するとミュラー氏は頭ごなしにののしったのです。そのうえ壁にかかっていた父親の写真をはずしてエーフェスさんの頭に叩きつけました。ガラスと額が粉々になり、どうしてそうなったか、いまでも謎ですが、ガラスの破片が耳に入り、鼓膜に達してしまったのです。エーフェスさんはいまでもその破片を除去できず、問題を抱えています」

「ミュラー氏はなぜそのエーフェスさんをののしったのですか？」

「絨毯をなくしたことくらい泣くほどのことではないと思ったようです。問題はミュラー氏がしだいに過激になっていったことです。顧客をののしったり、ものを壊したりすることが度重なり、暴力までふるうようになりました。顧客は彼に怯え、別の保険会社に鞍替《くらが》えしました」

「つまり仕事をやめたのですね？」

「ええ。二年後、彼は破産しました。新しい仕事をいろいろ試しました。広告代理店、倉庫管理人。しかし仕事が軌道に乗りそうになるときまって自制心を失ったのです」

「ミュラー氏の奥さんは？」

「ギムナジウムの教師でした。娘が死んだとき声が出なくなり、ささやくようにしか話せなくなりました。ですから早期退職しました。それから数年、ふたりは家にこもりがちになりました。家を出るのは買い物か、ミュラー氏が活動するときだけでした」

「活動？」

「たいていはかわいいものでした。海賊に扮《ふん》して警察署の前に立つのです」

「海賊に扮して？　なにか意味があるのですか？」

「だれにもわかりません。自分でもわかっているのかあやしいものです。しかし海賊に扮してよく出かけました。たぶん反骨精神でも込めているのでしょう。もしかしたら頭がおかしいだけで、はっきりとした意味などないのかもしれません」

「その人はほかにどんなことをしたのですか？」

「教会の屋根に上って、ミサを終えて出てきた信者に小便をかけたことがあります。警察車両のタイヤをはずしたこともあります。車がレンガの上にのっていることに気づくまでしばらくかかったそうです。ミュラー氏はこのときはじめて家宅捜索されました。次に家宅捜索されたのは、カトリック教会の聖水盆に塩酸を注ぎ込んだときです。これはもう冗談ではすまされないことでした。何人かがひどい炎症を起こし、ミュラー氏は告訴されました。しかし裁判に出頭しなかったため、警察に連行されそうになり、抵抗しました。警官のひとりは歯を一本折られ、もうひとりは腹部を蹴られました。応援が駆けつけて、ようやくミュラー氏を取り押さえたそうです。そういうことがさらに数回繰り返されて、ミュラー氏は精神科病院に入院させられました。正確な病名は知りませんが、隔離病棟に入れられました」

「いまでもそこに？」

「一年前に退院しました」

「退院してから、会ったのですか？」

「ええ。彼と連絡を取っていた数少ない人間のひとりでしたので。ほかの人間のことは避けています」

「生活費はどうしているんですか？」

「彼の奥さんが二、三年前、かなりの遺産を相続したんです。奥さんはミュラー氏にその遺産を遺《のこ》しました」

「奥さんは死んだんですか？」

「自殺です。三ヶ月前に死にました」

ヴァルナーはグリューワインを飲み干していた。グラスを指でまわしてから、微笑んでいるウェイトレスに支払いたいという合図をした。

「わたしと話すのがいやで帰るのではないといいのですが」

「そんなことはありません。祖父の面倒を見る必要があるんです。夜中の事件でかなりまいっているんです。死体を最初に見つけたのは祖父だったので」

「おお、それは！　わかります」

ヴァルナーは金をカウンターに置いた。

「知りあいになれてよかったです。また会いましょう」

「それはむずかしいでしょう。明日にはここを出ていきますので」

「ではごきげんよう」

ヴァルナーが出口に向かうと、メラニー・ポルケが店に入ってきて、すぐヴァルナーに気づいた。

「こんばんは！　もう帰っちゃうんですか？」メラニーはいった。

ヴァルナーは、もうすこし残ろうか迷ったが、祖父のところへ戻らなければならない。

「ちょっと用があってね」

「まだ勤務中？」メラニーは帽子を脱いで、両手で髪をなでた。

「違うが、大事な用でね」

ふたりは一瞬、互いの目を見あった。

ヴァルナーは、残念だという気持ちをあらわそうと微笑んだ。

メラニーがいった。「残念」

ヴァルナーはいった。「ああ」

車のドアが硬く凍っていた。ヴァルナーは開けるのにひと苦労した。足に寒気を覚えたかと思うと、全身に悪寒を感じた。自宅に戻ると、ヴァルナーは家の見張りについている巡査に軽く挨拶し、家の中で紅茶でも飲まないかと誘った。巡査は見張りを交代したばかりだといって、丁重に断った。マンフレートは台所にひとりでいて、数独《スドク》をやっていた。医者の話では、頭の体操になるという。

マンフレートはヴァルナーがもっと早く帰宅すると思って、グーラッシュ（ハンガリーから伝わった牛肉シチュー）をこしらえていた。グーラッシュは冷めかけていた。訳のわからないことを口走りながら、マンフレートは鍋を火にかけた。グーラッシュを温め直す必要はないとヴァルナーはいった。生温い味なのは覚悟の上だった。腹ぺこだったので、すぐに食べたかったのだ。ところがマンフレートはいうことをきかなかった。

「なんでこれから帰ると電話をくれなかったんだ？　みんな、していることだろう。携帯電話はそのためにあるんじゃないのか？」

ヴァルナーは、帰ったときに熱々の食事ができるよう、今度は気をつけると約束した。

グーラッシュの味は悪くなかった。もちろんマンフレートは年のせいか濃いめに味付けする。今回もブイヨンが入りすぎていた。それでもヴァルナーは食べながら、うまいとグーラッシュを誉《ほ》めた。マンフレートは食事をするヴァルナーをじっと見つめた。

「わしがあの世に行ったら、だれがおまえにグーラッシュを作ってくれるのか心配になる」

マンフレートは憂いと愛情の籠《こ》もった目でヴァルナーを見た。まるですでに天に召されて、台所でひとりさびしく食事をしているヴァルナーを見下ろしているかのような言い草だ。いいたいのは祖父が作るグーラッシュそのものではなく、愛情を持ってこしらえたものでなければうまくないということだ。

「まだ先の話じゃないか」ヴァルナーはいった。それが嘘なのは自分でもわかっていた。マンフレートはすっかり体力が落ち、体のふるえがひどくなっている。ひとりで家にいることができなくなるのも間近だ。

「いいや、そのうち死神が迎えにくる。そうしたら、ついていくほかない。抵抗しても無駄だ」マンフレートは涙を誘おうとしているわけではない。世の定めがわずらわしく、悲しいのだ。マンフレートは手をふるわせながらジョッキを持ち、ビールをひと口飲んだ。

「夜中の娘だが、死神はなんであの娘だけを連れていって、わしを放っておくんだ？」

「死神は自分の役目を果たしているだけ。リストを渡されるんだよ。そして働きずくめだ。文句をいっちゃ悪い。当分のあいだリストに名前はのらないと思うけどね」

ヴァルナーはグーラッシュをきれいに平らげた。

「おかわりをするかい？」マンフレートはヴァルナーの皿に手を伸ばした。

ヴァルナーは立ち上がった。

「ああ。でも自分でよそう。今日のは本当においしい」

ヴァルナーはそばを通るとき、マンフレートの肩に腕をまわした。マンフレートは離れていくヴァルナーの手をそっとつかんだ。長くはなかった。この家では家族の触れあいが希薄だ。男同士だからなおさらだ。ヴァルナーは大きくてジューシーな肉の塊をまずよそい、パプリカとブイヨンのなつかしいにおいがするどろっとした赤いソースをかけた。

高速道路はがらがらで寒かった。塩をまいている作業員を追い越す。そのとき塩がはねてフェンダーの内側でばちばち音をたてた。天気予報では、北ドイツは穏やかな気温になるといっていた。フランクフルトで外気温は零度を上まわった。だが路面温度はまだ零下なので、塩をまいているのだ。

男はワンボックスカーの高い座席にすわってハンドルを握りながら、ふたりの人間を殺したことを思い返した。二件目の殺人事件が起きると、ヨーロッパじゅうのメディアがこぞって取りあげた。金襴緞子の衣装というのが、メディアの関心を呼んだ。最初の大衆紙は「シュピッツィング湖の怪物」といういかつい見出しをつけた。だがいまは「プリンセス殺し」という呼び名が大勢を占めている。メディアの反応に、男は喜びを感じていない。不満と満足感がないまぜだった。話題になるにはまだ足りない。死体が地面に横たわるだけでは不足なのだ。注目を浴びるには、血が流れる必要がある。これで自分のやるべきことはわかった。

一度やった過ちは二度と繰り返さない。そして新たな過ちを犯さないようにする。せっかく二件の殺人で成果を挙げたのだ、このまま尻すぼみにはしない。成功を収めると、無敵だという幻想を抱いて、注意散漫になるものだ。確実なことなどありはしない。警官よりも多少、頭がまわるだけだ。犯人が自分で、事件の関連とその手口を知っているのだから、警察に先んじるのは当然だ。しかし男は卑怯《ひきょう》な真似《まね》はしない。手がかりを残した。写真、数字。もちろん暗号だ。だが鍛えた脳みそなら、しかるべき時間で解けるはずだ。レンタカーの件も、追っ手には恰好の餌だった。いくらそっちをかぎまわっても、役に立つ情報が出るはずがない。それでも遠くない将来、身元がばれて、逮捕されるだろう。問題はあとどのくらい時間の猶予が残っているかだ。勘違いでなければ、計画を成就させる時間は充分にある。気がかりなのは、野球帽をどこかに置き忘れてしまったことだ。どこだかわからない。いくら考えても思いだせなかった。それが気に入らなかった。計画にないことだった。

交通情報が、ジーガーラントあたりで路面が凍結していると警告した。ギーセンまであと二十三キロ。いよいよだ。男は電動スイッチを押して、側面の窓ガラスを下ろした。新鮮な空気が車内に流れ込み、眉間と鼻孔が冷たくなった。ふたたび頭が自分のものになった。最高の気分だ。鎮静剤や麻酔薬を投与されず、すっきりした頭で夜の高速道路を突っ走るというのは最高だ。目的の場所めざしてひたすら車を走らせ、しなければならないことをなす。冷気が彼を夢見心地にした。もうしばらく窓をあけたままにしよう。

# 17

ヴァルナーは男を追っていた。深雪をかきわける。前方を行く男も雪をかきわけている。だが男のほうが速い。上りになった。ヴァルナーは汗をかき、息が上がってよろめく。それでも雪についた足跡と歩幅を合わせるのはむずかしい。登っているのはラストコーゲル山だ。だが山はよく見えない。白い雲と光の乱反射で視界が遮られている。ラストコーゲル山なのはわかっている。男は過去にこの山に登ったことがある。だから歩く速度が速い。奴はルートを知っている。だから力の配分ができる。男はヴァルナーが遅れていることに気づいた。小休止して振り返った。ヴァルナーのほうを見ている。男が野球帽をかぶり、サングラスをかけているのが見えた。男はヴァルナーを見てため息をついた。年をとった奴のため息。そのため息が大きくなって、動物のうなり声に変わった。『ジュラシック・パーク』のティラノサウルス・レックスを彷彿《ほうふつ》とさせる咆哮《ほうこう》だ。男は吠《ほ》えながら闊歩《かっぽ》し、雪の吹きだまりの向こうに消えた。ヴァルナーは全力で登りはじめた。流れ落ちる滝の音がする。雪の吹きだまりの向こうに滝があるらしい。ヴァルナーは歩調を速め、駆けだした。雪の吹きだまりまで登ったところで、へとへとになって膝をついた。目の前に氷に覆われた谷が口を開けていた。その谷に金色の滝が流れ込んでいる。だが滝に見えたのは水ではなく、金色の衣装を身につけた少女の体だった。止めどなく流れ落ちる少女の体は湖に流れ込む。そこには数百万羽のカラスがいて、少女の体をついばんでいる。ティラノサウルス・レックスのぞっとする咆哮がまた耳に入り、ヴァルナーは横を向いた。二十メートルほど先の雪に覆われた尾根に男は立って、息をはずませている。野球帽のつばの下からのぞくサングラスに金色の滝が反射していた。

ヴァルナーは目を開けた。心臓が口から飛びだしそうだ。体じゅう汗だくだった。すこし開いているドアの隙間から、暗がりの中、ふうふういいながら自分の部屋に入る祖父の姿が見えた。トイレから水が流れる音が響いていた。祖父は夜中に二、三回はトイレに起きる。トイレが近いのだ。ヴァルナーはいつもドアをすこし開けていた。祖父になにかあったときに、わかるようにするためだ。胃のあたりがもやもやする。息苦しい。朝が来るのを恐れていた。次の死体が発見されるのではないかという不安、手がかりがことごとく無に帰すのではないかと危ぶむ気持ち。ヴァルナーはそれでも眠ろうとした。朝には気力を充実させておかなくてはいけない。だが睡魔は訪れず、同じ考えが頭の中をぐるぐるまわった。三時間ほどしてようやくうとうとしたと思ったら、目覚まし時計が鳴った。

七時半、特別捜査班のメンバー全員が集まっていた。夜中に新たな死体が発見されることはなかった。といっても、だれも殺害されなかったということにはならない。それでも、死体発見の知らせが入らなかったのは朗報だ。

警察署には煌々《こうこう》と明かりがついていた。ようやく外が明るくなった。署内の廊下にはコーヒーの香りが漂っていた。電話口で話す声、キーボードを打つ音、プリンターの作動音。さまざまなデータが届き、空気が張りつめていた。突破口がひらけるはずだと、みんなが思っていた。インターネット書店から顧客データが届いていた。薔薇十字団に関する書籍を注文した数千人に及ぶ顧客名が並んでいた。シュピッツィング湖の貸し別荘やホテルで週末を過ごした人のリストもほぼ網羅できた。欠けている人物については、必要とあればあとで補足すればいいだろう。これでふたつのリストを比較する作業に入れる。だがデータのフォーマットが違うため、コンピュータで検索することができず、地道に作業をするほかなかった。ひとりが薔薇十字団愛好家の名前を音読し、シュピッツィング湖のリストを担当する者が、自分のリストにその名がないか確かめる。作業は比較的順調にすすんだ。といっても、氏名は三千人以上に上るので、一致する名前がなければ、全員を通すのに三日は覚悟しなければならないだろう。

ミーケはシュライバーレント社に登録された全車両のナンバーリストを入手した。だがその検討に入る前に、彼は二度も悪態をついた。まずメールに添付されたデータがすぐにひらけなかったからだ。そしてなんとかデータをひらいて、中身を確かめてまた罵声を吐いた。データに車のナンバーは記載されていたが、ほかになんの情報もなかったからだ。車種も、一昨日その車をレンタルした顧客の氏名ものっていなかった。ミーケはあらためて担当者のイェリネクに電話をかけた。イェリネクが求めに応じて追加のデータを送ってくるのを待つあいだ、ミーケはナンバーのリストと目撃者から教わったナンバーの比較をした。車はすべて車両登録地が同じだったので、最初の三つのアルファベットは同一だ。次のアルファベットと数字に、見間違えたと思われるものはなかった。

「そうか。これからどうする？」ヴァルナーはたずねた。

「わかりません。これで突き止められると思ったんですが」

「犯人がどのレンタカーを運転したかわからなくても、どれかを運転していたことは確かだ。運転していた時間帯もわかっている。奴がシュライバーレント社のデータを不正操作していなければな」

「それはないです」ミーケがいった。「さっき科学捜査研究所のコンピュータ専門家と話しました。シュライバーレント社のシステムにだれかが侵入した形跡はないそうです」

「そうか。とすると、残るは第三の可能性だな」

ミーケはヴァルナーをけげんそうに見た。

「一メートルも動いていない車のナンバーを目撃させるにはどうすればいい？　カギはナンバープレートだ」

「くそっ、そのとおりですね」ミーケはナンバーのリストを握りつぶして、ゴミ箱に捨てた。

「ナンバープレートを交換したってことか」

ヴァルナーはリストをゴミ箱から拾いあげ、紙を伸ばすと、ミーケに渡した。

「とにかく奴がシュライバーレント社の車を運転していたことは確かだ。車種もわかっている」

「ということは……？」

「問題の時間にレンタルされた同車種の車を調べるんだ」

「それって、数百人に上りませんか？」

「わかっている」

「いいでしょう。やります。でも、もっといい方法を思いつかないとだめですね」

ヴァルナーにもそれはわかっていたが、なにもいわなかった。そのときティーナが声をかけてきた。

「ちょっといいですか？」

ティーナはなにを発見したのかいおうとしなかった。薔薇十字団の本を買った顧客に関わるとしかいわなかった。ヴァルナーはリストの検討をしている特別捜査班本部ではなく、K3課の自分の部屋へ向かった。部屋に入ると、ティーナはドアを閉めていった。

「知っておいたほうがいいと思いまして」

「捜査に関わることはすべて報告されていると思ったが」

ティーナは上着から折りたたんだ紙をだしてヴァルナーに渡した。ヴァルナーはその紙をひらいた。オカルト本の注文書のコピーだった。注文されていたのはスピリチュアル体験で精力絶倫になろうと謳《うた》った書物だ。注文者はミースバッハ在住のマンフレート・ヴァルナー。住所は自分の住まいだった。ヴァルナーは目を丸くしてティーナを見た。

「ボスはすべての捜査結果を見られる立場にいるでしょう」ティーナはいった。「自分でこれに気づいたボスに、なんでいわなかったと非難されるのはいやだったので」

「ああ、ありがとう」ヴァルナーはこれがなにを意味するか考えた。それからすでにどれだけの人間の目に触れているかも。

「念のために削除しておきました。だれに見られるかわかったものじゃないですから。捜査上重要なデータでもないですし」

「ああ、ありがとう。とはいえ……データを消したのはいいことではない」

「いつでも復元できます」

「そのままにしてくれ。考えてみる」ヴァルナーはその紙を見て、首を横に振った。「しかし、うちのじいさんがな。信じられない」

「もうすこし深く掘ってみたんですけど、この会社は本だけでなく、薬品の通信販売もしているんです」ティーナは別の紙をだしてヴァルナーに渡した。「おじいさんはこんなものも注文しています」

ヴァルナーはその紙を仔細に見た。マンフレートはアメリカ・インディアンが古くから使っている精力剤を七十八ユーロで買っていた。内容説明によると、これを服用した戦士は丸一日、拷問柱に縛る必要があり、効果が切れるまで、部族の女や雌馬に近づけることができなかったという。

「なんだこりゃ」ヴァルナーは唖然としていった。ティーナが好奇心からしたことに腹が立ち、ティーナに紙を返した。「ちょっとやりすぎじゃないか？」

「たしかにこんなものを使うなんて」

「いいや、違う。きみがこれを調べたことだ。これはプライバシーに関わる」

「ボスが関心を持つと思ったものですから。これが自分の祖父だったら、やはり気になります」

ヴァルナーは床を見つめた。

「そうだな、家族なのに知らないことだらけだ」

「恋人でもいるんでしょうか？　家から出ることがないと聞いていましたけど」

「さあな」ヴァルナーはそのまま立ち去ろうとしたが、考えを変えて、ティーナにいった。

「これを全部インターネット経由で注文したのか？」

「郵便で注文することもできます」

ヴァルナーはうなずいた。

「全部シュレッダーにかけてくれ」

ヴァルナーは車でアガタリートからハウスハムとテーゲルンゼーに通じるバイパスを走った。マンフレートが精力剤を注文したということが脳裏を離れなかった。祖父にはもう何年も女との付きあいがない。十年前、ベッドに連れ込む寸前までいった女がいた。名前はカルラ。人柄がとてもよかった。ただし四十歳も若かった。日が暮れると、誤解を避けるために料金について決めておく必要がある、といいだした。マンフレートはカルラを誤解していたのだ。心底愕然とし、興奮して体を痙攣《けいれん》させ（当時はまだ日常ではなかった）、家から追い払った。カルラが門を出ると、マンフレートはすこし気が休まって、カルラの要求について頭が整理できた。マンフレートは勢いよく玄関を開けると、カルラに向かって叫んだ。金を取ろうとするとはなにごとか、と。だがカルラにもプライドがあったのだろう、真っ赤《まか》なマニキュアを塗った右手の中指を祖父に向けて立てた。

ヴァルナーは騙《だま》されない。精力剤はヴァルナーのために買ったのだ。マンフレートはヴァルナーに女っ気がないことを日頃から気にしている。女っ気がないといっても、全盛期に精力絶倫だったマンフレートと比較した場合のことだ。その祖父も、いまはもうすっかり鳴りをひそめている。マンフレートの言い方では、ヴェンデルシュタインとイルシェンベルクのあいだでいまも昔もこれほど分別のある人間はほかにいない。だがヴァルナーまでそうあってはならないというのだ。

拷問柱のことを頭から振りはらった。ヴァルナーはミラノから戻ったエルトヴァンガーに登山経験について訊くためにロットアッハに向かっていた。ふたり目の被害者となんらかの接点があるかもしれないと思ったのだ。携帯電話が鳴った。ティーナからだった。薔薇十字団関連の注文者の中にハウスハム郵便局の私書箱に送らせている顧客がひとり見つかったという。郡内で私書箱を利用しているのはその人物だけだった。氏名はローベルト・ブランドル。会計事務所を経営していた。個人では普通、私書箱を開設することはできない。調べたところ、会社は数年前に倒産していたが、私書箱はそのまま維持され、ブランドルが老人ホームに入所して、自分では私書箱に荷物を取りにいけない状態なのに使用料が支払われていた。きわめてあやしい。ティーナは、ヴァルナーがいまどこにいるかたずねた。

「もうすぐテーゲルンゼー市内に通じる道路に出るが、なんでだ？」とヴァルナーはたずねた。

「郵便局によると、だれかが昼時にその私書箱を開けにくるという話なんです」

ヴァルナーは車の時計を見た。十二時になるところだ。

ヴァルナーはハウスハム郵便局の前に車を駐めて待機した。三十分以上いるつもりはなかった。特別捜査班を指揮する者の仕事ではない。それでも気にはなった。なぜオカルト本を偽名で借りた私書箱に送らせたりするのだろう。ヴァルナーの携帯電話が鳴った。またティーナからだった。

「ブランドルなる人物がほかにどんな書物を購入しているかわかりました」

「教えてくれ」

「たとえばこんなものです。『悪魔の聖書』『エノク書』『地獄からのあいさつ──悪魔崇拝者の告白』『ルシファー再来』などなど」

「やけに入れ込んでいるな」

「そうですね。そちらはなにか動きがありました？」

「いいや、なにもない。だれかをこちらに寄こしてくれないか？」

「監視チームを作っているところです。三十分で、ボスは解放されます」

「わかった。なにかあったら連絡する」

ヴァルナーは電話を切り、郵便局の出入口を見つめた。ジョギングパンツをはいた年輩の女が郵便局に向かって歩いてきた。歩道は塩をまいたのに凍結していてすべりやすいのか、そろそろ歩いていた。三分が経過したが、なにも起きなかった。ヴァルナーは手持ちぶさたになって、あたりを見まわした。十代の少女がふたり目にとまった。並んで家の壁にもたれかかり、携帯電話になにか打ち込んでいる。黙ってショートメールになにか書き込んでいるなんて、なにかもっとましなことをしたらいいのに、とヴァルナーは思った。だがそのとき、ひとりがもうひとりのほうを向いて、携帯電話の画面に打ち込んだものを見せた。すぐにふたりがげらげら笑った。ヴァルナーは安心した。世界は実際には変わっていない。そっちに気をとられていて、郵便局に入る人影をあやうく見逃すところだった。歩き方と背格好から男に違いない。男は黒い野球帽をかぶり、大きなサングラスをかけていた。

## 18

男はすでに郵便局に入っていた。ヴァルナーは車の中で男を待つべきか迷った。車のドアハンドルをつかんだとき、手が汗ばんでいることに気づいた。冷静に対処しなければならない。その男が私書箱に足を向けるとはかぎらない。仮に足を向けても、それが問題の私書箱である確証はない。そして問題の私書箱だったとしても、匿名で悪魔関連の書を注文した者の正体がわかる。それだけだ。

ヴァルナーは帽子を目深にかぶり、ダウンジャケットの襟を立てて外からガラスドアを通して小さな郵便局の中を覗き込んだ。私書箱は出入口のすぐ左にあった。ヴァルナーにはどれが問題の私書箱かわからなかったが、私書箱の前に黒い野球帽の男が立っていた。体を前にかがめている。男が開けようとしている私書箱は下のほうにあった。男が急に横や背後をうかがった。見られていないか気にしている。ヴァルナーはすぐにあらぬほうを向いた。男がヴァルナーの顔を知っている可能性がある。ヴァルナーに気づいたら、すぐに私書箱を閉めて、ヴァルナーの前を通るだろう。ヴァルナーは郵便局の出入口から離れ、男から見えないように配送車の裏に隠れた。三十秒ほどして男が出入口にあらわれた。そこでもあたりをきょろきょろ見た。それから郵便局を出て、通りを歩き、角を曲がって消えた。ヴァルナーは男のあとをつけた。通りの角から、男がその脇道に駐めてあるトヨタ・カローラに乗るところが見えた。ヴァルナーは自分の車に駆けもどって、追跡をつづけた。脇道に曲がってみると、男の車はすでに走り去っていた。ヴァルナーはあてずっぽうに次の信号を右折した。ついていた。男の車がそこを走っていた。

ヴァルナーはティーナに電話をかけ、問題の私書箱を開けたと思われる男を追跡していると連絡した。男は普通に動けるので、老人ホームで暮らしているとは思えないことも伝えた。ティーナは追跡している車のナンバーを知りたがった。ヴァルナーには視認することができなかった。距離を置く必要があったし、冬の太陽が眩《まぶ》しかったからだ。車はハウスハムを出て、テーゲルンゼー谷へ向かった。道が日影に入ったところでナンバープレートを読み取ることができた。ティーナに情報を伝えると、すぐにティーナから電話がかかってきた。車はバート・ヴィースゼーのヨーゼフ・コールヴァイトの名で登録されていて、その男はブランドルの甥《おい》だという。コールヴァイトという名に聞き覚えがあった。だがすぐには思いだせなかった。

ティーナから続報が届いた。問題の男は先週末、シュピッツィング湖近くの貸し別荘を借りていた。ゼーグラスで、男はグムントに右折した。バート・ヴィースゼーに向かう気だ。ヴァルナーはそのことをティーナに伝えた。ティーナは、男の住居にパトカーを向かわせるといった。その瞬間、ヴァルナーはぴんときた。コールヴァイトという名にどこで出あったか思いだしたのだ。ピア・エルトヴァンガーの学校の教師だ。風采は上がらないが、洗練されたしゃべり方をする男を脳裏に思い浮かべた。話をしているとき、落ち着きがなかった。そのことには気づいていたが、そのときは生徒が殺害されたことで動揺していると思った。別の理由で落ち着きがなかったとしたらどうだろう。ヴァルナーはティーナにいった。

「男が、被害者エルトヴァンガーが通っていた学校の教師と同一人物かどうか調べてくれ。同一人物だったら、いくつか確認をとってほしい。なにより、コールヴァイトがこの数日間でいつ勤務していたか、学校側に問いあわせるんだ」

グムント市内の十字路で、男はバート・ヴィースゼー方面に左折した。家に帰るようだ。ティーナは、ちょうどパトカーが一台バート・ヴィースゼーにいるといった。あいにく、そのパトカーに搭乗しているのはクロイトナーだった。

クロイトナーはまず連絡を受けたフライハウス通りの住所の前を通りすぎ、まわりの様子を確認した。あいている駐車スペースはあまりなかった。道路脇のいたるところに除雪した雪の塊があった。めざす住宅は一九六〇年代に建てられたもので、アルペンラント風の地味な作りだった。三階建てで、六世帯が入居している。まわりは牧草地で、いまは五十センチほど雪が積もっている。被疑者が逃走を図っても、思うように走れないだろう。車に乗り込めたとしても、逃げるのはむずかしい。路面に雪がのって、つるつるしている。クロイトナーは満足した。次の脇道に曲がってパトカーを停車した。クロイトナーの横には若い巡査、ベニことベネディクト・シャルタウアーがすわっていた。彼はとても若く、まだ研修中だ。

クロイトナーは探るようにシャルタウアーを見た。

「ベニ、捕り物が体験できるぞ。それとも、すでに体験済みか？」

シャルタウアーは首を横に振った。

「どきどきしてるか？　気にすんな。みんな、はじめはそういうもんさ」

「いいえ、平気です」

「こいつは卵泥棒とは訳が違う。人をふたりも殺してる。もうひとり殺すくらいなんとも思わないだろう」

シャルタウアーはうなずいてつばをのみ込んだ。顔から血の気が引いた。思わずホルスターの拳銃に触れた。ふたりは降車して、十字路まで数メートル戻って、道路の様子をうかがった。

「青のトヨタ・カローラだ」クロイトナーはいった。ここへ来るあいだにも三度はそういった。

「来たら、どうしますか?」

「どこへ向かうか様子を見る」

「俺たちに気づいたら?」

「その前にこの脇道に身を隠す。見られたらまずいからな。捕り物をするときは、不意打ちに限る」

その瞬間、逆の方向から車が一台近づいてきた。青いトヨタ・カローラだ。クロイトナーとシャルタウアーはその車を見つめた。「しまった!」といってクロイトナーはこっそりパトカーのほうに戻ろうとした。シャルタウアーは急いであとを追った。青いトヨタ・カローラがそばを通ったとき、クロイトナーは散歩でもしているふりをして、雪に足をとられた。シャルタウアーは上着をつかんで、クロイトナーを助けおこした。クロイトナーはシャルタウアーの手を払うと、けわしい顔をして振り返った。

「あいつですか?」シャルタウアーがたずねた。

クロイトナーはシャルタウアーをじっと見たが、なにもいわなかった。

「グムントから来るって話だったのに、なんで後ろから来たんでしょうね?」

「ちくしょう!　びっくりさせやがって」クロイトナーが怒鳴った。

その瞬間、ヴァルナーがやってきて、脇道を通りすぎ、雪に覆われた生け垣の裏に車を入れた。車はすぐ戻ってきて、脇道に曲がった。ヴァルナーはクロイトナーたちのそばで車を停《と》め、窓ガラスを下ろした。

「こういう道順を通るとはな」ヴァルナーはいった。

「国道を来て、信号で右折すると思った。五分五分だったが」

ヴァルナーはうなずいて、予想を覆されて焦っていることを見透かされないようにした。

「それで、これからどうするんだ?」クロイトナーはたずねた。

「奴が家に入ったら、俺が訪ねて話をする。おまえたちは住宅の前で待機だ。二、三分で応援が来る」

「応援が来るまで待つべきじゃないかな?」

「警察が来たと気づけば、なにか言い訳を考えるだろう。その暇を与えたくない」

ヴァルナーは窓を閉めて発車した。クロイトナーは深呼吸して、シャルタウアーをちらっと見た。シャルタウアーは目をそらして車に戻った。


コールヴァイトはあいている駐車スペースに車を駐めた。路面の左右には雪が一メートルくらい積みあげてあった。ヴァルナーは車を路上に駐めて、ハザードランプをつけた。インターホンの呼出ボタンを押したが、応答があるまでしばらくかかった。

「ミースバッハ刑事警察署のヴァルナーです。コールヴァイトさんと話がしたいのですが」

返事はなく、四秒経って、解錠音が聞こえた。ヴァルナーが玄関のドアを押し開けたとき、車が一台、住宅の前に停まった。ミーケだ。いつものようにかなりスピードを上げて走ってきたようだ。ヴァルナーはミーケの顔を見てほっとした。ミーケはサングラスを髪にさして、ヴァルナーのところにやってきた。

「ひとりで入るつもりですか？」

「おまえがなかなか来ないようならな」

ふたりは住宅に入った。ミーケは階段の隙間を通して、二階でだれかが聞き耳を立てていないか様子をうかがった。人の姿はなかった。ミーケはひそひそ声でいった。

「どうなんですか？　奴が犯人ですか？」

ヴァルナーは肩をすくめた。ミーケと同じで確信はなかった。

「用心はしないとな。奴が犯人だったときに備えて」

ミーケは拳銃を握った。階段室はきれいに磨かれていて、黄土色の大理石があしらわれている。その大理石は洗いすぎのせいか、光沢を失い、色がくすんでいた。コールヴァイトの住まいは二階だ。ヴァルナーとミーケは上を見ながらゆっくり階段を上った。

二階にある扉のうち二枚は閉まっていた。三枚目の扉の横に「J・コールヴァイト」という標札がかかっていた。ヴァルナーはノックした。ミーケは扉の横に立ち、拳銃を上着の中に隠した。三秒ほど、なにも聞こえなかった。それからドアノブが内側から引かれた。ドアがすこしだけあいて、目が覗いた。

「コールヴァイトさん？」相手は目をしばたたいたが、返事はなかった。

「以前お会いしましたね。ミースバッハ刑事警察署のヴァルナーです」

扉がさらに開いた。

「ああ、事情聴取された刑事さんですね……ピア・エルトヴァンガーの件で」

「もうすこしうかがいたいことがあるのです」

「家に入りたいということですか？」

「そうさせていただけるとありがたいです」

扉が完全にひらいた。コールヴァイトは一歩さがった。ヴァルナーとミーケは緊張した面持ちで、コールヴァイトの住まいに足を踏み入れた。コールヴァイトはふたりを居間に通した。そこは本で埋まっていた。壁面の本棚だけでなく、机やソファにも本が乱雑に積まれていた。その知性のカオスは、あたりに散らかっている美術雑誌と、数年分になるツァイト紙によってさらにすさまじいものになっていた。コールヴァイトはヴァルナーたちにソファとインド風の椅子をすすめ、ヴァルナーがすわれるように、ソファにのっていた本を脇にどかした。コールヴァイト自身は背もたれに彫り物を施したバイエルン風のアンティークの椅子からテーゲルンゼー地方新聞の束をどかして腰かけた。

「あなたはおじさんが契約しているハウスハム郵便局の私書箱にいろいろと送付させていま

すね？」

　コールヴァイトは、その質問で来訪の理由がわかったとでもいうようにうなずいた。

「ええ、それがどうかしましたか？」

「どうしてハウスハムなのでしょうか？　ヴィースゼーに住んでいらっしゃるのに。しかもおじさんの名前で。おじさんはたぶんそのことを知らないのでしょう？」

「だれがなにを送ってこようといいじゃないですか。教師をしていると、まわりの目がうるさいのです。テーゲルンゼー谷のほうなら、だれもわたしを知りませんから」

「だれからの郵便物なのですか？」ミーケが割って入った。

「たいていは注文した本です」コールヴァイトはまわりの本棚にびっしり並んだ本を指差した。そのすべてがあの小さな私書箱を経由してきたとは思えなかった。

「どうしてこの界隈の人に知られたくないのですか？」

「どういうことでしょうか……」

「だれにも知られたくないなにかをあそこに送付させているのでしょう？」

「すみません。なにをおっしゃっているのかわかりかねます」

「悪魔に関する書物を注文していることを知られたくないのでしょう？」

　コールヴァイトは押し黙り、窓の外を見てから、足下の床に視線を落とした。自分のコーデュロイパンツのすそと黒いスポーツシューズとそこに置いてあったゼーガイスト紙の昨日の版を見つめた。それからヴァルナーをちらっと見て、すぐにまたうつむいた。

「たとえばどんな本のことをおっしゃっているんですか?」彼の声はかすれていた。

「薔薇十字団に関する本とか」

「なるほど」

「ピア・エルトヴァンガーさんもそのテーマに関心を寄せていました」

「そうなんですか? 初耳です」

「悪魔崇拝とは、教師にしては奇妙な趣味ですね!」ミーケは立ち上がって本棚を見た。

「そんなに変なことはありませんよ。悪魔崇拝は若者に人気です。担任教師として、知っておくべき話題です。さもないと、話題についていけません。とくに……その件でだれか生徒が問題を抱えたときに」

「だれか問題を抱えたことがあるんですか?」

コールヴァイトはかすかにびくっとした。

「たまにそういうことがあります。それほど深刻なことではありませんが……そういうことがあります。それほど頻繁ではありません」

「ピア・エルトヴァンガーさんが悪魔崇拝者の生け贄《いにえ》になった可能性はないですか?」

「まさか、それはないでしょう。あの子が興味を持っていたのは……超自然的な事柄です。若者には多いのです。あの子はほかの子よりも関心を持っていたかもしれませんが、悪魔崇拝には関わっていませんでした」

「どうしてそんなにはっきりいえるのですか？」

「経験を積んでいると、わかるものです」

「このあたりに悪魔崇拝にはまる子がそんなにいるとは思えませんね。先生はどこでその経験を積んだのですか？」

「そういわれましても。もしかしたらあの子は心を病んだ悪魔崇拝者と……」コールヴァイトは唇をかんで息を詰まらせた。その次の言葉をいいたくなかったと見える。

「ピア・エルトヴァンガーさんには恋人がいたようですね。ところがだれもその恋人を見ていない。なぜだれにも紹介しなかったのでしょうね。どう思いますか、先生？」

「そんな恋人などいなかったからです」

「わたしたちはいると思っています。しかも先週末、ピア・エルトヴァンガーさんはその恋人といっしょでした。シュピッツィング湖で」

コールヴァイトはなにもいわず、また自分の靴を見た。額に汗がにじんでいる。

「先週末はどこにいましたか？」

「なぜそのようなことを訊くのですか？」

「あなたが嘘をついていないと確かめたいからです」ミーケは本を一冊、本棚からすこし引っぱりだしていた。その本のカバーには悪魔の顔が描かれていた。だがその本は後期ゴシック建築に関する本だった。ミーケはその本を元に戻した。

「コールヴァイトさん、先週末、シュピッツィング湖にいましたね。貸し別荘を借りていた」

「そうですが。わたしだって静養する必要があります。禁じられていることではありませんよね。どこで山小屋を借りようが勝手でしょう。なにをなすりつけようというんですか？」

「なすりつけるなんて。先入観は一切持たないようにしています。それでも、その山小屋にほかにだれがいて、なにがあったか教えていただけるとありがたいです」

コールヴァイトは激しく首を横に振った。

「わたし以外だれもいませんでした。そこでなにがあったというんですか？　わたしは……話題になっているテーマの本を読んだからって、陥れることはないでしょう。なにか推理していることがあるならいったらどうですか。そして証明してみせてください！」

「いまこの瞬間、先生が借りた山小屋に鑑識が向かっています。先生がピア・エルトヴァンガーとそこにいたのなら、痕跡が見つかるでしょう。それほど綺麗《きれい》に掃除することは不可能です」

コールヴァイトは口をつぐんだ。額に汗をにじませて押し黙った。唇が動いてなにかいおうとしたが、すぐに考え直した。なにをいっても納得させられないし、すぐに嘘がばれてしまうだろう。なにをいっても、いうだけ無駄だ。

「ゲルトラウト・ディヒルとはどうやって知りあったのですか?」ミーケがたずねた。本棚をいくら見てもなにも見つけられず、いらいらしだしていた。

「だれですって?」

「馬鹿にしてるんですか?」ミーケはコールヴァイトの前に立った。「自分で殺した娘の名前くらい知っているはずでしょう」

コールヴァイトはさらに汗をかいたが、口を利くのをやめた。その代わりにいきなり首を横に振り、虚空を見つめた。いうべき言葉を選んでいるようだ。

「わたしはだれも殺していません。言いがかりはやめていただきたい。ここから出ていってください。ここにいる権利はないはずです」

「いいえ、そうはいきません」ヴァルナーはいった。

「令状でもあるというんですか?」

「証拠隠滅の危険。そういう場合は口頭でも認められています」

コールヴァイトは立ち上がって窓辺に行った。ヴァルナーたちはしばらく外を見るがままにした。外で待機しているクロイトナーを目にすれば、もう逃げ道はないと観念し、この場で自白するかもしれない。

「終わりだとわかった瞬間が一番つらいもの。みんな、そういいます」ヴァルナーはいった。

コールヴァイトは腕組みして、クロイトナーを見下ろした。

「あなたは知性がある。終わりだとわかるでしょう。時間の問題です。DNA鑑定の結果が出るまでです」

「わたしが人をひとり殺したことを証明できるというのですか？　本当に？」コールヴァイトはいまだにヴァルナーとミーケに背を向けていた。

「二件の殺人です」

「あなたたちはなにもわかっていない」コールヴァイトが振り返った。

「わたしたちがなにもわかっていないというのなら教えていただきましょう」

コールヴァイトは壁に並ぶたくさんの本を見つめてからいった。

「トイレに行かせてください」

コールヴァイトが動きだしたのを、ヴァルナーは止めた。

「ドアは開けておいていただきます」

ヴァルナーはミーケに合図した。ミーケは先にトイレの中を確かめた。そこは浴室ではなく、トイレだけ独立していた。ドアの内側に差してあった鍵を抜くと、ミーケは居間に戻ってきて、「どうぞ」といった。コールヴァイトは居間から出てトイレに向かった。ミーケは彼の動きを監視した。だがコールヴァイトはトイレの前をとおりすぎて、二メートル先にある鋼鉄のドアに駆けていった。ミーケがあっと思ったときにはもう、そのドアを開けて中に消えた。ミーケはドアハンドルに飛びついたが、そのとき内側から鍵がまわる音がした。ミーケはドアを叩いて怒鳴った。

「ドアを開けろ。閉じこもれば捕まらないと思っているのか？」

ミーケはさらに数秒怒鳴りつづけた。気づくと、横にヴァルナーが立っていた。ヴァルナーは両手をズボンに突っ込んでいった。「捕まらないと思ってはいないだろう」

19

クロイトナーはかつて有能な警官だった。この界隈ではみんな、顔見知りだ。だからみんな、彼のことを知っていた。彼は住民と親しかった。そして住民も彼に親しみを覚えていた。親しみを覚えすぎることとすらあった。〈ブロイシュトゥーベル〉で飲むとき、クロイトナーはビールのコースターをくるくるまわすことを疎《おろそ》かにしない。コースターに記入されたジョッキの杯数をだれにも見られないようにするためだ。飲み過ぎていると思われてはまずい。五百ミリのジョッキで六杯から七杯。そのくらいならまだ運転できる。八杯までは、警察のアルコール検知器で泥酔と判定されないことを、自分を実験台にして確認していた。警官たるもの、立場をわきまえる必要がある。

人を見る目と経験から、クロイトナーは喧嘩《けんか》がエスカレートする前に仲裁するのがうまかった。ペーター・ツィムベックの件はとくに伝説になっている。ツィムベックというのは喧嘩っ早い男で、殴りあいで歯が折れて、歯医者に行かないのかといわれても、「冗談じゃねえ。これで歯抜けの仲間入りをしたのによ」と言い放つような輩だ。実際、そういう連中はよく集まりを持つ。ツィムベックは毎週末そういうところに出かけていき、やはり歯が折れただれかに出会った。生暖かい風が吹きすさぶ十月の晩、〈ハイジ&ベルベル〉の駐車場に十人を超す歯抜け仲間が集い、最後の駐車スペースの権利をめぐって言い争いになった。よせばいいのに、殴りあいの喧嘩に発展し、警察が呼ばれた。事態はエスカレートの一途を辿り、数人がナイフを抜いて振りまわした。幸い被害は軽傷にとどまり、クロイトナーたち巡査が事件現場に到着すると、ナイフはほぼすべてズボンのポケットに隠された。ただひとり、ハンジ・ドルニンガーを刺すことしか頭になかった男だけ、まずい状況になったことに気づかなかった。それがツィムベックだった。彼は血糊《ちのり》のついたナイフを手に持ち、もう一方の手でドルニンガーの襟をつかんでいた。ツィムベックに相対したのはクロイトナーだった。だがツィムベックは巡査の制服にひるむようなタマではない。腕力に自信があり、度胸もすわっている。だから地元の警官に、ひとりでツィムベックに向かっていく者などいなかった。ひとりどころか、ふたりでも無理。いや、六人でも、警官は腰が引けた。要するに、こういう深刻な状況では融通の利く言葉のほうがものをいう。クロイトナーはツィムベックの頭のてっぺんからカウボーイブーツまで見下ろし、またゆっくり視線を上げて、あらためてナイフに目をとめた。それから眉を吊《つ》りあげ、ツィムベックの目をしっかりと見た。一陣の風が吹き抜けて、静寂に包まれたとき、クロイトナーはいった。

「ツィムベック、ナイフを捨てろ。なかったことにしてやる」

ツィムベックは、クロイトナーがいった言葉を反芻し、ナイフを地面に落とした。クロイトナーはナイフを拾いあげ、こっそり制服の中にしまった。殴りあいをした連中はちりぢりになった。テーゲルン湖周辺では、このときのことが語り草になり、いまでもそのときのセリフが人々の口の端に上る。「ツィムベック、ナイフを捨てろ……」

とにかくクロイトナーは融通が利くと思われ、本人も、その評判が高まるようにしてきた。そこでクロイトナーが鋼鉄扉の前で説得することになった。扉の向こうにはコールヴァイトがいて、なにをしているのかわからない。

「コールヴァイト！　馬鹿なことはよせ！　もうあきらめろ！」クロイトナーは効き目があらわれるのをしばらく待って、「遊びは終わりだ！」と付け加えた。

「ほかにいいようはないのか。俺がいったことと変わらないじゃないか？」ミーケがささやいた。

「大事なのはなにをどういうかだ」クロイトナーは扉を見つめた。「扉越しにこっちの声が聞こえるのか？」

「本人に訊け」

「コールヴァイト！」クロイトナーは扉に向かって叫んだ。「聞こえるか？」

扉の向こうから返事はなかった。

「ちくしょう、なにをやってるんだ?」

「おそらく証拠隠滅だ」ヴァルナーがいった。

「それはまずい。突入するっきゃない」クロイトナーはこれで名誉挽回《ばんかい》できると思って、体にあふれんばかりのエネルギーをためた。

イェンス・ジュールシュタインはコールヴァイトの真上に住んでいた。この集合住宅が建てられた一九六八年からの住人だ。一九八〇年代に下の住居、つまりコールヴァイトがいま住んでいる住居部分が隣のアパートと合体されることになった。そのアパートは隣接して建てられていたもので、境は防火壁になっていた。郡行政管理局は、この防火壁に開口部を作るに当たって、そこに防火扉を設置することを条件にした。ジュールシュタインは当時すでに、懸念を表明した。もちろんその防火扉が警察を困らせることになるとは思いもせず。そのときは美観を損ねるのを心配しただけだった。「住まいの中に防火扉を欲しいと思う者などいるだろうか。地下への入口みたいだ」といって。ヴァルナーの質問に、彼は答えた。

「昔アパートにあったドアはもうないです。壁でふさいであります。その部屋には防火扉からしか入れません。もちろん庭側に窓がありますが」

住居にはほかにベッドのある部屋がなかったので、ヴァルナーは扉の向こうが寝室だとにらんだ。そのうちに応援が到着したが、鋼鉄扉を破る手立てはなかった。鍵屋を呼んだが、まだ来ない。あとは窓から侵入する手だが、ヴァルナーとしては、だれにも危ない橋を渡らせたくなかった。窓のカーテンが閉まっているので、内部の様子がわからない。コールヴァイトが銃かナイフを持っていたら、窓から侵入する者に向かってなにをするかわからない。扉を開けるのが一番安全な方法だ。

ヴァルナーが指令センターへの電話連絡を終えると、新米警官のシャルタウアーがやってきて、「クロイトナーさんが部屋に突入する気のようです」と報告した。どうしてそう思うんだという質問に、シャルタウアーはいった。

「ジュールシュタインに梯子を貸してくれといってたので」

ヴァルナーとミーケは外に駆けだした。表玄関を出たとき、ガラスが割れる音がした。アルミの梯子をよじ上ったクロイトナーが拳銃のグリップで二階の窓を叩き割ったのだ。

「馬鹿な真似はよせ。鍵屋がもうじき来る」ヴァルナーが叫んだ。しかしクロイトナーにブレーキをかけることはできなかった。

「馬鹿にされて黙ってられるか。話したくないなら、それでいい。それなら別のやり方で知りあいになるまでだ」

クロイトナーは割れた窓に手を差し入れてカーテンをひらいた。梯子に乗ったクロイトナーは十字架上のキリストさながらに両手を左右に伸ばした状態で身をこわばらせ、開口一番に叫んだ。「なんだこりゃ！」

コールヴァイトは黒い安楽椅子にすわっていた。室内の調度品はすべて真っ黒だった。ベッドのシーツまで黒い。部屋の隅には祭壇のようなものが設《しつら》えてあり、十字架像が立ててあった。しかしその十字架にかかっているのは神の子ではなく、悪魔だった。黒く塗られた四方の壁には複製画がかけてある。ヒエロニムス・ボッシュ、ピラネージ、ゴヤ、フランシス・ベーコンなどの気が重くなるような絵ばかりだった。コミックなどに描かれたサタンは、コールヴァイトには安物すぎるようだ。

コールヴァイトはがっくりうなだれていた。両腕を椅子の左右にだらりと垂らし、両手の下の黒い絨毯に真っ赤な血溜《ちだ》まりができていた。ナイフでリストカットをしたのだ。決まりどおり、手首に並行した二本の切り傷。血がどくどくと流れだしていた。

クロイトナーはコールヴァイトの命を救ったことになる。もうすこし遅かったら、手遅れだっただろう。コールヴァイトはアガタリート病院の精神科病棟に搬送された。ヴァルナーはクリーム色に塗られた医長の部屋で椅子に腰かけた。窓には白い鉄格子が張られ、天井には蛍光灯がついていた。ミーケはドアの前で女性の介護士とおしゃべりしている。

「大量に失血しています。鎮静剤を投与しました。一日では安定しないでしょう」医長は四十がらみのひどくやつれた男で、目が落ちくぼみ、頬と顎と口のまわりにうっすら黒いひげを生やしていた。目はせわしなく動いている。仕事のしすぎだな、とヴァルナーは思った。

医長は今回の少女殺人の犯人としてイメージした人物にそっくりだった。

「一刻の猶予もないのです」

「説明していただきましょう」医長はけわしい目つきをした。

「コールヴァイト氏はわれわれが捜査している殺人事件の被疑者なのです。彼が自白すれば、それで一件落着。治療を優先してもらいます。しかしそうでなければ、殺人犯が野放しだということになります。すでに次の犠牲者に目をつけているかもしれません。それをはっきりさせなければ、われわれは捜査の方向性を見誤ってしまいます。そしてさらに犠牲者を増やすかもしれないのです」

「十分だけ」そういうと、医長はまたけわしい目つきをした。「ひとりだけです」


ミーケは介護士としゃべることができるので、いやとはいわなかった。きっと捜査の状況を詳しく話してしまうだろう。秘密の漏洩《ろうえい》を心配したヴァルナーは、ミーケを脇に引っぱっていって釘《くぎ》を刺した。

「話すのは新聞にのっている内容だけにしろ。それでも充分惹《ひ》きつけることができるから」

コールヴァイトは両手首に白い包帯を巻いていた。ベッドのヘッドサイドがすこし上げてあった。コールヴァイトは部屋に入ってきたヴァルナーを見ようとしなかった。ベッドのフットサイドをじっと見つめている。考えることはできるが、回転がゆっくりなようだ。目にベールがかかって、世界をうまく知覚できないのだろう。

「コールヴァイトさん、具合はどうですか？」

「まあまあです」唇を動かさずに答えた。

「話してくれますか？」

　コールヴァイトはなにもいわなかった。

「なぜ少女をふたりも殺害したのですか？　儀式の生け贄ですか？」

「だれも殺していません」

「ではなぜ自殺を図ったのですか？」

　コールヴァイトはなにもいわず、ゆっくりと目をしばたたき、口を開けてはまた閉じた。

「自殺は悪魔関連の書と関係ないですね。罪にはなりませんし、部外者には知らされません」

　コールヴァイトはかすかにうなずいた。

「ではなぜですか？　なぜそんな自暴自棄になったのですか？　話してください」

「こういう田舎で未成年の生徒と交際した教師がどうなるかわかりますか？」彼は鼻で笑おうとして、できなかった。自分が情けなくて喉がしめつけられたのだ。

「ピアさんのことですね？」

「ええ」

「彼女を殺したのですか？」

コールヴァイトはしばらく考えてから答えた。

「ある意味ではそうです」そしてやっとの思いでいった。「わたしが悪い」

「なにをしたんですか？」

「成り行きにまかせてしまった」

ヴァルナーはけげんな顔をしてコールヴァイトを見た。しかしコールヴァイトは見返そうとはせず、またベッドのフットサイドを見つめた。

「わたしは意気地がなかったんです」独り言のようだった。

「どういう意味ですか？」

しかしコールヴァイトの目にはまたベールがかかった。

「ピアさんと性的関係を持ったんですね？」

コールヴァイトは頭をかすかに動かした。肯定したようだ。

「いつからですか？」

「一年前。こっそり会っていました。電話もせず、Ｅメールのやりとりもしませんでした。手紙を直接手渡していました。そして読んでから燃やしました。ピアはそれがロマンチックだと感じていたので。しかしわたしは気が気じゃありませんでした。わかりますか？　わたしはクビがかかっていたんです」

「それで？　それだけの価値があったのですか？」

「もちろん」

ヴァルナーは両手首に包帯を巻いた男を見つめた。鎮静剤でベールのかかったようなうつろな目をしている。目のまわりには隈ができていた。コールヴァイトにはどのくらい女性経験があるのだろう。十六歳の少女への愛は彼にとって唯一の深い愛情体験だったのかもしれない。禁断の愛。だが禁じられていることなど、どうでもよかったのだ。身を焦がし、危険に怯えなければならない束の間の恋。わからないではない。だがコールヴァイトは、いずれ代償を払うことになるとわかっていたはずだ。もっと魅力的で若い相手がまわりにいるとピアが気づけば、ふたりの関係はおしまいだ。コールヴァイトがみじめな奴だと気づいても、同じ結果になる。ピアの愛情が同情に変わった場合もそうだ。彼はそれまでの百倍は孤独を味わうことになるだろう。コールヴァイトは関係がつづいても一、二年だとわかっていたはずだ。父親と同年代の男をメルヘンの王子様のように愛するのは、父親がまったくかまってくれなかったからだ。コールヴァイトは終わりが来るのを待っていられなかったのだろうか。彼女を失うくらいなら、自分でこの幸せに終止符を打ったほうがいいと思ったのだろうか。男の自暴自棄が一線を越えたのかもしれない。だがヴァルナーはそうした仮説に引っかかりを覚えていた。十字架、金襴緞子の衣装、薔薇十字団、悪魔崇拝の書。コールヴァイトとピアの関係に限れば、すべてがうまくあてはまる。だがふたり目の犠牲者の場合はどうだろう。

ロマンチックで常軌を逸した行動という共通点はあるかもしれないが、それ以外は合致しない。

「先週末、なにがあったのですか？」

コールヴァイトは目を閉じて歯を食いしばってから緊張をほどくと、はじめてヴァルナーを見た。

「なにが知りたいんですか？」

「すべてです。順番に。金曜日の午後からはじめましょう。ピアさんがハウスハム経由のバスに乗り、そこで乗り換えてシュピッツィング湖に向かったことはわかっています」

「バス停で彼女を拾って、貸し別荘に向かいました。距離にして三キロくらいでした」

「貸し別荘ではなにをしたのですか？」

「いっしょに料理を作って、夕食をとりました。そのあとはいっしょに詩を作りました」

「どんな風に？」

「どちらかひとりがまず一行書いて、もうひとりが次の一行を書く。最後にその詩について合評する。手直しをしたり、より的確で、詩的な表現を模索したりしました」

「悪魔崇拝の儀式はしなかったのですか？」

「ええ。ピアは興味がなかったので。わたしは向こう側の世界ならなんでもよかったんです。暗部も含めて。でもピアはオカルトの明るく、ロマンチックな面しか好きじゃなかったんです」コールヴァイトはふっと微笑んだ。

「週末にピアさんは電話をかけなかったですか？」

「金曜日と土曜日はかけませんでした。親から電話がかかってくることもありませんでした。友だちのコニーは、ピアが秘密の恋人といっしょなのを知っていましたが、緊急事態でもなければ、電話をかけないことになっていました」

「日曜日の午後三時ごろ、電話ボックスからピアさんに電話があったはずです。そのときあなたと貸し別荘にいたのですか？」

「ああ。散歩をしていました。雪が降っていました。携帯の画面に浮かんだ番号を見て、ピアは興奮していました」

「電話をかけてきたのはだれでしたか？」

「知りません。そのときが来たら驚かせたいから内緒だといっていました。電話がかかってくるのを待っていたようです」

「そのあとどうなりました？」

「バイリッシュツェルまで連れていってくれとピアにいわれました。電話をかけてきた男と会うといっていました。午後三時半ごろ、車で彼女をそこまで送りました」

「男を見ましたか？」

「いいえ。まだ来ていませんでした。ピアには、待つなといわれました。用事がすんだらまた電話をかけると」

「用事とは？」

「教えてくれませんでした」

「それから？」

コールヴァイトは黙ってしばらく考え、肩をすくめた。

「電話はかかってきたのですか？」

コールヴァイトは首を横に振った。涙がこぼれた。

「それで、あなたはどうしたのですか？」

「夕方バイリッシュツェルへ行きました。でもピアは見つかりませんでした」

「それから？」

「それで終わりです」消え入るような声だった。「わたしになにができたというんですか？」

20

「なんて意気地なしなの？」

ティーナは挑むようにルッとミーケとヴァルナーの顔を見た。男たちに同意するような様子は見られなかった。

「それはすこし酷じゃないかな」ルッがつぶやいた。

「そういう状況で警察に行かない女がひとりでもいたら、教えてもらいたいものだわ！」

男たちはしゅんとなった。知りあいが証言にあったような状況に置かれたとき、意気地なしと決めつけるのはそう簡単なことではない。

「だれかコーヒーを飲むか？」そうたずねると、ミーケは煮詰まったコーヒーを入れたポットを持ちあげて振ってみせた。

ミーケは自分のマグカップに最後のコーヒーを注いだ。そしてそのとき、思いついたかのようにこういった。

「俺のおふくろだな」

「本当に？」ティーナはショックを受けた。「母親をそんなふうにいうなんて」

「おふくろはずっとおやじに嫌みをいわれつづけた。あんな奴、追いだせばいいって俺はいったんだ。でもおふくろはそうしなかった。なぜだと思う？　ひとりぼっちになるのが怖かったんだ。意気地がなかったのさ」

「それは事情が違うでしょ」

「違わないさ。意気地がなかったところは同じだ」

「馬鹿げてる」

ヴァルナーは空のマグカップを人差し指に引っかけてぶらぶらさせながらミーケにいった。

「コーヒーはまだあるか?」

「さっきので最後だったから訊いたんですけど。すみません」

ヴァルナーはマグカップをデスクに置いた。コールヴァイトへの取り調べの結果をみんなに話したところだ。もう夕方だった。部屋は息が詰まった。煮詰まったコーヒーのにおいがしていた。だがヴァルナーはまだ換気の必要を感じなかった。

「あいつが話したことが本当かどうかわかっていない。コールヴァイトの住居でなにか見つかったか?」

「だめです」ルッはいった。「ピア・エルトヴァンガーの手紙もEメールも写真もなし。口紅がついたグラスもなし……ただひとつ……」

「ルッ!」ルッはヴァルナーを見た。祈りを捧げている最中に邪魔をされたかのように。

「なにか見つけたのなら、早くそれをいってくれ」

「セーターに毛髪が二本付着していました。おそらく最初の死体のものでしょう。DNA解析がすめばはっきりします」

「それは役に立たないな。ピア・エルトヴァンガーと関係を持っていたことは認めているわけだから。二日前の午後五時。あいつはなにをしていた?」ヴァルナーはティーナを見た。

「ギムナジウムで劇の稽古をしていました。コールヴァイトは演劇サークルの顧問をしているので。しかし感染性胃腸炎を理由に早退しています。問題の時間には自宅にいたといっています。住宅のほかの住人に聞き込みをしましたが、彼の住まいに明かりがついていたか覚えている者はいませんでした」

「レンタカーのほうは?」

「シュライバーレント社のリストにコールヴァイトはのっていません」ミーケはいった。

「偽名でレンタルした可能性はあります。しかし簡単ではないでしょう。運転免許証の呈示が必要ですから」

「これからどうします?」ティーナが質問した。

選択肢はふたつ。しかも互いに相容《あいい》れないものだ。ひとつは、コールヴァイトが犯人である証拠を見つけることに集中するというもの。もうひとつは、コールヴァイトは無関係と判断し、あらためて犯人を捜すというもの。警察にできることは限られている。方針を間違えれば、時間を無駄にし、証拠を失う危険にさらされる。

ヴァルナーは立ち上がって部屋を歩きまわり、空になったガラス製のコーヒーポットを見つめた。

「窓を開けましょうよ」ミーケがいった。

ヴァルナーはダウンジャケットを着て、ファスナーを顎まで引きあげてから、窓を開け放った。凍りつくような空気が部屋に流れ込んだ。ヴァルナーは、濁った暖かい空気が窓の上のほうから外に流れだすのを頭で感じた。新鮮な空気を胸いっぱいに吸うため、窓から身を乗りだした。例外的なことだが、ヴァルナーはそうしたい欲求に逆らえなかった。決断しなければならない。といっても、いま決める必要はない。考える時間がひと晩ある。しかし明日、三十人の警官を前にしたら、なにかいわざるをえない。だがそれまでに状況が鮮明になるとも思えない。ひと晩悩んで、寝不足になるだけのことだ。

「コールヴァイトじゃないな。改めて犯人を捜す」ヴァルナーはいった。多くの者がこの決定に失望することはわかっていた。コールヴァイトを逮捕したときは、突破口がひらいたとみんないろめきたったが、明日、捜査が振りだしに戻ったというほかない。

ドクター・ハウス（アメリカの同名テレビドラマの主人公）は女性患者につらくあたっていた。原因不明の難病にかかっているというのに。マンフレートはかっかしていて、それを抑えるために白ビールをひと口飲んだ。ビールジョッキをドンとテーブルに置いた。マンフレートは白ビールをジョッキで飲むのが嫌いだった。グラスで飲むほうが上品だからだ。しかし白ビールのグラスには取っ手がない。

「おいおい……」マンフレートは口についた泡をぬぐった。「そりゃないだろう。なんてドクターだ！　患者が死にかけているのに。いくらなんでも……」マンフレートは絶句した。「そんなに気にくわないのなら、なんで毎回観たりするんだ？」

だがその声はマンフレートに届かなかった。マンフレートはドクター・ハウスが黒板に書いている診断に目が釘付けだった。CMの時間になったので、ヴァルナーはテレビの音を消した。

「あのな……」ヴァルナーはいった。

マンフレートはビールジョッキを見た。

「白ビールはまだ冷蔵庫にあるか?」

「ちょっと飲み過ぎだ」

マンフレートは空のジョッキをまたドンと置いてうなった。

「あのな」ヴァルナーは改めていった。「俺の、なんだ……ホルモン分泌を気にしているのか?」

マンフレートはジョッキを持ち、ジョッキについた水滴が落ちて溜まったところを見つめた。

「どういうことだ? ホルモンがどうした?」

「俺の性生活についてなにか心配してるんじゃないかと思ってね」ヴァルナーはじれったくなっていた。

「ああ、そのホルモンか!」マンフレートはうなずいて、ジョッキの底に残っていたわずかな白ビールを口に入れた。「そういうのは、自分で考えることだ。違うか?」

「いや……俺が身体的に問題を抱えていると思ってるんじゃないかなと気になってね」

マンフレートはヴァルナーを見た。なにがいいたいのかもうすこし補足があると思っているようだ。

「問題っていうのは……」なんでマンフレートはとぼけているんだ！「……リビドーとかいうやつで」

「リビドー？」

「わかってるだろう……」

ヴァルナーは自分の股間を見て、そこを手で隠した。

「ああ、そうか！　発情できないというのか？」

ヴァルナーは祖父と性について話すのがどうにも居心地悪かった。

「俺が問題を抱えていると思ってたりするか？」

「なんでだ？　問題を抱えているのか？」

「質問に答えてくれ」

「おまえが元気かどうかなんて、わしは知らん。関係ないことだしな。おまえはわしになにをしてほしいんだ？」

ヴァルナーはじっとマンフレートの顔を見た。マンフレートが嘘をついているのは間違いない。だが経験では、嘘をついている証人はいらついたり、腹を立てたりしない。それは本当のことをいっているのに信じてもらえない人間の反応だ。とはいえ、祖父の場合、精力剤のことを忘れている可能性もある。もしかしたらなんの話をしているのかわかっていない恐れもある。

「確かか？」ヴァルナーは念を押した。

「まだなにかいいたいのか？」マンフレートは困惑してヴァルナーを見た。動かぬ証拠というやつを突きつけるしかないようだ。

「殺人捜査の一環で今日、調べていた。いろいろな会社をな。オカルト系のグッズを販売している会社だ」

「なんだそりゃ？　どうせがらくただろう？」

「そうともいえない。超常現象とか占星術とかダウジング（棒や振り子などを用いて、水脈や鉱脈を探り当てる占い）とか、そういった類いのものだ」

マンフレートは興味なさそうにうなずいた。

「そういう会社のひとつが精力剤を販売している……アメリカ・インディアンの精力剤」

マンフレートがびくっとした。ヴァルナーはわざと間を置いてから、その商品の謳い文句をいった。

「効き目は絶大で、これを服用した戦士は丸一日拷問柱に縛る必要があるらしい。とんでもないことをしでかさないようにな」

「まいったな！」マンフレートが苦笑いした。やはり！　勘は的中した！　やはり後ろめたいことがあるのだ！　マンフレートの額が紅潮した。

「いいたくはないが、顧客リストにじいさんの名前があった。結果としてそれが判明した」

マンフレートはもうなにもいわなかった。

「なにを買おうが自由だ。だが買った目的を知りたい」

「それは……」マンフレートは肩をすくめ、くすくす笑った。

「まさか満月の夜、俺の紅茶に混ぜたりしていないよな？」

「そんなことをするもんか。なぜそんなことを訊く？」

「じゃあ、なにに使ったんだ？」

「そりゃ、なんだ……この家にはほかに住んでいる人間がいる」

ヴァルナーはこの発言に含まれた意味を把握するのにしばらくかかった。それに気づいたとき、勘違いしていたと思った。

「それってまさか……女とはもうなにもないと思っていたんだが……」

「ああ」マンフレートはにが笑いした。「女とはもうなにもないさ。面倒なだけだ」

鉛のように重い沈黙が五秒ほどつづいた。ヴァルナーは早くこの話を終えたかった。

「なるほど、それならいい。問題の薬を俺のために手に入れたんじゃないかと勘繰ったものだから……」

ヴァルナーは、自分の留守中、祖父が精力剤を使ってなにかしているところを想像して不安になった。テレビではドクター・ハウスがまた仕事をはじめた。ヴァルナーは急いでリモコンを手に取った。

「つづきがはじまった」

ヴァルナーは音をだした。さっきよりもすこし大きかった。

「白ビールをもう一杯飲むか？」

## 21

それからはおきまりの捜査がつづいた。みんな、次の死体が発見されるのを覚悟していたが、死体が出ることはなかった。ゲルトラウト・ディヒルが殺害されてから一日、二日が経ち、三、四日が過ぎると、日常の感覚に戻った。まるでこれで終わったかのように。すべてが一過性のことで、吹雪が吹き荒れたあと、すぐにまた冬の静けさが戻るのに似ていた。

ミーケが犯人に肉薄していることを、ヴァルナーは知っていた。犯人が月曜日にシュライバーレント社の車をレンタルしたことは確実だ。あるいはだれかに頼んで借りてもらったのだろう。ミーケは百三人の氏名が並ぶリストを手に入れていた。その中に犯人か、犯人を知る者がいる。レンタカーがヴァルナーの家の庭に駐まっていた時間帯のアリバイをひとりずつ調べればいい。レンタカーをなにに使ったか知らないが、ほとんどの者には証人がいるはずだ。残ったわずかな者たちに焦点を絞る。すべての対象者のアリバイを確認するのはもちろん大仕事だ。机を運んだときにいっしょだったという父親や兄弟や義父はどこまで信用できるだろう。中には休暇などの理由で連絡が取れなかったり、返事がなかったりすることもある。ゲルトラウトの殺害から四日が経っても、まだ調べがつかない人物が五十五人も残っていた。しかも、調べのついた四十八人が犯人ではないといいきるのもむずかしい。

一月十九日金曜日は雲ひとつない青空だった。冬の太陽が注ぐ温もりで、気温は七度上がったが、大地は雪に覆われていた。この日、ふたつの葬儀がおこなわれた。ひとつはヴァルンガウでしめやかに執りおこなわれた。ホルツキルヒェンから南に五キロのところにある小さな集落で、ディヒルの農家からそう遠くなかった。近くの農民やゲルトラウトが通っていた学校の生徒や教師が参列した。それからディヒル氏と親しいアルペン協会ミースバッハ支部の会員二十人ほども姿を見せていた。ヴァルンガウ射撃協会のメンバーも民族服に身を包んで列席し、四人組のブラスバンドがゲルトラウトを送る曲を演奏した。墓地の前には二十人ほどの報道関係者が集まり、ほぼ同数の野次馬もいた。娘の墓に立った親族はベルンハルト・ディヒルだけだった。母親は顔を見せなかった。娘の死をいまだに受け入れられずにいるのだ。

ピア・エルトヴァンガーの葬儀には千人を超える参列者が集まった。ロタール・エルトヴアンガーは顔が広い人物だった。アッカーマン家（ドイツ銀行CEOを務めたヨーゼフ・アッカーマンの一族を指す）やピシェッツリーダー家（BMW、VWのCEOを務めたベルント・ピシェッツリーダーの一族を指す）ほどではないが、それでも何度もテレビに出演している。エルトヴァンガーは娘の死で大いに知名度を上げた。エーゲルンの墓地にこれほどの人が集まったのは久しぶりだ。といっても、それなりに有名人が葬られている。郷土作家のルートヴィヒ・トーマとルートヴィヒ・ガングホーファーがこの墓地で永眠している。だからここに埋葬するのは容易ではない。エルトヴァンガーはオーバーバイエルンでもとびきり風光明《ふうこうめい》媚《び》な場所に娘を葬るため、金に糸目をつけなかったようだ。二日前にエルトヴァンガーと交わした面会の約束はコールヴァイトの逮捕で流れてしまい、そのあとはエルトヴァンガーの予定が埋まっていたため、会うのは葬儀のあとになった。親しい弔問客三百人が、葬儀につづいて近くのホテルのホールに集まり、フルコースに舌鼓を打ちながら哀悼の意をあらわした。おそらくその三分の二以上の人は死んだ娘とまともに言葉を交わしたこともないだろう。弔問客が全員ホテルに移動して席につくまで、すくなくとも三十分はかかった。エルトヴァンガーはこの時間を有効に使った。この時間帯には客がいないが、よく暖房されたバーにヴァルナーを伴った。ふたりはカプチーノを注文した。

「犯人は被害者の口の中にバッジをひとつずつ残しました。ふたつをつなげると、山の図になったのです。粒子が粗いですが、トゥクサー・フォアアルペンにあるラストコーゲル山だとにらんでいます。その山をご存じですか？」

「ああ、知っている。昔……」

エルトヴァンガーは途中で口をつぐんで、いきなり遠くを見つめる目をした。

口をすべらしそうになったが、いってはいけないと思ったようだ。

「昔？」ヴァルナーはその糸口をたどろうとした。

「トゥクサー・フォアアルペンで仲間と何度も登山をしている。ラストコーゲル山のあたりにも行ったことがあるはずだ。しかしラストコーゲル山自体は魅力がない。リフトで上がれるからね」

「登山はよくされていたのですか？」

「学生の頃だが、アルペン協会に入っていた。いまも入ってはいるが……会費を払っているだけだ」

「登山をやめたのはいつ頃ですか？」

「たしか……十四年前。当時は経営コンサルタントの会社に勤めていて、週に八、九十時間働いていた。眠れるだけでもありがたい生活だった」

「ベルンハルト・ディヒルさんはご存じですか？」

「アルペン協会ミースバッハ支部でいっしょだった。昔はフィッシュバッハアウに住んでいた。しかしほかにつながりはない。あれから一度も顔を合わせていないと思う」

「十四年前から？」

「ええ」

「ディヒルさんとはそれ以前、なにをされたのですか？」

「登山だ。ふたりだけで登ったことはない。協会が組んだイベントでいっしょだった。アイスクライミングの講習とかそういうものだ」

ヴァルナーの脳裏に金襴緞子の衣装がよぎった。

「謝肉祭《ファッシング》のときもなにかイベントがありましたか？」

「あったと思う。そうそう、謝肉祭《ファッシング》にはよくスキーをした」

「そのときにだれか金襴緞子のプリンセスの衣装を着たりしませんでしたか？」

「さあ。それはないだろう。なぜかね？」そのとき、エルトヴァンガーは質問の意味に気づいた。

「ああ、そういうことか……いいや、記憶にない。でも、だれかが着ていたかもしれない。みんな、仮装したから。なにを考えているんだね？」

「なにも考えていません。個々の手がかりになにかつながりがないかなと思っただけです。犯人は、今回の事件が山とつながりがあると示唆しているのです。しかもかなり具体的にラストコーゲル山と。わたしたちの推理が正しければですが。ディヒルさんも、あなたも、昔は登山家だったわけですし」

「このあたりに住む人間なら珍しくない」

「それはそうです。ただ、あなた方おふたりがもう長いこと山に登っていないというのも、気になるところです」

「なにがいいたいんだ？」

「ディヒルさんとあなたが犯人と接点があるとしたら、それは何年も前に遡《さかのぼ》るということです。ディヒルさんといっしょに体験したことで普通と違う記憶はありませんか？」

エルトヴァンガーは考えた。顔つきは変わらなかったが、目が泳ぎ、鼻翼が動き、眉間にしわが寄った。遠い記憶の中でなにか思いだしたな、とヴァルナーは思った。実際、過去の霧の中を手探りしているように見えた。

「いや」エルトヴァンガーはいった。「なにも思いだせない。ディヒルとはそれほどつきあいがなかったから」

エルトヴァンガーはカプチーノの泡をスプーンでかきまわした。言葉とは裏腹になにか考えている。

「そんなに昔のことに遡るなら、なんでいまになって子どもを殺すんだ？　十五年、もしかしたら二十年も経っているってことだろう？」

ヴァルナーは肩をすくめて、飲み干したカップを脇にやった。エルトヴァンガーは財布をカウンターに置いた。

「ここはわたしがだします。食事をしにいってください」ヴァルナーはいった。エルトヴァンガーは立ち上がった。

「そうそう……」ヴァルナーは彼の鼻を見つめた。「ボクシングをされるのですか?」

「いいや。この鼻のことなら、事故だ」

ヴァルナーは同情するように顔をしかめた。

「ひどい事故だったのでしょうね」

エルトヴァンガーはよくわからない仕草をした。彼の鼻を見ても、本心は読み取れなかった。バーから出ていくとき、彼はもう一度振り返って、なにかいいたそうな顔をした。それでも結局、背を向け、バーにヴァルナーを残して出ていった。


ミースバッハへ戻る途中、ヴァルナーはシュリーア湖に寄り道した。湖は凍結し、スケートをはじめとする氷上の遊びに興じる人々でいっぱいだった。食堂はこの機会に食べものや飲みものの屋台でひと儲《もう》けしようとしている。〈鸚鵡亭〉も即席の小さなバーをだして、飲みもの、電子レンジで加熱したソーセージやアップフェルシュトルーデルを売っていた。ヴァルナーの期待どおり、メラニー・ポルケがそのバーに立っていた。娘のコニーもそこにいて、母親の手伝いをしていた。ヴァルナーはわざとぞんざいな歩き方をしてバーに近づいたが、メラニーがヴァルナーに気づくまでしばらくかかった。彼女は微笑んだ。

「やあ」ヴァルナーはいった。

「いらっしゃい」メラニーがいった。「ご無沙汰《ぶさた》でしたね」

「この数日忙しかったんだ」

「ええ、わかります。なにか飲みます？」

「コーヒーはあるかな？」

「もちろん。なんならホイップクリームをのせましょうか」

「ミルクと砂糖でいい。ありがとう」

「コニー！」メラニーは、同年配の女の子とおしゃべりをしている娘のほうを向いた。

「コーヒーをいれて。それからミルクと砂糖」

コニーはしぶしぶコーヒーマシンのところへ行った。

「このあいだの質問をもう一度するために来た」

メラニーはけげんそうに見た。

「夕方つきあわないかい？」

「ええ、いいですよ。このあいだは宙ぶらりんになっちゃいましたものね」彼女はまっすぐヴァルナーの目を見た。「メラニーと呼んでください」

「いい名前だ。やさしい感じがする。勘違いかもしれないが」

「そうね。気をつけたほうがいいかも」

「俺はクレメンスだ」ヴァルナーはいった。

「クレメンスとは！」メラニーがうなずいた。

「名前がどうかしたか？」

「どうもしないです……というか、まあ、ちょっと。初恋の相手がクレメンスだったんです」

「それは奇遇だな」それをどう受け止めていいかわからず、ヴァルナーはいった。

「十年以上付きあいました」

「じゃあ、前のクレメンスがあの子の父親か」ヴァルナーはコーヒーを運んできたコニーを指差した。コニーはヴァルナーの前にカップを置いた。

ヴァルナーは礼をいった。コニーは母親のほうを向いた。

「遅くなってごめんなさい。ちょっとレジが立て込んじゃってて。気づいてないかもしれないけど、母さんひとりじゃここはやっていけないね」

「よくやってくれているわ。ちゃんとわかってる」

コニーは母親の尻をつねって、その場から離れた。たしかに客が立て込んでいる。だがメラニーは気にしていないようだ。

メラニーは笑った。

「元パートナーの話をするなんて、はじめてのデートには刺激的ですね」

「たしかに」ヴァルナーはいった。「その人への気持ちをまだ引きずっていれば尚更《なおさら》だ」

「なんか経験者は語るって感じ」

「最後に会ったときはボロ泣きだった。まだすこしだけ記憶に新しい」

「ご心配なく。わたしはそんなことしないから。前のクレメンスの話は終わりにしましょう。あなたのほうはどうかしら？」メラニーはていねいな口を利かなくなっていた。ヴァルナーは話題が一段落したのでほっとした。

「ああ、話したいとは思わない」

「そうなの？」

ヴァルナーはメラニーが好奇のまなざしをしていることに気づいた。女らしい魅力的なまなざしだ。

「女ってのはどうしてそう人のプライバシーを突っつくのかな？」

「だって、面白いじゃない」

ヴァルナーは角砂糖の紙包みをむいて、砂糖をコーヒーに落とした。

「藪《やぶ》をつつくと、なにが出てくるかわからないぞ」

「だからわくわくする」

「なにが知りたいんだ？」

「あなたが女と付きあって一番長くつづいたのはどのくらい？」

「七年」

メラニーはヴァルナーをじっと見た。

「結婚していたんでしょう?」

「ああ。離婚して五年になる」

「子どもは?」

ヴァルナーはためらった。

「いっちゃいなさいよ」

「女の子だった。マレーネ」

「わたしの名前に似てる」

ヴァルナーはふっと微笑み、コーヒーをスプーンですこしかきまわした。

「ああ、そうだな」

「マレーネは何歳?」

「もう生きていない」

メラニーのまなざしに影がかかった。楽しいおしゃべりをしていたはずが、急に地雷原に踏み込んでしまったような感じだ。

「ごめんなさい。あなたのいうとおりね。あたし、好奇心を持ちすぎたわ」

「気にすることはない。人を不快にすることがわかっているから、このことを話題にするのがいやなだけだ。もう昔の話さ」

「マレーネはなんで死んだの？」

「重度の障害をかかえて生まれてきた。医師団からは四週間以上は生きられないといわれた。だが……三ヶ月生きた」

「障害があるって事前にわかっていたの？」

「ああ。長く生きられないことはわかっていた」

メラニーはなにもいわなかった。それからレジに立っている娘に視線を向けた。ヴァルナーにまた視線を戻した彼女は、もうそれほど戸惑っていなかった。彼女に訊きたいことがまだたくさんあったが、いまはその時ではなかった。ヴァルナーは空になったカップをメラニーのほうにすべらせたものの、これからどうしたらいいかわからなかった。そしてふっと微笑みながら試してみることにした。

「明日の晩はどうかな？」

メラニーはほっとしてうなずいた。

## 22

ラルフ・ヴィッケーデはかれこれ六時間は歩きまわっていた。ドルトムントのどこか。どこなのか正確にはわからない。夜中はどこも同じに見える。それに、いまいるところがどこだろうと関係ない。どこだって敵地。三十分前、「港」と記された標識を目にした。風が強くなった。ヴィッケーデはコートの襟で耳を隠した。コートは小さすぎた。遠くでバス停の時計が光っている。四時五分前。

路上に人影はなかった。街に人の気配はないが、この十四年でずいぶん様変わりしている。なにせこぎれいだ。屋根付きのバス停は設置されてまだ二年と経《た》っていないだろう。ルール地方には活気が戻っているという。それは新聞で読んだ。兄貴が彼のために定期購読してくれている。あと一時間もすれば、郵便配達人が来て、門に新聞を投げ入れるだろう。ヴィッケーデは一瞬、新聞を取りに戻ろうかと思ったが、それは軽率だと思い直した。それにそもそもアープラーベック地区への帰り方がわからない。

アープラーベックはドルトムント市内の地区で、そこに精神科病院がある。アープラーベックに住んでいるといえば、精神を病んでいると思われるのがおちだ。そしてだれか頭がおかしい者がいたり、そう思ったりしたときは決まってこういう。「アープラーベックに行け！」

ヴィッケーデは十四年前、アープラーベックに来た。重度の妄想性障害にかかったためだ。三十四歳だった。数学と物理を担当するギムナジウムの教師だったが、このときキャリアは終わった。学校当局はヴィッケーデを早期退職に処した。ヴィッケーデは入院する前から妄想が過ぎるといわれていた。十四歳のとき、親友が自分をスパイしている気がして、はじめて不安を覚えた。そのことを無視しようとしたが、結局その友だちと絶交した。一九八八年六月十九日、ヴィッケーデはさんざん迷った末に、自分が抱えている問題を兄のオリヴァーに打ち明けた。オリヴァーはそのことを両親に伝え、両親はヴィッケーデにセラピーを受けさせた。四年間セラピーを受けたあと、ヴィッケーデは病気と付きあう術《すべ》を会得し、周囲の人間を疑っているそぶりは見せなくなった。だが実際には、まわりの人間が陰謀を企《たくら》んでいるという確信はすこしも揺らいでいなかった。陰謀の加担者には自分の兄やセラピストも含まれていた。ヴィッケーデは当時、その確信から目をそむけ、病気と積極的に付きあい、みんなにこういったものだ。

「みんな、俺が妄想性障害だってよく知っている。俺がそのことを自覚していて、受け入れていることも。でも、やっぱりだれも信用できない」

三十四歳の誕生日に、彼はこの見せかけの日常をこれ以上つづけられないと判断した。自分は病気ではない。本当に妄想性障害にかかっている者はいるだろう。病気の人間とお先真っ暗な運命。すべてが妄想である人間はいるかもしれない。追跡妄想に苦しんでいる人もいるだろう。だが自分は違う。病気じゃない。自分はみんなと同じ常人だ。違うのは自分を陥れようとする陰謀が常軌を逸していることだ。精神病だと思い込ませようとする陰謀に負けるものか。誕生パーティで、彼はその場に集まった人々を相手に大笑いして、みんなの化けの皮をはがしにかかった。幼稚園時代から知っているイルマ・ゾヴィツキは仮面をはがそうとしたヴィッケーデによって鼻をへし折られた。ほかの人たちはヴィッケーデをなだめて、落ち着かせようとしたが、彼はいうことをきかず、イルマの仮面を殴りつづけた。その日から危険性があると判断され、彼はアープラーベックに放り込まれた。

前の晩の七時直前、十三年八ヶ月と十七日待ちつづけたチャンスが巡ってきた。三つの出来事がうまい具合に重なった。第一の出来事は、見舞客がコートを椅子の背にかけたままいなくなったことだ。トイレに立ったか、病室を訪ねているかしたのだろう。第二の出来事は、ヴィッケーデがそのコートを見つけたとき、退職する職員の送別会があって、ほとんどの介護士が別の病棟に出払っていたことだ。送別会は三十分ほどで終わるという話だった。第三の出来事は、退職者と面識がないという理由で新入りの介護士カウルバインが病棟に残ったことだ。カウルバインはまだ患者全員と顔を合わせていなかったので、ヴィッケーデのことを知らなかった。

ヴィッケーデは千載一遇のチャンスに気づき、よれよれのコートを羽織ると、介護士の控え室に入り込んで、なにかのときのためにワードローブの扉の内側にかけてあった三本のネクタイから白と茶色の縞柄《しまがら》を盗みだした。ネクタイをしめると、彼は髪を整え、デスクの上の新聞の横に置いてあった読書用メガネをかけた。給湯室はそこから三つ目のドアで、そこにいた新入りの介護士に病棟のドアを開けてほしいと頼んだ。カウルバインはヴィッケーデを見舞客だと思い込み、病棟のドアへ向かいながら、だれを見舞ったのかたずねた。ヴィッケーデは、ラルフ・ヴィッケーデという患者を見舞っていたといった。カウルバインは、数時間前に仕事についたばかりで、まだその患者とは面識がないと答えた。ヴィッケーデは、カウルバインの働きにラルフ・ヴィッケーデは大いに感心するだろうといって、頑張るようにと励ました。カウルバインがドアを解錠すると、ヴィッケーデは別れを告げ、意気揚々と正門に向かい、守衛にあいさつして外に出た。来客者のバッジを返していないと守衛から声をかけられるが、ヴィッケーデは聞く耳を持たなかった。十三年八ヶ月と十七日ぶりに外に出られたのだ。メガネをゴミ箱に捨てると、彼は夜の闇にまぎれて消えた。

ヴィッケーデは港に沿って歩いた。内航貨物船が停泊している波止場が見えた。洗濯物を干している船があり、その洗濯物が夜風に揺れていた。甲板の上で揺れる白い布を見て、彼は彼の病棟の医長であるヨッホバイン医師を脳裏に浮かべた。彼女は四十代はじめだ。彼女とのセッションは、このどん底の暮らしの中の一条の光といえた。彼女の手は上品だが、細すぎるということはなく、下唇が厚く、立ち耳で、目がきらきらしていた。アープラーベックに長くいて、それでも目をきらきらさせている人間はそうそういない。ヴィッケーデは、ヨッホバイン医長が自分を好いていて、彼の病気を治そうと一生懸命だと思っていた。彼も彼女が好きで、寝たいとつねづね思っていた。彼女の気持ちを見透かしているわけではない。もちろん違う。彼女もヴィッケーデの妄想の渦中にいるのだ。しかもこのろくでもない状況のキーパーソンだといえる。ヴィッケーデははじめ、自分の考えていることは彼女には雲をつかむような話だろうと思っていた。しかし彼女は彼の信頼を得て、心の奥底まで探ろうとしていることが無視できないほどはっきりした。残念なことだが、それでも彼女と寝たいという欲求が静まることはなかった。彼女は知りたいことを手に入れるためならどんなことでもしそうだ。使命を果たすためなら、自分の体を差しだすことも厭《いと》わないだろう。その可能性は非常に高い。ヴィッケーデはこの数年、医者に化けた奴《やつ》らや患者に化けた奴らを煙《けむ》に巻き、混乱させてきた。それでいて、煙に巻いていることをだれにも気取られなかった。敵にとっては痛烈な一撃だったはずだ。ヴィッケーデはいまなら彼女を訪ね、いっしょにベッドに入れてくれと頼めると思っていた。この十四年間、女に一切触れてこなかったが、女と寝るのがどういうものかまだよく覚えていた。どんな不安も解消し、安心感を覚えさせてくれる。あの感覚をまた味わいたかった。ヨッホバイン医長が裏でなにをしようがどうでもいい。内心では自分がやっていることに忸怩《じくじ》たる思いをしているはずだ。もしかしたら無理強いされているのかもしれない。事実は変えられないが、そういう状況なら、彼女と寝ることができそうだ。

ヨッホバイン医長はビスマルク通りに住んでいる。ヴィッケーデはノルウェイから送られてきた絵ハガキから住所を手に入れていた。彼女はたくさんの絵ハガキを給湯室のボードに貼っていて、手にした絵ハガキもその一枚だった。そのボードには、ヴィッケーデも絵ハガキを一枚貼っていた。兄が八年前トルコから送ってよこしたものだ。ビスマルク通りがドルトムントのどこにあるか、ヴィッケーデは知っていたが、港が市内のどのあたりにあるのかすっかり忘れていた。ドルトムントの港湾施設には一度も来たことがない。それが悔やまれた。

ヴィッケーデはあたりを見まわした。人影はない。道路、コンクリートの手すり、クレーン、内航貨物船。夜のしじまに耳をすます。聞こえるのは冬枯れした樹木を吹き抜ける風の音だけだ。車の走る音はしない。道路の先を見つめ、後ろを振り返ってみた。闇を切り裂くヘッドライトもなければ、エンジン音も聞こえない。百メートルほど先に、運河にかかる橋がある。そっちから一陣の風が吹いてきた。人間の声が聞こえたと思ったが、気づくとまた枝が揺れる音しかしなかった。街灯の明かりが視界を遮って、橋の一部が見えなかったので、二、三歩脇によってみる。橋の上でなにかが動いた。男だ。その横に車が停《と》まっている。こんな夜更けになにをしているのだろう。しかしいくら見まわしても、ビスマルク通りへの行き方を教えてくれそうなのは橋の上の男くらいしかいない。そいつも、ヴィッケーデを尾行するためそこで待機している敵の仲間かもしれない。だとしても、ヨッホバイン医長のところまで車で送ってくれる可能性はある。

橋へ行く途中、ヴィッケーデは男がなにか重そうなものを欄干の上に持ちあげていることに気づいた。といってもそれがなにかよくわからない。対岸の街灯がまぶしすぎる。ヴィッケーデが橋に辿《たど》り着くと、男はその物体を欄干に結びつけていた。かなり苦労している。うめき声をあげて、悪態をついた。ヴィッケーデに気づいていない。四メートルくらいのところまで近づいたとき、男ははじめて彼に気づいて、振り返った。男は野球帽をかぶっていて、つばに隠れて顔が見えない。帽子につばがなくても、男の目は見えなかっただろう。夜中だというのに、サングラスをかけていたからだ。ヴィッケーデは手をあげてあいさつし、敵意がないことを表明した。男は背筋を伸ばし、すこしためらいがちだったが、同じように手をあげた。

「わたしのことを知っているかい？」ヴィッケーデはたずねた。

「いいや」男はいった。「なぜだ？」

「わたしの写真を見せられているんじゃないか。あるいはビデオとか」

「いいや……見ていない。だれがそんなものを見せるというんだ？」

「お遊びはやめようじゃないか。本音で話そう。時間の無駄だからね。あんたの声には聞き覚えがある。会ったことがあるかな？」

「いや、ないね」

ヴィッケーデは、男に会ったことがあると確信していた。声に覚えがある。男が否定してもなんとも思わなかった。

「まあいいや。ところで、邪魔をしたようだね」

「なんだって？」

ヴィッケーデは欄干にしばりつけたロープを指差した。

「ああ、これか……大丈夫だ。もう片付いたから」

「それはなにか大事なことなのかい？　それとも、わたしが来るまでの暇つぶしかな？」

「暇つぶしとはいえない。それなりに……意味がある」

「なるほど。ここにいるのは仕事で？」

「まあな」

「職業はなに？」

「俺かい……保険の外交員だ」

「保険の外交員が夜中の三時五十五分にドルトムント港でなにをしているのかな？」

男は言葉に詰まって考え込み、それから笑った。

「なにもしていないさ。これは偽装工作だ」

「どうしてそんなことを？」

「理由はいいたくない。じゃあ、これで失礼する」

男は車のところへ行った。

「ビスマルク通りがどこにあるか知らないか？　そこまで乗せていってくれないかな？」

「すまない。俺はここの人間じゃない。国道一号線までなら乗せてやってもいいけど」

「ヨッホバイン医長はビスマルク通りに住んでいるんだ。そこまで乗せていってほしいな。

尾行となんら矛盾しないじゃないか」

男はヴィッケーデをしげしげと見た。といっても、顔が見えなかったのだが。

「あのな。どうも話がかみあわない。駅まで乗せていってやるから、タクシーなり路面電車なりに乗ればいいだろう」

「ビスマルク通り。俺の条件は変わらない」

「すまないな。わかってくれ」

男は不躾《ぶしつけ》な行動をわびることもなく車に乗って、走り去った。ヴィッケーデはあたりを見まわした。ふたたびひとりになった。駅まで乗せていってもらったほうがよかっただろうか。

ヴィッケーデは橋の欄干まで行って、ロープの結び目を見つめた。ナイロンロープだ。登山でよく使われるクライミングロープの一種だ。結び目は花結びになっている。ギムナジウムの第十一学年でヨット講習を受けたときに何度も結んだので、よく覚えている。ヨットは狭かったので、ロープで結んでいなかったら、海に落ちていただろう。ヴィッケーデは結び目とそこから伸びているロープに触ってみた。ロープはピンと張っていた。なにか重いものが下がっているようだ。ヴィッケーデは欄干から身を乗りだした。ロープはまっすぐ下に伸びている。ぶら下がっているものは暗くてよく見えない。理由がわかった。ロープは運河の汚れた水の中に消えていたのだ。

ヴィッケーデはさらに身を乗りだして、ロープを両手でつかみ、引っ張りあげた。ロープに下がっているものの重さはすくなくとも五十キロはありそうだ。水に浸《つ》かっているかぎり、引っ張りあげるのは比較的楽だった。水面になにか見えてきた。すこしずつ上がってくる。金色に輝いている。それが水面に上がった瞬間、ヴィッケーデの脇にだれかが立った。ピンと張ったロープを両手でつかみながら、彼はそっちに顔を向けた。警官だ。すぐそばにパトカーが停まっていて、中にもうひとり警官が乗っていた。

「今晩は」警官はいった。「そこでなにをしているんですか?」

## 23

ヴァルナーは鏡の前に立った。髭剃《ひげそ》りをするべきか迷っていた。三日分伸びた髭は男っぽさを感じさせる。黒い髭の中にごま塩のように白いものがまじっている。髭剃り用の拡大鏡でようやくわかる程度だが、メラニーが間近に見ないともかぎらない。世の中には髭を剃らない男が嫌いな女がいる。メラニーははたしてそういう女だろうか。ヴァルナーにはわからなかった。自分の勘に頼ることにしたが、勘が働かなかった。ヴァルナーは安全策を採り、シェービングフォームの缶を手に取って力強く振った。

「いつから土曜日に髭剃りをするようになったんだ?」

マンフレートが浴室のドアロに立っていた。ヴァルナーは無視して、シェービングフォームをすり込んだ髭にカミソリを当てた。

「女だな！　ハハハ！」

マンフレートはヴァルナーを軽くつついた。カミソリが横にすべって、シェービングフォームが赤く染まった。

ヴァルナーは罵声《ばせい》を吐いた。マンフレートが絆創膏《ばんそうこう》とトイレットペーパーの切れ端をヴァルナーに渡した。

「白状しちまえ。どんなにうきうきしてるか、わしには話せないのか」

「いやだね」

「ブロンドか？　ブルネットか？」

「髭を剃っているだけだ。そのほうが気分がいいんでね。週末でもだ」

「そうか」マンフレートは、髭を剃るヴァルナーを興味津々に見た。ヴァルナーはカミソリを顔に当てた。血が首筋を伝わったが、絆創膏とトイレットペーパーを無視した。

「軽くストロークするんだ。そして逆剃りを忘れるな」

「おい、二十年は髭剃りをしているんだ」

「勝手にしろ。それより今晩はローストポークを作る」

「食事の時間には帰らない」マンフレートはうまいところをついた。

「予定があるのか、今晩？」

「ああ、出かける」

「ひとりか？」

ヴァルナーは顔のシェービングフォームをふきとった。洗面台の水がピンクに染まった。

「ローストポークは明日にしてくれ」ヴァルナーは傷口にトイレットペーパーを押し当てた。そのあいだにマンフレートは洗面台の引き出しを開けて、なにか捜した。

「なにを捜しているんだ？」

マンフレートが引き出しからだしたのは、コンドームの包みと錠剤の箱だった。そしてコンドームの包みをヴァルナーの目の前に突きだした。

「使用期限が読めるか？」

ヴァルナーはコンドームの包みを手に取った。

「それって例の金を要求した女に使う予定だったものか？」

「まあな」

「それなら使用期限は切れてるさ」ヴァルナーはその包みを小さなゴミ箱に捨てた。

マンフレートは錠剤の箱を開けた。箱にはアメリカ・インディアンの羽根《はね》の飾りが印刷されていた。マンフレートはその箱からブリスターパックを一本だして、洗濯機の上に置いた。

「一錠服用すれば、今夜は野牛並みにハッスルするぞ。だけど一錠にしておくんだ。さもないと社会の窓が閉まらなくなるからな」マンフレートはヴァルナーに目配せし、肩をふるわせてくすくす笑った。見ると、ブリスターパックは半分なくなっている。だがそのとき電話が鳴って、ヴァルナーの想像はマンフレートの密《ひそ》やかな性生活へと飛んでいかずにすんだ。

二十分後。ヴァルナーは署についた。土曜日の朝だったので、刑事は数人しか出勤していなかった。ドルトムントからの電話を受けたのは当直の巡査で、詳しいことはわからなかったが、あちらで殺人事件が起きたらしく、ドルトムントの捜査官がヴァルナーと話がしたいらしい。しかも大至急。ドルトムントの刑事たちも週末返上で働くのがいやなようだ。ヴァルナーはメモで渡された電話番号にかけた。だが電話に出た警官は要領をえず、やっとのことで担当の刑事につないでもらうことができた。モニカ・マンティニーデスという女性刑事だった。だがミースバッハに電話をかけたのは彼女ではなく、初動捜査をした夜勤の刑事で、いまは夜勤明けで眠っているだろうということだった。マンティニーデスは目下、捜査の態勢づくりをしているところで、特別捜査班を立ちあげることになっていた。

「うちの事件にそちらの殺人事件との共通点が多いんです。ぜひヴァルナー刑事本人にドルトムントへ来てもらい、意見交換をし、協力できないか相談したいのです」

ヴァルナーはどうするか迷った末、飛行機に乗る決断をした。メラニーには電話をかけ、今晩のデートをキャンセルした。午後二時三十五分、ヴァルナーはデュッセルドルフに飛び、一時間後、モニカ・マンティニーデス首席警部の出迎えを受けた。マンティニーデスはファッションをあまり気にかけない人だった。暖かく、風よけになればいいらしく、ジーンズにアップリケ付きセーターという出で立《い　た》ちで、その上にトレンチコートを着ていた。ニット帽の柄はセーターと合っていないので、自分で選んだものではなさそうだ。髪はストロベリーブロンドに染めていて、毛髪の付け根が白髪《しらが》だった。車の中でマンティニーデスは夫に電話をかけ、娘のレーオニーをアイススケートのトレーニングに連れていくように頼んだ。だがアイススケートのコスチュームと合わせたタイツが汚れたままで、ほかのは素材も色も合わないと娘が駄々をこねていると夫は答えた。どうやら娘のファッションセンスは母親とはまったく違うらしい。

マンティニーデスは、休みの日は夫と口論になって、神経がささくれだつことが多いので、土曜日に出勤するようにしている、とヴァルナーに打ち明けた。八歳の娘の運転係になって、街で買い物、ホームセンターで買い物、IKEAでの買い物というのもうんざりだという。つづいてヴァルナーが祖父と過ごす土曜日のことを話し、車の窓を閉めてくれと頼んで、ようやく本題に入った。

「被害者の少女は金襴緞子《きんらんどんす》の衣装を身につけていたのか?」ヴァルナーはたずねた。

「少女?」

ヴァルナーは面食らった。

「殺人事件に共通点が多いという話だったが？」

「ええ。共通点はあるわ。でも被害者は男よ」

「年齢は？」

「十八歳」

「それで、金色の衣装だったのか？」

「報告書にはそうあるわね」

「それは……女装だったということか？」

「ええ、バレエの衣装のようなものだった」

ヴァルナーは高速道路の距離表示と三秒ごとにきしみながら雨滴を払うワイパーを見た。犯行のパターンが違ったということは、犯人は少女を殺すことに固執していないという結論になる。だがそれなら、金色の衣装はなにを意味するのだろう。ヴァルナーにはまったく見当もつかなかった。アメリカのおもちゃチェーンの広告板の前を通りすぎた。冬のルール地方は雨模様で、灰色にくすんでいるというのに、そこだけ色使いが派手だった。

「犯人は少女を狙っているわけではないようね」マンティニーデスがいった。「同一犯人であれば」彼女の携帯電話が鳴った。

「今度はなんなの？」またしても夫だった。マンティニーデスは青と金のコスチュームに緑色のタイツは合わないといって、ズーアベックのスケート場に寄って青いタイツを買うよう夫に頼んだ。そして青がなければ、白でもいいと付け加えた。

「被害者の少年はどうやって発見されたんだ？　場所は？」

「少年はロープで橋から吊《つる》され、運河に浸かっていた。つまり橋から運河にロープが垂らしてあって、まず死体を水から引き上げる必要があった」

「死体の吊し方でなにか特別なところは？」

「橋は港から出た内航貨物船が通る運河にかかっていて、ロープは内航貨物船の進路をふさぐ位置にあった。でも死体を発見したのは未明の四時で、まだ船は航行していなかったのよ」

「こちらで追っている犯人のようだ」ヴァルナーはいった。「死体はいつだってセンセーショナルな状況で発見されている」

「ほかには？」

「むずかしいところだ。被害者は互いに面識がなかった。おそらく三人目の被害者も同じだろう。それでも犯人は被害者を狙いすまして選んでいる。何ヶ月も観察していたはずだ」

「それならなにかつながりがあってもよさそうだけど」

「被害者はみな、ほぼ同じ年齢だ。最初のふたりの被害者の父親はかつて熱心な登山家だった。被害者の口の中から見つかったバッジには山の図が描かれていた」

「バッジ？」

「そっちの被害者からバッジは見つかっていないのか?」

「そのようね。まず法医学研究所に行くから確認しましょう」

「それと、親に登山となんらかのつながりがあるかもしれない。たいした手がかりではないが、こちらで把握している唯一の共通点だ」

マンティニーデスはすこし考えた。

「両親が登山家というなら、その説は当てはまらないわね」

「両親がわかっているのか?」

「ええ、でもふたりとも死んでいるのよ」

「そうか……」

「七年前、火事で焼け死んでいる。当時四歳の妹といっしょにね。被害者の少年は児童養護施設で暮らしていた」

ヴァルナーの推理は崩れた。

「では振りだしに戻ったな。犯人はあまり手がかりを残していないのだろうな」

「手がかりはともかく、巡査がたまたま現場で男をひとり逮捕したわ」マンティニーデスはいった。

「なんだって……?」

「男の名はラルフ・ヴィッケーデ。巡査の報告によると、問題のロープを握っていたようよ。

死体を運河に沈めているところに見えたといっている」

ヴァルナーはあっけにとられてマンティニーデスを見た。

「違うわ。変な期待はしないで。そいつはそちらが追っている犯人じゃない。こちらで殺人を犯したとしてもね」

「なぜ……？」

「ヴィッケーデは昨夜までアープラーベックの隔離病棟にいたから。アープラーベックの病棟というのは精神科病院のこと」

ヴァルナーはいま聞いた状況を思い浮かべてみた。精神病者が運河の上で、金色の衣装を着せられた少年をくくりつけたロープを握っている。どう控えめにいっても、いかれている。

「その男はなぜ病院にいないんだ？」

「逃げだしたのよ」

「その少年を殺した犯人とは見ていないんだな？」

「ヴィッケーデは強迫観念に苦しんでいる。しかもかなり重症。でも、医師の話だと人を殺して金色の衣装を着せるような病気ではないそうよ」

「ヴィッケーデ本人はなんといってるんだ？」

「話そうとしない。話はするんだけど、肝心なことはいおうとしない。個人的には犯人じゃないと思っている。夜中に登山用のロープと金色のバレエの衣装が手に入るわけないでしょう」

「じゃあ、なにか目撃しているってことか？」

「たぶん。でもいまいったように、わたしたちには話してくれない」

午後四時ごろ、ヴァルナーとマンティニーデスは法医学研究所に到着した。雨模様で、冷え冷えして、すでに暗くなっていた。北極圏の冬の午後のようだった。担当の医師がヴァルナーたちに解剖結果を伝えた。被害者は睡眠導入剤フルニトラゼパムで前後不覚にされていた。犯人はその後、心臓をひと突きして殺害し、金色の衣装を着せた。犯行パターンはミースバッハ郡で起きた二件の殺人事件と同じだった。被害者の口の中から小さなブリキのバッジも見つかった。だが驚いたことに、今回のバッジには数字の代わりにアルファベットのMとXが刻まれていた。

「ほかのバッジにはなにが刻まれていたの？」マンティニーデスが質問した。

「最初のは2、次は72」

「どういうこと？」

「どういうつながりがあるのかはわからない。犯人にとっての儀式かもしれないし、俺たちへのヒントかもしれない。なにか法則があるはずだ」

「2、72そしてMX」マンティニーデスはバッジを見つめた。「これだけじゃなんとも。もっと情報がないと」

「だが情報が増えるのも困る」ヴァルナーはいった。

「たしかに。被害者が暮らしていた養護施設に行ってみる？」

「それは悪くない」ヴァルナーはいった。


ヘルムート・レッタウアーが死ぬまで暮らしていた施設は一九六〇年代に建てられたもので、最近修繕されたばかりだった。外壁の塗装は明るいパステルカラーだった。天気がよければ、この建物にいい印象が持てるかもしれないが、どんよりした一月の午後に見たかぎりでは、まわりの黒いレンガ造りの建物と同じように気分を滅入《めい》らせる。殺人事件が起きたため、施設長のアンスガー・デ・ブールは土曜日にもかかわらず出勤していた。施設長は結婚指輪をはめている。こんな週末を迎えていては、結婚生活が試されることになるだろう。施設長は五十代はじめだった。縞柄のシャツに灰茶色の袖なしセーターを着ていて、丸縁のメガネをかけ、灰色の髪はうなじにかかる長さだった。

ヘルムート・レッタウアーは二日前から行方不明者届がだされていた。だが帰ってこないのは日常茶飯事なので、その日が犯人と遭遇した日かどうかはなんともいえないという。若い子たちは向こう見ずで、むちゃばかりする、と施設長は嘆いた。

「しかしこういう言い方をしてよければ、限界をためすこと自体に限界があるのです。決まってにっちもさっちもいかなくなります。かわいそうですが、それが運命なのです。この養護施設のスタッフは、若い子が運命に弄《もてあそ》ばれ、社会の荒波にもまれ、悪い人間の手に落ちないよう頑張っていますが、うまくいった例《ためし》はほとんどありません。若い子の中には毎週三回は行方不明になる子がいます。ですから、あわてるスタッフはいません。決まった時間に帰らない者がいれば、行方不明者届をだすというのが、ここの決まりです」

施設長によれば、ヘルムート・レッタウアーはとくに悲劇的なケースではないが、殺されたという点では悲劇だといった。今回の事件で施設長の考えが変わるといいのだが、とヴァルナーは思った。被害者の父親クラウス・レッタウアーは一九九八年ドイツ系であることが認められ、イルクーツクから移住してきた。コンピュータ専門家だったが、ドイツではその職につくことができず、移住したことを死ぬまで後悔したらしい。息子のヘルムートも、両親の決断によって幸せにはなれなかった。ほかの家族と友人をシベリアに残し、ロシア語訛《なま》りのせいでみんなから避けられ、居場所が見つけられなかった。二〇〇〇年に彼の両親と妹はアパートの火事で死んでしまう。ヘルムートは重度の二酸化炭素中毒になったものの、一命を取りとめ、まず児童養護施設に入り、補助金目当てで里親をしている一家に引き取られた。ヘルムートはそこではじめて警察の世話になる。十四歳のときキオスクに強盗に入ったのだ。その後、里親から金を盗むようになって見放され、施設に舞い戻った。ロシア語訛りはかなり直っていたが、今度は体が小さいために施設の子たちからいじめにあった。

「ヘルムートは自分の運命に切ないほど必死に抗《あらが》い、自分に足りないところを反抗することで補おうとしたんです。あの子は貧乏くじを引いたんですよ。でもここでは、そういう子は彼だけじゃありません。ヘルムートは、うちのスタッフから目をかけられていましたから運がいいほうだったといえます。しかしそのスタッフも家族を喪失して失った居場所を用意してやることはできませんでした」

そのスタッフと話がしたいというヴァルナーに、施設長はいった。

「ミクライさんは、ヘルムートが死んだことを知ってひどく落ち込んでいまして、いまは話ができない状態です。スタッフも人間ですので」

施設から出奔したとき、ヘルムート・レッタウアーがどこにいたか、警察は把握していた。麻薬密売人や不良たちのたまり場として知られているドルトムント北部のキオスクにいた。彼は不良たちの仲間になろうとしていたようだ。その不良たちはおもに若いロシア系ドイツ人だったが、彼をまともに相手にせず、強盗を働かせていた。警察の報告にはそのように記されていた。ところがヴァルナーとマンティニーデスがヘルムート・レッタウアーについて不良たちの一員に事情聴取をすると、顔も知らないといわれた。レッタウアーが殺されたことが知れ渡り、箝口令《かんこうれい》が敷かれていたのだ。

マンティニーデスが手入れをして、少量のコカインを所持していた者を逮捕すると、そいつは掌《てのひら》を返すようによくしゃべった。なにか突き止められる見込みはなかったが、やらないわけにはいかない。マンティニーデスはドルトムントのビールを飲もうといって、行きつけの酒場にヴァルナーを誘った。ただし、地元では五百ミリのジョッキで出てくることはなく、そこは我慢してほしいと付け加えた。ヴァルナーが二杯目を飲み終える頃、マンティニーデスの携帯電話が鳴った。アープラーベックの精神科病院からだった。ヘルムート・レッタウアーを殺した犯人の正体に気がついた、とラルフ・ヴィッケーデが介護士に漏らしたという。

## 24

日曜日の朝は曇りで、風があった。気温は零度をかろうじて上回っていた。五階の客室の窓から遠くにうっすらウニオン・ビール醸造所の巨大な建物が見える。その屋上にはなにか四角いものがのっている。よく見ると、それは大きなアルファベットのUだった。

ヴァルナーはモニカ・マンティニーデスと話しあって、ひとりでヴィッケーデに事情聴取をすることにした。ドルトムントの警察とは話さないとヴィッケーデが拒絶していたからだ。マンティニーデスは一度試して、失敗に終わっていた。ヴァルナーならひょっとしたらうまくいくかもしれない。事情聴取は窓に鉄格子がはめられた部屋でおこなわれた。

ヨッホバイン医長はヴァルナーとヴィッケーデを引きあわせてから席をはずした。ヴィッケーデは彼女の後ろ姿をうっとり眺めてから腕を組み、ヴァルナーを見下すように見つめた。

なにか望みがあるのはふたりのほうだ。ヴィッケーデはそのことをよくわかっていた。介護士と仲よくしていたのは偶然じゃない。すべて計画のうちだ。相手に主導権を握らせたくなかったのだ。

「数学と物理の先生だそうだね」ヴァルナーが口火を切った。

ヴィッケーデはだんまりを決め込んだ。

「あれ」ヴァルナーはいった。「わたしと話がしたいのではなかったかね」

「どうしておまえさんと？」

「それはなんだ、噂《うわさ》を流しただろう。犯人の正体がわかったとかなんとか。話したいから口にしたはずだ」

「そういうものか？」

「話す気はあるのか、ないのか？」

「どうかな」ヴィッケーデは、しゃべる価値があるかどうかヴァルナーを値踏みしていた。

「俺はドルトムントの人間じゃない。あんたのことも知らない。あんたがここにいる事情もなんとなくしか知らない。俺はあんたと赤の他人だ。だからしゃべっても損はしないだろう」

ヴィッケーデは神経質に指で口をいじった。

「もう一度はじめからやってくれ。それから考える」

「いいだろう。数学と物理の先生だそうだね」

「それは違う。強制退職させられた。調書にのっているはずだ」

「ではいいかえよう。あんたは数学と物理学を大学で専攻し、数学と物理学を担当する教師だった」

「そのとおり」

「いまでも数学と物理学に関わっているのか？」

「それなりに。フェルマーの最終定理とかをね」

「それはなんだ。説明するのはむずかしいかな」

「三百七十年前に、ある頭のおかしな奴が、一般に冪《べき》が二より大きいとき、その冪乗数をふたつの冪乗数の和に分けることはできないと主張したんだ。それから何世代もの数学者が、本当かどうか突き止めようとしてきた」

「それで？　嘘《うそ》だったのか？」

「なんともいえない。そいつの主張が正しいことは十年前からはっきりしている。だけどフェルマーがその証明を知っていたはずがない」

「つまり問題は解けたのか？」

「イギリスの数学教授が正しいことを証明するために何年も孤独な戦いをした」ヴィッケーデは身を乗りだして、ヴァルナーをいたずらっぽく見つめた。「ただし監禁されているわた

し と違って、その教授は自由の身だった。ひどい話だと思わないか？」

ヴァルナーはヴィッケーデのいいたいことがわかるという仕草をした。

「わたしがここに身柄を移されているあいだに、フェルマーの最終定理は証明されてしまった。そのことをわたしに教えようとした者がいると思うかい？」

「ここの人間は医者で、数学者じゃない。フェルマーのことも、あんたがご執心だったことも知らないだろう」

「たしかに」ヴィッケーデの目が皮肉っぽく光った。「そのことを失念していたよ。連中はわたしのことをまったく知らない。ここにいる人間はわたしのことをわかっていない。追跡妄想に苦しんでいること以外にはな。そのことは、みんなが知っている。おまえさんはわたしについてなにを知っている？」

「追跡妄想に苦しんでいること。そして一昨夜、俺が捜している奴に会ったということ」

「なんであの男を捜しているんだ？　なんかいけないことをしたのかな？」

「おそらく若者を三人殺した」

「じゃあ、なんで捕まえないんだ？」

「それにはまず見つけないと。だからあんたの助けがいる」

ヴィッケーデは目の前にある生温《なまぬる》くなったハーブティーをスプーンでかきまわした。ティーバッグをだすことに決めたが、置く場所がなかった。ヴァルナーはテーブルごしに灰皿を差しだした。ヴィッケーデはティーバッグを灰皿に置いて、ハーブティーをひと口飲んだ。

「おまえさんが信用できるって、どうやったらわかるかな？」

「それは確かめようがないな」

ヴァルナーはわざとそこで黙って、言葉の効き目を確かめた。ヴィッケーデは関心を寄せたようだ。

「しかし確率論は詳しいのだろう」ヴァルナーは話をつづけた。

「というと？」

「確率を突き詰めれば、あんたが見たという男が、俺が捜す犯人で、しかもあんたの助けがなければ見つけられないという結論に達するはずだ」

「おもしろい。試してみてもいい」

「俺がなにか企んでいると思っているのか？」

「おまえさんがなにを計画しているかとたずねているのか？」

「いいや。そうじゃない。あんたがどう思っているかたずねているんだ」

「おまえさんがわたしの立場なら、相手がなにを計画していると思っているか、相手に明かすかな？」

「明かさないだろうね。ではこういわせてもらおう。あんたが、俺の意図をどう思っているかはともかく、俺がミュンヘンからここに飛んできて、正体のわからない何者かについてあんたに質問する価値はあるかな？」

「おまえさんの意図がなんであれ、わたしを十四年間も閉じ込めることに価値はあるかな？」

「堂々巡りしているな。なんで俺の質問に答えてくれない。答えるとなにか損をするか？状況が悪化するのか？」

「それはなんともいえないな。おまえさんの意図がわからないから」

「あんたの状況をよくする方法はあるかな。わたしに工面できることとか？」

ヴィッケーデの唇に笑みが浮かんだ。

「ようやく話がいい方向にすすんだ」

「つまり、なにか考えがあるんだな」

「わたしはね、ここから出て、また教職につきたいんだ」

「それは無理だ。ここにいなければならないと医師が判断するかぎりは無理だ。あんたは病気で、治療を受けなければならない」

「たしかに」

ヴィッケーデは灰皿に置いたティーバッグをいじって、ラベルをしげしげと見つめた。

「安眠と神経安定用のハーブティー。おかしくないか？　ここは精神科病院だろう。それなのに神経安定用のハーブティー。そんなものを用意しているなんて！」

ヴァルナーは肩をすくめた。

「じつをいうと、俺が自分で飲むために選んだんだ。これならここのスタッフが納得するからね」

「なるほど」

「とにかく無理だ。忘れているのなら、いっておくが、あんたは病気だ」

ヴィッケーデが身を乗りだして、声をひそめた。

「わたしの希望に応える気がないなら、わたしも答える気になれない」

「なにか別のことで折りあいがつけられないかな。俺たちがあんたにしてやれることで」

「そうだな」ヴィッケーデは天井を見て、考えるふりをした。「ないことはない」

ヴァルナーは押し黙った。

ヴィッケーデはここにとどまることを受け入れた。次になにをいいだすかわからないが、金で解決するかもしれない。金をどう調達したらいいかわかっていなかったが、人の命がかかっている以上、なにか方法を見つけなければならない。

「ヨッホバイン医長を知ってるな」

「俺たちを引きあわせてくれた医師だな」

「そうだ。魅力的な人だ。魅力的なだけでなく、医者としての腕も確かだ。それにやさしい。非常に人間的だ。驚くほど人間的だ。あの人が働いているところを見せたいくらいだ」

「なにがいいたい？」

「では、わたしはどうだろう。魅力はないかな？」

「そんなことはない。あんたは」ヴァルナーは無難な言葉を探した。「男盛りだ」

「だろう！　髪はふさふさだし、体もしまっている。ここに入る前は、女にもてた」

「だろうな。しかし話題がそれてしまったんだが」

「ヨッホバイン医長がわたしに欲情すると思うかい？」

「あんたはあの医師の患者じゃないか。そういうことを考えるもんじゃないと思うがな」

「おいおい！　おまえさんは毎日、禁じられたことを平気でやる連中と関わっているんだろう。人間にはいろんな面があることを忘れちゃいけないな」

「ヨッホバイン医長が性的にどんな想像力を働かせているかなんて、わかるわけないだろう。だが、具体的にどうしたいのかいってくれないか」

「一晩、わたしとベッドを共にするようヨッホバイン医長に頼んでみてほしいのさ。いやとはいわないかもしれない」

十四年も隔離されていれば、性的欲求が溜《た》まっても仕方ないだろう。ヴァルナーにも気持ちはわかった。売春婦なら金銭的になんとかなる。だがヴィッケーデの要求は警察でなんとかできる次元を超えている。ヨッホバイン医長に相談するところを一瞬、脳裏に思い描いた。

「俺の力を買いかぶりすぎだ。ほかの女なら手配できるかもしれない」

「そうかい」

「これで問題が解決したのなら」

ヴィッケーデは小声で笑いながら首を横に振った。

「おまえさんの力だけでなく、おまえさんのセンスを買いかぶっていたようだ。売春婦がヨッホバイン医長の代わりになるなんて、よく考えたな？　医長の耳に入らないようにしたほうがいいぞ」

ヴァルナーはしだいに癇《かん》に障ってきた。

「いいか、三人の若者を殺害した犯人が問題なんだ。そいつは今後も人殺しをするだろう。俺たちが捕まえられなければな」

「なるほど」ヴィッケーデはヴァルナーを見おろした。

「あんたは勘違いをしている。俺が遊んでるとでも思っているようだな。そうかもしれないが、そうでないかもしれない。どのくらい確証が必要なんだ？　あんたの証言が人の命を救えるという確証は何パーセントある？　九十パーセント？　五十パーセント？　十パーセントじゃ、もう証言する価値はないか。それとも二パーセントか？」

ヴィッケーデは空っぽのカップを両手でつかんで、もんだ。目が泳いでいる。なにか迷っているようだ。それからヴァルナーの両手を見つめた。

「なにかもらおう。すくなくとも二パーセントの確証になるものをな」

「この施設の外でなにが起きているか知りたくないか。インターネットの閲覧を認めさせることができるかもしれない」

「いいかね、コンピュータの画面に映るものなんて、本当かどうかわからない。新聞だって同じだ。それに新聞は定期購読している。知っていたかい？」

「いいや」

「それじゃ、普通手に入らない情報を教えてもらおうか。もちろんインチキはだめだ」

「インチキかどうかどうやって確かめるんだ？」

ヴィッケーデは考えた。目がまた泳いで、机に置いてあるヴァルナーの携帯電話にとまった。

「おまえさんの携帯電話を見せてもらおう」

「なんだって？」

「電話番号が保存されているはずだ」

「ＳＩＭカードにな」

「おまえさんがだれと連絡を取っているか知りたい。保存されている電話番号はすべてわたしと関係がないはずだね」

「ああ。ドルトムントにいる同僚の携帯番号以外は」

「よし。じゃあ、登録された番号を見てもかまわないはずだ」

「個人の電話番号もある」

「わたしの知らない番号のはずだ。携帯電話をもらう。SIMカードは使えないようにすればいい」

ヴァルナーは考えた。署の総務課と面倒なやりとりをすることになりそうだ。そして一日、二日、携帯電話なしで過ごすことになる。ヴィッケーデは本当に犯人の正体を知っているのだろうか。ヴァルナーは携帯電話を机越しに渡した。

「一昨夜、なにを見た?」

ヴィッケーデは携帯電話を手に取ると、うれしそうな顔をして、ボタンをいくつか押してみた。

「携帯電話の使い方はわかっているのか?」

「わたしがここに入ったときは、ほとんどだれも持っていなかった」

「緑色のボタンを押すと、俺が最近かけた電話番号のリストが出る。一番上の画面のすぐ下のボタンは連絡先リストだ。保存したすべての電話番号がそこにのっている」

ヴィッケーデはヴァルナーが保存した連絡先リストをひらいた。その結果に満足しているようだった。

「あとでゆっくり見てみる。それで、質問はなんだっけ?」

「一昨夜、なにを見たか知りたい」

「橋のそばをとおりかかった。港に通じる運河にかかった橋だ。そこでおまえさんが追っている殺人犯を見た、と思う」

「どうやって？　どのくらいの距離からだ？」

「はじめは人がいることに気づかなかった。物音もしなかった。風が強く吹いていた。橋のすぐそばまで行って、車と、橋の欄干のそばにいる男が見えた」

「車種は？」

「運転していた奴にちょっと興味があっただけでね。行きたいと思っている住所まで乗せてくれるかなと思ったんだ」

「というと？」

「だから車種は知らない」

「男と話したのか？」

「ああ」

「顔を見たか」

「いいや」

「なんで？」

「野球帽を目深にかぶっていて、サングラスをかけていた」

「それでもだれなのかわかったんだな」

「声に聞き覚えがあった」

「その男と話したことがあるのか?」

「ああ」

「名前はわかるか?」

「いいや。しかし名前を調べるのはむずかしくないだろう。おまえさんの仲間だから」

「せめてそいつにどこで会ったか教えてくれないか?」

「ここでさ」

「えっ、ここで?」

「この病院でだ。しばらくここで治療を受けていた」ヴィッケーデの声には皮肉がこもっていた。「精神障害で本当にここにいたのなら、あまり役に立たない情報かもしれないな」

「そいつがいつここにいたか覚えているか?」

「時間の感覚がないからな。一、二年前だったか、十年前だったか……」

## 25

ラートベルクは木造のバルコニーに出て、山並みに視線を向けた。夜は澄んでいて、冷え冷えしていた。満月が湖に照り映えている。ラートベルクは空気を吸い、ミニボトルを口にくわえてウォッカを飲んだ。耳と鼻と額が冷気に当たって痛くなったが、アルコールで胃がじんじん熱くなった。フロント係の女は「またおいでくださり、ありがとうございます」といった。本心で喜んでいた。口先だけではなかった。といっても、ラートベルクがテーゲルン湖畔《こはん》のこのホテルに何度も滞在する理由までは知らない。

ラートベルクはバルコニーに置いてあるプラスチックの椅子にすわって物思いにふけった。満月の光で、ミニボトルの嵩《かさ》が見えた。酒を飲むのはこれで打ち止めだ。これから数日は頭を冴《さ》えさせておかなければならない。

このあいだ殺人を決行したあと、ラートベルクに迷いが生じた。もう充分じゃないだろうか。やめるべきでは。だが自分が弱気になることを予期して、それに備えていた。そういうときのために一通の封筒を肌身離さず持っていたのだ。封筒にはそばかすのある十五歳の娘の写真が入っていた。写真の娘は夕日に向かって微笑《ほほえ》んでいる。背景にトゥクサー・フォアアルペンの氷河が見える。

ラートベルクは、自分がばらまいたヒントで一連の殺人事件の本当のつながりが突き止められるか、いささか心配だった。だが捜査の指揮をとっている刑事には充分知性があるようだ。気づかれるのが早すぎれば、もちろん計画に支障をきたすだろう。

次の標的は十六歳の女子生徒だ。その子の日常はすでに詳しく調査済みだ。年齢のわりにあまり外出しない。よく行くのは〈ブロイシュトゥーベル・テーゲルンゼー店〉くらいのものだ。といっても、ほかの仲間よりも早く家に帰る。その子の日常には不規則なところがほとんどない。計画は順調にすすむだろう。ラートベルクは小さなトランクをだして開けた。中身が半分ほど残っているフルニトラゼパムの小瓶、金襴緞子の衣装、針の部分が四角錐《しかくすい》状のスティレット、テレビ局の身分証。みずおちの下あたりにむずむずした感覚が広がった。殺人を考えるたびそういう感覚を覚える。

ラートベルクがアープラーベックの精神科病院から退院したあと、妻は精神を病んで、電車に飛び込み自殺した。といっても、彼女は十七年前すでに生きるのをやめていた。ラートベルクも同じだ。だが人生の伴侶であり、苦しみを分かちあっていた妻が電車の車輪に引き裂かれたと知ったとき、彼の中でなにかがぱっくり口を開けた。そして、リザの死がもたらした苦しみと理不尽さが手つかずのままになっていることに気づいた。ラートベルクは責任を負う者たちを見つけだし、幸せで満ち足りた生活をしていることを突き止めた。ありえないことだ。こんなひどいことがあっていいだろうか。この苦しみの不均衡を是正しなければ、生きていけないと思った。だが三人の命を奪って、なにか変わっただろうか？　ラートベルクは思い悩むのをやめ、ミニバーからウォッカをもう一本取りだした。

月曜日の朝八時半、ヴァルナーは特別捜査班の面々に、週末にドルトムントであったことを報告した。ローゼンハイム署のミッターエッガーがドルトムント署との連絡係になった。これまでに三回、広域特別捜査班のメンバーになっていて、いろいろと経験があったからだ。

それからヴァルナーは総務部の担当者に、重要な情報と引き換えに、携帯電話をヴィッケーデに渡すしかなかったことを報告した。担当者は、携帯電話を売り渡したということかと質問した。署で配布した携帯電話を売ることは禁じられているため、ヴァルナーは携帯電話の盗難届をだした。

朝の会議を終えると、ヴァルナーはティーナ、ミーケ、ルッの三人と部屋で話しあいをもった。シュライバーレントの件を追っていたミーケによると、犯行時刻にアリバイがない者が三人いるという。三人とも、ひとりで移動し、だれにも会っていないということだった。ダッハウに住む四十二歳の簿記係、ミュンヘン大学で情報工学を専攻する二十四歳の学生、ミュンヘン在住の前科がある三十七歳の失業者。ミーケの見立てでは、三人ともあやしいところはなく、精神的に不安定な様子もなかった。だが殺人をしてまわったとしても不思議はないともいった。被疑者からはずしてもいいとしたら失業者だろう。土曜日の朝八時にミーケが事情聴取したからだ。犯人が三時五十五分、ドルトムント港で目撃されているなら、失業者が犯行に及ぶことは不可能だ。ヴァルナーは三つの殺人事件が同一犯による犯行であることを作業仮説にしていた。したがってコールヴァイトは被疑者からはずれる。もちろん理論的にはまだ複数犯による犯行という線もあった。

「バッジはどうですか？」ティーナは質問した。

「三つ目のバッジでかなりはっきりした。そこに描かれた山はラストコーゲル山。写真はトックサー・アルペンの山のどれかから撮影されたものだ。どれかはまだわからないが、目下調査中だ」

「写真になにが写っていようと、どうにもならないわ」ティーナは発見された順に写真を手にした。

「2と72とMX。なにかしらね？」

ミーケはティーナの後ろから写真を覗《のぞ》き込んだ。ティーナが体をよけて、写真をミーケに差しだした。

「見たいなら、そういってよ。渡すから」

「ちょっと見てみたかっただけだ。近寄ったらいけないか？」

「ええ。朝のうちは敏感なの」

「男に対してか？」

「そんなこと、どうでもいいでしょ。写真を見たいの？」

「なんだよ。いえよ」

「それじゃいうけど……アフターシェーブローションが……きつすぎるのよ。朝はにおいに敏感なの」

「ティーナ。俺はきみのことを気にしてつけているんだ。ほかのみんなは、まったく気にかけていない。これは高いんだぞ。フランス製だ。カール・ラガーフェルドが臭いものを売ってるなんていうんじゃないだろうな」

「すてきなにおいよ。でももうすこし少なめにしてくれるとうれしい」

ミーケは頬をなでてから、指のにおいをかいだ。

「いいにおいじゃないか。ちょっと渋めかもしれないが」

「一メートル離れてくれれば、平気よ」

ミーケはキャスターつきのオフィスチェアを押してすこしさがった。

「問題は解決か？」ヴァルナーが質問した。

「それより」ミーケは写真を指差した。「2、72、MX。車の車種名のように見えますね」

「車？」

「ええ。272MX。ベンツの320CLK。わかります？　あるいはアウディのQ7」

「272MXなんて車あるか？」

「調べてみます」ミーケはコンピュータに向かってすわり、グーグルで「272MX」を検索したが、車名にはなかった。

「数字をばらしてみるか。2と72は272かもしれない。あるいは2と7と2、27と2もありだな」ヴァルナーはいった。

「MXはどうします？　やっぱり車の名前みたいですけど」

「ローマ数字かも」ティーナは紙切れに数字を書いた。

「そうすると2と7と2につづいて1000と10。あるいは1010」

「なんで最後をローマ数字にするんだ？　日付みたいじゃないか」

「最初の三つの数字は月日かも」ルツはいった。

「その場合は二十七日と二月だな」ヴァルナーはミーケをコンピュータからどかして、グーグルの検索窓に「二月二十七日　1010」と打ち込んだ。結果はお粗末だった。

ティーナはメモを見て、目を閉じた。そして目を開けるといった。「カバラの暗号かも。ヘブライ語では数字は文字で表記するでしょう。だから、数字をヘブライ語アルファベットで書くと、単語になるかもしれない」

「それなら、試してみるといい」ミーケがくすくす笑いながらいった。

「だれかわかる人に訊《き》いてみるほかないわね。ミースバッハにヘブライ語がわかる人はいないかしら。ラビとか？」

ヴァルナーは〈鸚鵡亭〉で話をした牧師のことが脳裏をよぎった。「牧師ならヘブライ語を習っているんじゃないか」

ティーナが電話帳に手を伸ばした。

「調べてみます」

「ちょっと待て」ヴァルナーはいった。「ちょっと考えたことがある」

ほかの三人がヴァルナーをけげんそうに見た。

「連続殺人はこれで終わりだと思うか？」

「それはないでしょう」ルツはいった。

「すると、バッジはすくなくとももうひとつあることになる」

みんなが、うなずいた。

「そこに大文字のMが刻まれているとしたらどうだ？」

「272MXM、やはり車種名のようですね」

ミーケはまたコンピュータのほうに椅子を動かした。だがヴァルナーは場所をあけなかった。

「いちいちグーグルを検索しないで、自分の頭で考えろ」ヴァルナーは鼻をくんくんさせた。

「アフターシェーブローション、たしかにちょっときついな」

「そうなんですか。まあ、そのことは後で話しましょう。それよりもっと前にいってくれてもよかったのに」

ティーナはミーケの言葉を無視して、メモ用紙になにか書いた。

「XMは千から十を引くから、MXMって一九九〇年じゃないですか？」

「ほら、女のほうが優秀だ」ヴァルナーはいった。「書き方は正確じゃないが、いけそうだ。一九九〇年二月二十七日」ヴァルナーはミーケの肩を叩《たた》いた。「検索してもいいぞ」

ミーケはグーグルの検索窓に年月日を打ち込んだ。

「ただ年月日を打ち込んじゃだめだ。まずそれがどういう日か見てみろ。カレンダーで調べろ」

「わかりました」

キーボードを打ったあと、ミーケはモニターにカレンダーをだし、驚いた顔をした。

「ドンピシャです」

みんながコンピュータのまわりに集まった。ルツは信じられないというように首を横に振った。「謝肉祭《ファッシング》の火曜日。プリンセスの衣装」

ラートベルクはフォルクスワーゲンのワンボックスカーを運転しながら、魔法瓶にいれたペパーミントティーを飲んだ。車はロットアッハ＝エーゲルン村を抜ける国道から一キロほど入った小道に停車していた。そのあたりには一九六〇年代から七〇年代に建てられた上品な一戸建てが並んでいる。どの家にも大きな庭があるが、いまは雪に覆われている。道路も雪に覆われ、凍結してきらきら光っていた。フロントガラスの先に、谷の奥にそびえる標高千七百メートルのヴァルベルク山が見える。ヴァルベルクバーン・ロープウェイの麓《ふもと》駅はこからそれほど離れていない。外は零度だったが、斜め前から射《さ》す日の光で車の中は暖かかった。ラートベルクは窓を開けて時計を見た。午後一時三十八分。バスは三十四分に国道の停留所に停まる。少女の姿がすぐにもルームミラーに映るはずだ。ラートベルクはカップのペパーミントティーを飲み干して、魔法瓶の蓋《ふた》を閉めた。センターコンソールにテレビ局の身分証がある。上三分の一に放送局のロゴが入っていて、ワンボックスカーにも同じロゴがついていた。ルームミラーにちらっと人影が見えた。少女は通りの生け垣を曲がって、集合住宅のほうへ歩いてくる。その集合住宅は生け垣と彼の車の中間にある。ラートベルクは魔法瓶を置くと、車のエンジンをかけた。次の十字路でUターンして、集合住宅のほうへ戻った。少女がちょうどその集合住宅に入ろうとしていた。道の反対側に車を停めて、彼は窓ガラスを下ろした。

「すみません」

少女が振り返った。車についている放送局のロゴを見て、興味を覚えたようだ。車のほうへ二歩近づいた。ラートベルクは住所をたずねた。少女は、それは自分の家だと答えた。母親に用かと訊かれて、ラートベルクは、あなたに用があるといった。車から降りると、彼は少女のところへ行って、手を差しだした。

「やあ。ラートベルクといいます。会えてよかった」

少女はすこし驚きながら彼と握手し、車に貼られた放送局のロゴをちらっと見た。そのロゴは男のベストにつけている身分証のロゴと同じだった。

「テレビ局の人？」

「ええ。例の二件の殺人事件についてドキュメンタリーを製作しているんです。恐ろしい事件です」

少女はうなずいた。

「ディレクターかなにか？」

「あいにく違います。ディレクターの下で出演者探しを担当しています。ピア・エルトヴァンガーさんと同じ学校ですよね？」

「ええ。知りあいでした」

「ピア・エルトヴァンガーさんにはあまり友だちがいなかったそうですが」

「人付きあいはよくなかったです。ちょっと……変わっていました」

ラートベルクはうなずいて、雪に覆われた足元の地面をじっと見た。

「ピア・エルトヴァンガーさんのことですこし話せますか？　人柄についてとか」

少女はごくりとつばをのみ込んだ。記憶が蘇《よみがえ》ったのだ。

「ええ。話せます。ミュンヘンに出向かないといけませんか？」

「いいえ、こちらで撮影します。ディレクターはカメラチームといっしょに来て、ここで撮影するんです。どこで撮影するかはまだ決まっていません。なにかいいアイデアはないですか？　ピア・エルトヴァンガーさんにゆかりの場所とかあるといいんですが」

「テーゲルン湖のビューポイントが好きだったと思いますけど」

「それはいい。ディレクターも気に入るでしょう」

少女もビューポイントでカメラを前にしてピアのことを話すところを想像して、なかなかいいと思った。ディレクターがそのアイデアを気に入るだろうといわれたこともうれしかった。

「撮影はいつですか？」

「これから数日のうちに。天気しだいです。インタヴューする人がそろったらやります。しばらく予定はあいてますか？」

「ええ。あいてます」

「それはよかった。こちらから連絡します。これはわたしの名刺です。念のため。そしてこれが出演承諾書です。ご両親のサインが必要です。あなたはまだ成人ではないので」ラートベルクは放送局のロゴ入り名刺と出演承諾書を少女に渡した。少女は名刺を受け取り、上着にしまった。

「わたしの電話番号は？」

「わかりますから、ご心配なく」彼はもう一度、微笑みながら手を差しだした。「ではまた」

少女は走り去る車を見送った。テレビに出られると思ってわくわくしているようだった。

# 26

ヴィッケーデがいうとおり、ドルトムントの犯人が本当にアープラーベックの患者だったなら、この十四年間に入院していた患者すべての名簿が必要だ。それをレンタカー会社の顧客リストとすりあわせる。一致する名前があれば、それが犯人である可能性が高い。ヴァルナーは日曜日のうちに、入院患者の名簿を入手するようモニカ・マンティニーデスに依頼した。もちろん法的に簡単なことではない。欲しいのは入院患者の氏名だけだが、それでも守秘義務の対象だ。裁判所の指示で名簿は、なんとか病院事務局に作成してもらえることになった。その中に殺人犯がいる可能性はかなり高い。ところが患者の名簿にシュライバーレントの顧客と一致する者がひとりもいなかった。ミーケはがっくり肩を落とした。

「どういうことだ?」ヴァルナーは質問した。

「理由は山ほどあるでしょう」

「山ほどは大げさだ。片手いっぱい程度だろう。それなら検討可能だ」

ミーケはボスのそういう細かいところが嫌いだった。

「考えていることをいったらいいでしょう。そのほうが時間の節約になります」

「いいだろう。犯人はアープラーベックに強制入院させられたのではなく、自分から受診したに違いない。それとレンタカーの顧客リストはなんかおかしい」

「なにがおかしいっていうんですか？」

「俺たちは男しか調べなかった」

「ボスのおじいさんが、男だといったからでしょう。男と女の違いはまだちゃんと見分けがつくと思いますけど」

「そりゃそうだ。だが俺たちが知っているのは、運転していたのが男だったということだけだ」

「車をレンタルしたのは別のだれかだったというんですか。たしかにありえます。しかしたいていの場合、シリアルキラーは一匹狼《いっぴきおおかみ》でしょう。それに犯人はわざとヒントを残しているじゃないですか」

「そうだ。しかし簡単に正体をばらす気はないだろう。あるいはヒントに見せかけて、本当はめくらましかもしれない。俺たちが時間を無駄にするようにな」

「ボス、それはないでしょう！　この一週間やったことが無駄骨だったというんですか。よく考えていってください」

「ミーケ、無駄骨だなどとだれがいった。手がかりをもう一度洗い直す必要があるといってるんだ」

「それって、全員を調べるってことでしょう。レンタカーを自分で運転したか、だれかに又貸ししたかも含めて。どうやって確認しろっていうんですか？」

「すでに顧客の三分の二は調べたんだよな。顧客の三分の二が男だったからだ。それならもうかなり調べがついてるじゃないか。又貸ししたかどうかを特定するのは困難に決まってる。それより、又貸ししていないと証明できる者はいないだろう……」

ヴァルナーは間を置いた。自分の考えを整理する必要があったからだ。

「いいたいのは」ヴァルナーはまた話の糸口をつかみなおした。「シリアルキラーは一匹狼。そのとおりだ。しかしだれかを雇って、手伝わせた可能性は排除できない」

「代わりに車をレンタルしてくれと頼まれたら、警鐘が鳴るでしょう。なにかやばいってことはだれにだってわかるはずです」

「たしかにそのとおりだ。だから、それを気にしない奴が必要だ。金に困っていて、なにも質問しない奴」

「ジャンキーか」

「たとえば。顧客名簿に前科者がいないか片っ端から調べるんだ」

「いままでどんだけ苦労したと思ってるんですか？」

「全員調べたか？」

「いや、男だけです」

「だろう」

　ミーケはぶすっとしてヴァルナーを見つめ、それからクリスマスクッキーを口に入れて、がりっとものすごい音を立ててかみ砕いた。

「見ましたか？」

「すごい。では前科チェックは免除しよう」

「どうせ、その代わりになにかしろっていうんでしょう」

「チロルへの小旅行だ。正確にはシュヴァーツ。一九九〇年二月二十七日に警察が対応した事件が起きていないか現地の警察署で調べてきてほしい。自動車死亡事故、殺人、放火などなど」

「そんなことをしてどうするんですか？」

「何者かが人を三人殺し、さらに殺人をつづける恐れがある。動機を知りたい」

「頭がいかれているからでしょう」

「たぶんな。しかし、なにか事件や事故と関係しているかもしれない。一九九〇年二月二十七日に起きたなにか。犯人はそれを示唆している。シュヴァーツ郡にある山だ。あるいはその山の周辺。よくはわからないが、それが原因で殺人に及んでいるのなら、当時何かとんでもないことが起きた可能性がある」

「くだらないことかもしれませんよ。母親に誕生日を忘れられたとか、妻に逃げられたとか。謝肉祭《ファッシング》の時期でしょ！　そういうことが起きます」

「だとしても、なにか記録が残っているはずだ。殴りあいの喧嘩《けんか》を引き起こしたのかもしれない。わずかな手がかりなんだ」

「しかし……」

「おしゃべりは終わりだ。早く尻を車に乗せて出発しろ」

「なんですか、その言い方は？　相棒にいうセリフですか？」ミーケはヴァルナーにクリスマスクッキーを投げた。

「俺たちはいつから相棒なんだ？　それよりクッキーを投げるな。コンピュータにぶつかったら壊れるだろうが」

ミーケは上着を着ると、出ていくときに右の中指を立てて姿を消した。

ヴァルナーは特別捜査班にちらっと顔を見せた。いつものようにコーヒーの匂いがして、空気がよどんでいた。いまは禁煙が言い渡されている。二、三年前の特別捜査班とは大違いだ。あの頃は、午後になると目の前の手まで見えないほどだった。

捜査官に発破をかけるために顔をだすことがヴァルナーの仕事だ。コールヴァイトを逮捕したときは大いに沸いたが、犯人ではないとわかって、いまは沈んだ空気に包まれている。この数日、ろくに結果が出ず、捜査は遅々としてすすまなかった。何日も足踏み状態だ。ドルトムントでの殺人事件で、ようやく捜査に弾みがついた。捜査官四人がドルトムントの捜査官との情報交換を担当し、さらに数人がその情報を評価し、こちらの捜査結果と比較検証していた。ヴァルナーは片手にコーヒーを注《つ》いだマグカップを持ちながら握手をし、肩を叩いて、みんなと話しあい、励ましの言葉をかけ、必要なところでは批評を加えた。そしてヴィーオラ・グルーバーとひと悶着《もんちゃく》起きた。グルーバーはミーケがシュライバーレントを調べる手伝いをしていたが、チロルに出張する前、ミーケは彼女になんの指示もださなかったのだ。電話に出ていたグルーバーが、ヴァルナーがやってくるのを見ていった。「帰宅します」

ヴァルナーは、シュライバーレントの顧客でまだ手つかずの者について前科があるかどうか調べるようにいった。もっぱら女性だった。急ぎかとグルーバーがたずねると、ヴァルナーはむっとして、ほかにすることがあるのかと訊き返した。グルーバーは、すぐに取りかかるといった。

特別捜査班に顔を見せたあと、ヴァルナーはティーナの部屋に寄った。そこはそもそもティーナとルッツの部屋だったが、署内ではみんな「ティーナの部屋」と呼んでいた。ルッツが毎週月曜日にブンデスリーガの戦績をつけている小さなマグネットボードを除けば、ティーナの私物やＩＫＥＡやバトラーズ（ドイツの雑貨店チェーン）で調達した植物やほこり取りで埋めつくされていたからだ。それに壁とティーナのデスクは、ティーナの娘ファレリーを撮った写真のコラージュで飾られていた。その写真を見れば、娘が生まれてからいままでの成長過程が一望できる。八歳頃の初聖体拝領、はじめての歯の生えかわり、学校でのスキー講習会などなど。初聖体拝領の写真の下には葬儀に参列している八歳のファレリーの写真もある。最後の写真はファレリーとティーナをストロボで撮影したものだ。母娘《おやこ》の顔のアップ写真だ。謝肉祭《ファッシング》でふたりとも厚化粧している。ティーナは道化、ファレリーは幽霊。写真では幽霊が道化にキスをしている。ティーナは笑っている。幸せそうだ。それでもティーナの目には憂いの色があった。いつもそういう目をしている。

ティーナとヴィルベルトは、彼が第十学年で転校してきたときから付きあっていた。十六歳で出会ってから、一生添い遂げるのが当然のように、ふたりは付きあった。周囲の者は、これが十代によくある一時の恋ではなく、永遠の愛だと認めていた。ふたりは互いを自分の一部のように感じるほど息があっていた。しかし曇りない幸せを享受したのは、彼が人生の危険にさらされずにいたあいだだけだった。大学に進学すると、ヴィルベルトの人生は早くも荒海にもまれるようになる。ギムナジウムのときは仲間の助けもあって無理なく学業成績を挙げることができたが、大学では自力でやらなくてはならず、状況が一変した。ミクロ経済学の試験に三度落第し、結局退学して、山の上の食堂を借りた。だがその食堂は人里から離れすぎて、儲《もう》けをだすにはあまりに売り上げが乏しかった。一年後、ヴィルベルトはそこをあきらめ、ハウスハムでレストランをはじめた。ミュンヘンからコックを呼んで上品なレストランに仕立てた。しかしハウスハムの住人は地元志向が強く、量が多くて安い料理が好みだった。今度も二年でつぶれた。そのあいだに借金はどんどんふくらんでいった。新たな事業がうまくいきそうになるたび、不測の事態に見舞われ、すべての希望が潰《つい》えた。二十歳でティーナはファレリーを身ごもった。ヴィルベルトが必死に人生を切りひらこうとしているあいだ、ティーナは子育てをしながら警察学校に進学し、週末、ヴィルベルトの店を手伝った。二十六歳の誕生日にティーナは限界を迎えた。過労で倒れ、数週間、集中治療室で過ごした。二十八歳でヴィルベルトは自己破産した。それまではたくさんの計画を立て、情熱もあったが、急に静かになり、引きこもるようになった。話し相手は娘とティーナだけになった。まだ結婚していなかったティーナとヴィルベルトの関係は終わりに向かった。十一月のある晩、ヴィルベルトが結婚しないかとティーナにいった。ティーナはプロポーズに驚いた。ヴィルベルトに結婚する気があると思っていなかったからだ。十二年間ずっと結婚したいと思ってきたが、彼からそう切りだすことはなかった。ティーナはためらいを覚え、返事を待ってほしいと告げた。ヴィルベルトは、よくわかったといって、その夜、ティーナの拳銃で自殺した。

ヴァルナーが部屋に入ったとき、ティーナは報告書を打っていた。コンピュータから顔を上げると、彼女はメモ帳を手に取ってオフィスチェアをまわし、ヴァルナーのほうを向いた。部屋にだれか訪ねてくると、彼女はかならずメモ帳を手に持つ。メモ帳を脇に置くのは、両手でなにかする必要に迫られたときだけだ。

「どうだい？」ヴァルナーはたずねた。

「まああです。なぜですか？」

「いやなに。ちょっと様子が気になってな」

ティーナはメモ帳をつかんで、しきりにこねくりまわした。

「心配なんです」

「ファレリーのことか？」

ティーナはうなずいて、メモ帳を握りつぶした。

「ああ、気持ちはわかる。だが心配は無用だろう。ファレリーともうすこしいっしょに過ごしたらどうだ。例の手がかりにこだわってもな……謝肉祭《ファッシング》、一九九〇年、登山……雲をつかむようだ」

「でも一九九〇年の謝肉祭《ファッシング》の火曜日に自分がどこにいたかまったく記憶にないんです。今回の殺人事件と絡んでいる可能性だってあるでしょう。犯人がうちを狙っていることは否定できません」

ティーナの声が大きくなった。そのことを悔いたのか、オフィスチェアを動かしてデスクに戻った。

「ごめんなさい」

「いいってことさ」

ティーナはメモ帳を見つめた。

「どうしたらいいでしょう？」

「二、三日休みを取って、ファレリーと水入らずで過ごしたらいい」

「二、三日？　どういう意味ですか？」

「二、三日は二、三日だ」

「そんなすぐに犯人を捕まえられるというんですか？　そんな馬鹿な」

「奴がふたたび犯行に及ぶ気なら、そんなに間を置くはずがない」

「それはどうしてですか？」

「奴はドルトムントで目撃された。犯人は目撃者の身元に気づいたかもしれない。ふたりがアープラーベックで会っているというのが本当なら、犯人はわれわれにすぐ追い詰められると考えるだろう」

「追い詰めているんですか？」

「四十八時間以内に突破口がひらけると思う」

「じゃあ、休んでいられないじゃないですか」ティーナはオフィスチェアをまわして、ふたたび仕事に取りかかった。

午後三時三十分ごろ、ヴァルナーはエルトヴァンガーのオフィスに電話をかけた。秘書は、エルトヴァンガーが面談中で、夕方まで予定が詰まっているといった。ヴァルナーはいった。

「いざとなれば検察局に召喚してもらいます。その場合、今日のような言い訳は通用しませんよ。すぐに電話をくれたほうが、お互いのためだと思いますが。十五分以内に電話をいただけるものと思っています」

午後三時三十三分、ヴァルナーの電話が鳴った。エルトヴァンガーだった。いらついていた。ヴァルナーは一九九〇年の謝肉祭《ファッシング》の火曜日にどこにいたかたずねた。およそ三秒の沈黙のあと、エルトヴァンガーは答えた。

「昔のことなので記憶にない。たぶん謝肉祭《ファッシング》の舞踏会だろう」

「ひょっとしてチロルにいませんでしたか」とヴァルナーは探りを入れた。

ふたたび三秒ほど沈黙したあと、エルトヴァンガーは否定した。

「いいや、それはない」

エルトヴァンガーは嘘をいっている、とヴァルナーは思った。だがエルトヴァンガーは証言を変えなかった。

「どこにいたか記憶にない。だがチロルでなかったことはたしかだ。妻に訊いてくれないか。たしかミュンヘンにいたと思う。とにかくオーストリアではなかった。当時、われわれはミュンヘンに住んでいたんだ」

エルトヴァンガー夫人も、一九九〇年の謝肉祭《ファッシング》の火曜日にどこにいたか覚えていなかった。古いカレンダーをとってあったので、一九九〇年のカレンダーでその日に書き込みがあるか確認してくれた。その日の夜はミュンヘンの友人宅にいたという。

「午後はたぶんヴィクトアーリエンマルクト（グルメ市場として知られる広場）で伝統的な謝肉祭《ファッシング》を楽しんでいたと思います。夫はたしか出張だったはずです」

ふたり目の被害者の両親ディヒル夫妻と電話で話しても、らちがあかなかった。ディヒルには、オーストリアにいなかったことしか思いだせなかった。夫人はなにも思いだせず、電話口で泣きだした。ディヒルは妻から受話器を取って、ヴァルナーに詫《わ》びた。

「まだ娘の死から立ち直っていないんです」

受話器を置いたヴァルナーは妙な気分を味わった。手がかりの日付からなにも出てこなかったので意気消沈していた。それでいて、エルトヴァンガーとディヒルが嘘をついていると確信していた。十五年も刑事をしていると、そういう勘が働くようになる。むろんいつも当たるわけではない。感情はよく嘘をつく。だが今回引っかかるのは、ふたりに同じ疑いを覚えたことだ。

ヴァルナーは外を見た。四時半になる。夕日が斜め上からヴァルナーの部屋に射していた。ディヒルを訪ねて、ふたりだけで話をしてみようと思ったとき、ティーナが部屋に入ってきた。

「気になることが判明しました。シュライバーレントです」

「名前が一致したのか？」

「殺人事件当日にワンボックスカーを借りた女がいます。麻薬犯罪で前科があります。だれだと思います？　トラウドゥル・グリーザーです」

「なんだって！」

「電話をかけて、車をどうしたか訊きましたが、覚えていないといっています。それから適当なことをいいだしたので、突っ込みを入れると、しどろもどろになりました。あいつはその日、運転していないですね。賭けてもいいです」

「よし。ここに連れてこさせろ。住んでいるのはどこだっけ？　ミッターダルヒングだったか？」

## 27

コールヴァイトが逮捕されてから、クロイトナーの評判は伝説の域に達した。すくなくとも、オーバーラント地方の巡査たちのあいだでは。地元ではクロイトナーは変わり者で大酒飲みとして知られ、厄介者扱いされていたが、巡査たちはそんなことを意に介さなかった。クロイトナーは仲間だ。しかも最初の死体を発見し、犯人を捕まえた。どうしてそんな突拍子もないことを考えたか知らないが、クロイトナーはそこに死体があるとも知らず、シュピッツィング湖の氷の下に死体を見つけだした。その理由についてはさまざまな憶測が飛び交った。だがひとつだけ一致したことがある。ああいう芸当はクロイトナーにしかできない。コールヴァイトは犯人ではないと刑事たちが判断したことは、みんなに伝わっていたが、制服警官の中には、制服警官が謎の殺人事件をひとりで解決したことを刑事たちが面白く思っていないからだと勘繰る者もいた。

クロイトナーの評判はこうしてさらに広まり、オーバーラント地方の警察官によるカーリング大会は前年の三倍の参加者が集まる盛況ぶりとなった。授賞式のあと、殺人事件捜査の現状についてクロイトナーから報告があると告知されたからだ。それを聞き逃す手はない。というわけで、カーリングのストーンに一度も触れたことのない者までが出場申請をした。大会を台無しにされないよう、参加者にはストーンの試し投げをさせてトーナメントに参加できるか確かめることにした。それでも参加希望者が殺到するのは見えていたので、授賞式はフィッシュバッハアウの体育館に場所を移しておこなわれた。

ヴァル教会のたまねぎ型屋根の塔が、夕日を浴びてパステルカラーに輝いている。別の方角には、立派な農家が二棟建っている。この丘陵地帯にはほかに見るべきものはなかった。南西にそびえるヒルシュベルク山が山岳地帯のはじまりを告げていた。雪に覆われた丘をぬって走っているのはパトカーだけだった。

「そこの分かれ道で止まれ」そういうと、クロイトナーは後席の窓から外を見た。見渡しがきいていていい。一方は二百メートル近く先まで見えるし、もう一方も百メートルまで視界に入る。

「こんなところでなにをするんすか？」シャルタウアーが質問した。

「検問だ」そうつぶやくと、クロイトナーはいつもの鋭い目つきであたりを見まわした。シャルタウアーは近くの農家に通じる野道にパトカーを停めた。

「そんな指示は受けて……？」

「受けちゃいない」クロイトナーは若い同僚の言葉をさえぎった。「自分で考えることが大事なんだ。わかるか？」

「こんなところで犯人が網にかかりますかね？」

「むずかしいだろうな」クロイトナーは誘導灯を捜した。「だけど、やってみなきゃわからない。やるなら、ここがいい」

「犯人はドルトムントにいるんじゃないすか」

クロイトナーは、呆《あき》れたというようにシャルタウアーを見た。

「あのなあ、基本的なことを教えてやる。おまえはまだ研修中だからな。相手はシリアルキラーだ」

シャルタウアーはうなずいて、クロイトナーの口元を見つめた。

「シリアルキラーってのには習性があるんだ。それがシリアルキラーたる所以《ゆえん》だ。しょっちゅう同じことをする」

「なにをするか決めるのはだれですか？」

「シリアルキラー自身だ。だけど、やり方が決まると、もう変えられない。ミースバッハ郡で人を殺すって決めたら、それが犯人の掟《おきて》になる」

「でもドルトムントにもあらわれましたよね？」

「同じ奴かどうか。同じ奴だとしたら、とんでもない知能犯だ。警察がシリアルキラーは自分で決めたパターンの奴隷だと思っていることを逆手にとったことになる。知恵がまわるから、わざと別の殺人をしたんだ。こっちは訳がわからず、攪乱《かくらん》される。あるいは、思ってたのと違うぞって、修正を迫られる。わかるな。だけど、パターンは変わっちゃいない。奴はいまでもこのあたりにいる」

シャルタウアーはうなずいた。ようやくシリアルキラーの性格が複雑なことに納得したのだ。

「だから奴はこっちに舞いもどって、次の殺しの準備をしてるに決まってんだ。このあたりをまわって、次の殺しに都合のいい場所を探してるかもしれない。だがこのあたりをうろつくなら、表通りじゃない。こういう人通りのないところさ」

クロイトナーは誘導灯を見つけて車から降りた。最後の言葉からして、クロイトナーは自分の行動を綿密に考えていたことになる。それでも、手配中のシリアルキラーが数時間後に網にかかるなどと、シャルタウアーにはとても思えなかった。シャルタウアーも車から降りた。空気が冷たかった。しかしその日最後の日差しが温《ぬく》もりを与えてくれた。

「あやしい奴を見分けるコツはなんすか?」クロイトナーのような警官に当たり前のことを訊いてはいけないと重々承知していたが、やはり訊かずにいられなかった。そういうことを知らなかったからだ。

「サングラス、野球帽。金襴緞子の衣装を車に積んでいる。それから睡眠ドラッグ」

「睡眠ドラッグって、どうやって見分けるんです?」

「液体が小瓶に入ってる」

「睡眠ドラッグって表示されてるもんすかね?」

「あほか。ラテン語が書かれているもんだ。ラテン語は俺にもわからんが、ラテン語だってことは見ればわかる」

「了解です」シャルタウアーは自分の素朴な質問を軍隊式の応答で帳尻あわせした。

ふたりは道の一方を見た。逆光だ。車の影も形もなかった。シャルタウアーは別の方向に視線を向けた。順光だったので、こっちの方が見やすかった。しかしそっちからも近づいてくるものはなかった。ふたりはしばらくそこにたたずんだ。太陽が傾き、雪原に落ちる影が伸びた。シャルタウアーはクロイトナーの横顔を見た。クロイトナーは鋭い目つきであっちこっちを見ている。なにかを見逃して、失態を演じぬように目を光らせているようだ。といっても、見えるのは雪ばかり。あとは冬枯れした樹木や柵くらいのものだ。クロイトナーはシャルタウアーのほうを向いたが、見られていることに気づくとすぐ目をそらした。その瞬間、車が近づく音を耳にした。

ラートベルクは犯行に好都合な候補地を三ヶ所選びだしていた。人目についてはまずいが、人里離れていて、少女にあやしまれるのもまずい。安心感を与えることが重要だ。少女があやしんだり、おびえたりしたら、計画の実行が不可能になる。成否はさまざまな下準備の積み重ねで決まることを、彼はよくわきまえていた。これまではすべてうまくいった。だがこれからもうまくいくと過信するのは禁物だ。これまで多くの犯罪者がそのせいで墓穴を掘った。

ワンボックスカーの荷室にはテレビカメラが二台と数本の三脚、ライトなどの撮影機材が積んである。そして黒いフライトケースもあった。ケースの中には、フェルトの毛布のほかに、魔法瓶や、少女の服を切るためのハサミ、金襴緞子の衣装、開封したフルニトラゼパムのアンプル容器が入っている。ラートベルクは田舎《いなか》道を行くことにした。検問がある可能性はあるが、警察の捜査がどこまですすんでいるかわからない。それでも、顔写真まで出まわっているはずはない。

ラートベルクは雪に覆われた丘陵地帯をぬう小さな田舎道をゆっくり走った。カーブをまわったところで、逆光の中、野道に停まっている車が見えた。車の横に男がふたり立っている。夕日がまぶしくて、相手がだれかよくわからなかった。ひとりが道に立って、手を振っている。男はその手になにか持っている。それに車の上に青色回転灯があり、日の光を反射させていた。ラートベルクの胸の鼓動が早鐘を打ち、口の中が乾いた。こんな世の果てのようなところでなんで検問をしようなどと考えたのか、彼には理解できなかった。腹式の深呼吸をして気を静めると、車の速度を落として、パトカーの横に停まった。

クロイトナーはワンボックスカーの側面に書かれたテレビ局のロゴを興味深そうに見つめた。このところ、郡内のあちこちでカメラチームがうろついている。外国のカメラチームまでいるほどだ。

「はずれのようですね。テレビ局の人間だ」シャルタウアーがいった。

「おいおい」クロイトナーはいった。「俺がシリアルキラーなら、まさにこういう車を使う」

シャルタウアーはうなずいた。今日はなにをいっても恥をかく。

運転席の男が窓を下ろした。

「やあ、書類をあらためる」

ラートベルクは運転免許証と自動車登録証をだした。

「テレビ局の人?」

「ええ。例の連続殺人の取材です。やっぱりあれを捜査してるんですか?」

クロイトナーは受けとった運転免許証と自動車登録証をシャルタウアーに渡した。シャルタウアーは黙ってパトカーに戻り、運転手と車について確認作業をした。

「あれってなんだね?」クロイトナーはふっと笑い、それからラートベルクに微笑みかけた。

ラートベルクはなんと答えたらいいかわからなかった。

「ま、そういってもいいな」クロイトナーはなにかなつかしむように、憂いのまなざしを日没に向けた。「死体を発見したのは俺だ」

「うわあ。本当ですか?」

クロイトナーは肩をすくめた。

「まあな」

「あの、インタヴューさせてもらえませんか? うちのルポに」

クロイトナーはまた肩をすくめ、ほいほいうなずかないように自分を戒めた。

「ここへはロケハンに来ているだけなんです。でも、あなたのことを話したら、ディレクターが喜ぶでしょう」

ディレクターが喜ぶと聞いて、クロイトナーはいい気になった。

「まあ、考えないでもない」

「すばらしい。明日はいかがですか?」

シャルタウアーが書類を持って戻ってきて、クロイトナーに渡した。

「問題ありません」

「よし、それじゃ、ええと……」クロイトナーは運転免許証を見た。「……ラートベルクさん。明日なら対応できる。携帯の番号に電話をくれ」

クロイトナーはラートベルクに書類を返し、名刺を渡した。ラートベルクはその名刺をしげしげと見た。

「よろしくお願いします、クロイトナー巡査。明日連絡します。落ちあう場所を決めましょう。では……」

ラートベルクは笑みを浮かべて、窓を閉じた。

「ちょっと待った」クロイトナーはいった。

ラートベルクがけげんそうにクロイトナーを見た。

「荷室にはなにを積んでる？」

「撮影機材です。カメラ、ヘッドライト、三脚」

「見せてもらおうかな」

ラートベルクはためらった。

「ミュンヘンに帰るところなんです。予定が少々遅れていましまして」

「すぐにすむ」

ラートベルクは一瞬、顔をこわばらせたが、すぐに笑みを作った。

「どうぞ。それが仕事ですもんね」

ラートベルクは車から降りて、ふたりの巡査といっしょにスライドドアのところへまわった。スライドドアがきしんだ音を立てながら開いた。クロイトナーは車の内部を覗いて、フライトケースを指した。

「中身はなんだ?」

「毛布です」

「ほかにもなにか入っててんじゃないか?」

クロイトナーは笑った。ラートベルクも笑ったが、どこか緊張していた。クロイトナーは笑うのをやめ、顎をしゃくってフライトケースを開けるように指示した。ラートベルクは荷室に入って、どうしたらいいか必死に考えた。ケースの蓋を開けるほかない。ラートベルクは荷室から運転席に飛び移ってエンジンをかけ、逃げようかと思ったが、すぐにあきらめた。こんな田舎道では逃げようがない。

「どうかしたか?」クロイトナーは質問した。

「いいえ……バックルが固いもので」

ラートベルクはフライトケースのバックルをはずした。そのとき、パトカーの警察無線から声がした。

「ちょっと待ってくれ」そういうと、クロイトナーはパトカーに歩いていった。ラートベルクには話が切れ切れにしか聞こえなかった。「俺たちじゃないとだめなのか？」――「えっ？　すぐに？」――「わかった」クロイトナーが戻ってきた。シャルタウアーがけげんそうに彼を見た。

「証人を迎えにいって、署に運ばなくちゃならなくなった」

クロイトナーは荷室の中でしゃがんでいるラートベルクのほうを向いた。

「もういい。明日、電話を待ってるぞ」

ラートベルクはほっと息をついた。

「わかりました。巡査の携帯ですね？」

「ああ。用事ができた」クロイトナーは軽く手をあげて別れを告げた。しかしラートベルクが荷室から下りようとすると、クロイトナーが足を止めてフライトケースを指差した。

「そのケース！　中を改めるのを忘れていた。そのくらいの時間はある」

ラートベルクは目の前が真っ暗になった。ケースのところに戻ると、蓋を開けた。フェルトの毛布が入っていた。

「毛布か！　いったとおりだな。じゃあ、明日」

パトカーがクロイトナーを乗せて走りだすまで、ラートベルクは息を殺した。ほっと息を吐くと、荷室が白い息に満たされた。

# 28

トラウドゥル・グリーザーが知られているのは、警察に協力的だからではない。ほかの公的機関に協力しているからでもない。一九七〇年代に、ある噂が立った。彼女がドイツ赤軍の幹部とつながりがあるというものだった。一九八〇年代、彼女はヴァッカースドルフ核燃料再処理施設の建設問題で国への抗議活動に深く関わった。彼女がどうやって生計を立てているか、だれも知らなかった。マリファナの栽培と販売が主たる収入らしい。グリーザーは五十三歳になったいまも政府に楯突《たてつ》いていた。戦い方は多岐にわたっていた。一九九〇年代の終わり、警察にたれ込みがあって、大がかりな大麻栽培が摘発されている。ただその事件の異常なところは、大麻を栽培した畑が保守的な郡長の所有だったことだ。郡長が長年、人里離れたその畑をまったく見にいっていなかったことはわかったが、この一件は国じゅうで大騒ぎになった。犯人はわからずじまいだったが、地元ではどいつの仕業か、だれでも想像がついた。

グリーザーは一度会ったら忘れられない。鼻が異様な形をしていて、手が大きく、声がやたらに低かった。灰色の髪は後ろで束ね、ヴァッカースドルフ時代から着ている黒いレザージャケットはすっかりすり切れていて、人目を引く。グリーザーへの事情聴取は警官にとって厄介この上なかった。

「かわいそうにクロイトナーをあたしのところに寄こすなんてね」グリーザーはタバコを巻きながらいった。「用があるなら、あんたが直接出向くべきでしょ」

彼女は灰色の目でヴァルナーを見つめた。彼女の大騒ぎはもう何度も経験ずみだ。それでも、その灰色の目に見つめられると、どうしても嫌な気分になる。ヴァルナーは彼女の視線を無視した。グリーザーは相手がだれだろうと、軽口を叩く。ヴァルナーは時間を無駄にしたくなかった。

「ここでは分業をしている。迎えにいく人間と事情聴取する人間は別だ」

「分業は非人間化のはじまりだよ。クロイトナーに事情聴取させればいいんだ。そうすりゃ、あいつもやる気をだす」

「分業には理由がある」

「どんな理由だい？　クロイトナーは酒の飲みすぎで頭がいかれてるってこと？」

「そろそろ事情聴取したいんだが。せっつくわけじゃないが、あんたにも用事があるだろう」

「あたしが捜査協力をしないことはわかってるだろうに」グリーザーはタバコに火をつけた。

「ここは禁煙だ。念のためにいっておく」

「いいねえ。ふたりして煙に巻かれるのはごめんだもんね」

「先週、ワンボックスカーをレンタルしたな。シュライバーレントで。目的は？」

「大麻を大量に納品するためさ。どこに届けたかはいえない。向こうに迷惑がかかるからね。無農薬栽培の上物さ。すこしくらいならタダで分けてあげるよ。試しに」

「ありがとう。だが公務員としてそういう厚意に甘えるわけにいかない。しかし先週、あんたが犯罪に手を染めたとは思っていない。だれかに頼まれて車を借りただろう」

「そうかい？」グリーザーは天井に向けて煙を吐いて、その煙を見つめた。「記憶にないねえ」

彼女はタバコの火をじっと見た。

「だとしても、それはいけないことかい？」

「そんなことはない。そういっただろう。興味があるのは、あんたに車をレンタルするよう依頼した人物なんだ」

「ヴァルナーさん、あんたはあたしを知ってる。あたしが人の頼みを聞くと思うかい？」

「金のためなら聞くだろう」

「あんたら、だれを追ってるんだい？　あたしがだれを庇《かば》っているのか知っておきたい」

「ゲルトラウト・ディヒルを知っているだろう。住まいは二キロと離れていない」

グリーザーはなにもいわなかった。

「彼女の死体は、あんたがレンタルした車で運ばれた。おそらく車の中で殺されたのだろう」

グリーザーは一瞬、顔をしかめた。思案してから、いつもの反抗的な態度でヴァルナーを見た。

「そういう御託は、あんたのおじいさんにしな。そもそもレンタカーを又貸ししちゃいないし」

「ディヒルのところの娘は殺されなかった。ピア・エルトヴァンガーも殺されなかった。もちろんドルトムントの少年も。あんたをいじめるための作り話だっていいたいんだろう」

グリーザーはタバコのカスを下唇からぬぐいとった。「よくいうよ」

ヴァルナーはなにもいわず、ただグリーザーを見つめた。灰色の目が見返したが、すぐ視線をそらして、窓の外を見た。夜のとばりが降りていた。ヴァルナーはなにもいわなかった。

「これで終わりかい?」グリーザーがたずねた。

ヴァルナーは分厚い紙の束をデスクに置いた。全て左上に顔写真がある個人調書のコピーだ。

「この中に犯人がいる可能性がある」

グリーザーは一番上の紙を見て、肩をすくめた。ヴァルナーはデスクの一番下の引き出しを開けて、引っ掻《か》きまわした。使い道のわからないケーブルや古い卓上カレンダーに交じって、灰皿があった。昔はそこに吸い殻を山のように積みあげたものだ。ヴァルナーはグリーザーにその灰皿を差しだした。

「そいつがどうしてあたしなんかに声をかけたっていうのさ?」

「あんたが女で、金欠で、警察に協力しないとわかっていたからだな」

グリーザーは紙の束を引き寄せて、ぱらぱらめくったが、すぐに紙の束を突き返した。

「やるだけ無駄だね」そういうと、グリーザーは椅子の背にもたれかかった。

「なぜ?」

「顔を見てないもの」

「野球帽をかぶり、サングラスをかけていたか?」

グリーザーはうなずいた。

「容姿を教えてもらおう」

「身長は一メートル八十センチ以上。年齢は五十歳くらいで、痩せていて、スポーツマンタイプ」彼女はしばらく考えてからつづけた。「以上だよ。悪いね」

「もっと知っていることがあるだろう。思いだしてみてくれ。なにを着ていた?」

「さあね。話したのは十五分くらいだったからねえ。信じないかもしんないけど、なにを着ていたか全然覚えてないよ」

「まあ、そんなものだろう。靴は? 靴を見たか?」

「たしかジャンパーブーツだったと思う」

「思う?」

「手にはブレスレットをつけていたか? あるいはイヤリング」

「間違いない」

グリーザーは首を横に振った。だがなにか思いだしたようだ。

「帽子をかぶってた!」

「それはさっき聞いた。どんな帽子だった?」

「青かった。ニューヨークって書いてあった。NとYが重なったデザインの」

「青に間違いないな? ドルトムントではベージュだった」

「ドルトムントでは別のをかぶっていたのさ」

「どうして?」

「青いのを車に忘れたからさ。車を返すときに、あたしが見つけた」

「その野球帽を持ってでたのか?」

「ああ」

「どこにある?」

「シュライバーレント社のダストコンテナーに捨てたよ。とっくに片付けられてるだろうね。持ってあるくような真似《まね》をするわけないだろう」

「残念」

事情聴取はこれで終わりのようだった。見込みはないだろうが、野球帽を捜させることにした。もしかしたら見つかるかもしれない。グリーザーは灰皿でタバコをもみ消した。立ち上がると思ったが、オフィスチェアにすわったまま背筋を伸ばした。

「もうひとつあるんだけどね」

「何だ？」

「ちょっと思うところがあるんだよ……」またヴァルナーを見下すような目つきをした。

「器物損壊で訴えられてんだ。ホルツキルヒェンのマルクト広場の件さ」

「ああ、あれには驚かされた。年甲斐《としがい》もなく、『だれにも権力はない』（一九七二年に発表されたドイツのロックグループ、トーン・シュタイネ・シェルベンのヒット曲）なんて言葉をスプレーで貯蓄銀行に落書きするなんてな」

「事情があったんだ。あたしとしては、子どもたちに抵抗文学のなんたるかを伝えたかったのさ」

「なるほど。それで？」

「あほな訴訟をやめさせておくれよ。そうしたら、その野球帽についてたものを思いだせそうなんだ」

「情報で取引をしようというのか？　若者を三人も殺した奴なんだぞ」

「だめか」

ヴァルナーは灰色の目を見た。その目にはもうさっきまでの強さがなかった。目が泳いでいる。グリーザーは自分で首をしめてしまったのだ。

「ありがとう、グリーザーさん。帰っていい」

「本当に？」

「ああ。取引はしない」

ヴァルナーはドアを見た。

グリーザーは立ってドアのほうへ歩いていった。だがドアを開けてから、もう一度振り返った。

「野球帽に店の正札がついてた」

ヴァルナーはなにもいわず、しばらくグリーザーを見つめた。

グリーザーも、なにもいわなかった。

「ちゃんと話すか、帰るかしろ。俺からはなにも得られない」ヴァルナーはいった。

「店の名前までは覚えてないけどさ、ウナにある店だった」

ヴァルナーは一瞬考えた。それから微笑んだ。

「ありがとう、グリーザーさん」

ヴァルナーは、ラルフ・ヴィッケーデの証言に基づいて作成されたアープラーベックの患者名簿をすぐにチェックした。はたしてウナ在住の者がいるかどうか。もちろん犯人がウナに住んでいるとはかぎらない。その町に立ち寄って、野球帽を買っただけかもしれない。アープラーベックからウナまではわずか二、三キロだ。だがウナには大した商店街がない。買い物ならドルトムントへ行くはずだ。ということは、犯人がそこに住んでいる可能性がある。

午後七時になる直前、六人の名前を割りだした。

エーヴァルト・ヒラー
ローナルト・カツェック
ハネス・カイ
クルト・クレッツシュマレク
ゲオルギオス・パノプロス
ペーター・ラートベルク

ヴァルナーはこのリストをシュヴァーツ郡警察署にいるミーケのところにメールした。一九九〇年の警察報告書を洗って、名前のどれかがのっていないか探してもらうためだ。

午後七時四十五分ごろ、ミーケから電話があり、現状報告を受けた。いくつか気になるものがあった。一九九〇年の謝肉祭《ファッシング》の火曜日は報告書に記録されるようなことがいろいろ起きていたからだ。シュヴァーツ郡はバイエルン州との境界からイタリアとの国境まで南北に長い。スキーリゾートが多いツィラー谷はその郡にあった。スキーリゾートでは謝肉祭《ファッシング》の火曜日に大騒ぎするのがならわしだ。一九九〇年も例外ではなかった。日の高いうちから外国人観光客を巻き込んだ乱闘騒ぎが何件も起きていた。午後遅くには、酒に酔ったスウェーデン人スキーヤーがオランダ人の女性スキーヤーに衝突して、スキーのエッジで彼女の頸動脈《けいどうみゃく》を切るという事故があった。女性スキーヤーはびっくりして、アノラックの襟を首まで上げたため、双方とも頸動脈が切れたことに気づかなかった。女性は病院へ向かう途中、出血多量で死んだ。つづいて灰の水曜日にかけての夜、二件の交通事故が起きて、五人の命が犠牲になり、さらに数件の交通事故で重傷者が出た。その夜は吹雪《ふぶき》になった。ミーケは該当する氏名をすべてアープラーベックの名簿と照合した。あいにく一致する氏名はなかった。ヴァルナーは事故に関係した人間の氏名をすべて送るようにミーケに指示した。全員を調べる必要がある。なにか手がかりが見つかるかもしれない。アープラーベックの名簿は役に立たなかったが、もともと犯人の名がそこにある可能性は低かった。強制入院させられた患者の氏名しかのっていないため、不完全だったからだ。それにミーケには、いまウナに住んでいる元患者の氏名しか渡していない。ミーケがシュヴァーツでまとめた氏名を送ってくれれば、アープラーベックの名簿全体と比較することができる。事故の犠牲者のチェックは、特別捜査班の捜査官全員を動員すれば、それほど時間を要しないはずだ。だがこれで犯人に肉薄しているかどうか、ヴァルナーには心許《こころもと》なかった。

午後八時すこしすぎ、ティーナがヴァルナーのところへやってきた。ドルトムントからファックスで送られてきた事情聴取の記録を持ってきたのだ。アストリッド・ミクライへの事情聴取だった。ヴァルナーは、ミクライがだれなのかすぐには思いだせなかった。ドルトムントで起きた殺人事件のあと虚脱状態になった養護施設の職員で、そのためヴァルナーが直々に事情聴取できなかったものだ、とティーナはいった。ミクライは明らかにドルトムントで殺されたヘルムート・レッタウアーと密接な関係を築いていた。ヴァルナーは思いだした。さすがに捜査中に挙がった名前をすべて覚えられるわけがない。

ヴァルナーは調書にざっと目を通し、魔法瓶に残っていたコーヒーをマグカップに注いだ。それは秘書が帰宅前にいれなおしたものだ。最後にコーヒーメーカーを使った者がスイッチを切り忘れ、翌朝サーバーに残っていたコーヒーが蒸発して異臭を放ち、食洗機できれいにならないことがたびかさなったため、秘書が講じた予防措置だった。ヴァルナーは生温くなったドロッとした液体を何度かに分けて口に含んだ。これで眠気が覚めるといいのだが。

アストリッド・ミクライの証言を読んでも、ヴァルナーにはなす術がなかった。ミクライはヘルムート・レッタウアーの苦難に満ちた人生について語り、まともな生活に戻れるように何度も手を貸していた。少年が殺されたことについての言及はなく、少年が置かれた劣悪な環境に関係があるのではないかという憶測を口にしただけだった。ヴァルナーは書類を脇に置いた。そのときなにかが脳裏をかすめた。「シュヴァーツ」という単語だった。見間違いかもしれない。書類に目を通していたときに実際に目にとめたかどうか心許なかった。もう一度書類を手に取って、さっきよりもていねいに読んだ。だが「シュヴァーツ」という単語は見つからなかった。ヴァルナーは最初のページを一行一行読んだ。突然、その単語が目に飛び込んできた。ミクライの個人情報に「オーストリア・シュヴァーツ郡フューゲン生まれ」とあったのだ。

29

ラートベルクはフォード・トランジットの運転席にすわって、魔法瓶の蓋代わりのカップからミルクティーをすすった。車の中は寒かった。エンジンを切ってから二時間が経過している。車は〈ブロイシュトゥーベル・テーゲルンゼー店〉の前の駐車場に駐めてあった。バックミラーを覗けば、食堂の入口が見える。ミルクティーを飲むときも、そこから目をそらさなかった。

丸一日、大変だった。交通検問はなんとかすり抜けたが、車を新しくする必要に迫られた。レンタカーのナンバーと利用者の名前は警察も把握しているだろう。もし自分の名前が捜査線上に挙がっていたら、気づかれる恐れがある。だからミュンヘンへ行き、別の車をレンタルした。そしてミュンヘンから戻るとき、ミスに気づいた。中古車販売業者から現金で買ったほうがよかった。そうすれば、自動車登録局のコンピュータで彼の氏名がヒットするまで数週間はかかったはずだ。だがもう手遅れだ。警察はすぐに彼がどういう車に乗っているか突き止めるに違いない。

このところミスがつづいている。まったく気に入らない。警察にどのくらい先んじているかわからなくなったのも、気がかりなところだ。ワクワクできるのはいいが、これでは神経がすり減ってしまう。さんざん考えた末、計画を変えて、すぐに実行することにした。あとどのくらい時間が残されているかわからないからだ。

少女は七時半ごろ、仲間といっしょに〈ブロイシュトゥーベル〉に入った。これまで観察したかぎり、少女はめったに出歩かない。出歩いても、ほかの仲間ほど遅くはならない。あと十五分以内に店から出てくるはずだ。それもひとりで。ロットアッハ行きのバスは十時半に来る。少女はたいてい十分前に停留所に立つ。

ラートベルクはミルクティーを飲み干し、魔法瓶に蓋をして、助手席の背もたれの後ろにあるネットにしまった。ふたたび〈ブロイシュトゥーベル〉を見ると、少女が出てきて、バス停に向かうところだった。思ったとおり連れはいない。

ラートベルクは、少女が湖畔のそばまで行くのを待った。あとをつけるのは無理だ。少女は車の乗り入れが禁止されている湖岸遊歩道を歩く。だがそれはいい面もある。車であとをつけなければ、目につかないからだ。ラートベルクはエンジンをかけて、ゆっくり城と公爵立ビール醸造所をまわり込んで、その裏にあるバス停に向かった。少女はちょうどそこについたところだ。ラートベルクは数秒待ってから車の速度を上げ、バス停でまた速度を落として、少女の前で停まった。ラートベルクは助手席側の窓を下ろして、助手席のほうに身を乗りだした。

「やあ！　顔に見覚えがあると思ったら」

ラートベルクは微笑んだ。少女は困惑して彼を見た。彼を思いだせないようだ。

「今日の午後会っただろう。テレビ局の者だよ」

「ああ、こんばんは」少女も微笑んだ。ほっとしている。

「これからロットアッハへ向かう。ホテル・マイラッハに行くんだ。乗せてあげようか？　たいして遠まわりじゃないから」

「ありがとう。でも、もうすぐバスが来ますから」

「遅れているぞ。さっきグムントで追い越したところだ」

少女は不安がっている。外は寒いが、車の男をよく知らない。

「嫌ならかまわないさ。わたしのことは知らないものな」そういうと、ラートベルクは少女に微笑みかけた。今度は父親のように包容力をもって。

「信用してないわけじゃないんですけど……」

「いいってことさ。平気だ。わたしが父親だったら、きみが夜中に知らない人の車に乗ることを面白く思わないだろう」

「悪く取らないでください」

「かまわないさ。問題ない。そうだ……」

少女は首を横に振って、両手を脇にはさんだ。彼女の息が凍《い》てつく冷気に白くなった。

「バスが来るまで、ここにいよう。暇つぶしになるだろう」

「そんな。悪いです」

「気にしなさんな。きみになにかあったら、明日の取材がだめになる。ちなみにディレクターにきみのことを話しておいた」

少女が笑顔になった。

「それで？　なんていってました？」

「喜んでいたよ」ラートベルクは有頂天になったディレクターの声色でつづけた。「ぜひその子を呼んでくれ！　ほかの局に取られるなよってね。明日、ディレクターのところに行く。わたしからのロケーションの提案を見るといってる」

ラートベルクは、自分の犯行に都合がいい場所の写真をだして見せた。少女が関心をよせた。それに見るからに凍えている。ラートベルクは時計を見た。十時半まであと三分。少女は写真を見つめた。

「ディレクターはホテル・マイラッハに泊まってるんですか？」

「ああ。テレビ局持ちで」

「おじさんも？」

「まさか！　なにを考えているんだ。ああいうところに泊まれるのはボスだけさ。プロデューサーも泊まる」

少女は写真を戻した。ラートベルクは写真を上着にしまって、いいことを思いついたふりをした。

「そうだ。今晩、ディレクターにきみを引きあわせてもいいな。ディレクターは忙しい上に、とっ散らかってるんだ。明日、時間が取れるかわからない」

「遅くないですか？」

「そんなことはない。普通さ。いつも夜遅くまで働いている」

「どうしようかしら……」

「バスで屋外プールの停留所まで行って、歩いてくればいい。徒歩で五分くらいだ。ホテルのロビーで待ってる」

少女はラートベルクを見てから、バスが来る方向を見た。まだバスは見えない。少女は思案した。かわいらしい鼻から白い息を吐いた。

「馬鹿らしいですね」少女はいった。

「どういうこと？」

「車に乗せてもらいます。あたしが来るのをホテルでずっと待つなんておかしいですもの」

「バスがよければ、一向にかまわない」

「あなたなら大丈夫だと思います。そんな感じがするんです」

「決まってるさ」そういうと、ラートベルクは助手席のドアを開けた。

## 30

ヴァルナーはすぐアストリッド・ミクライに連絡を取ろうとした。自宅にはいなかった。携帯電話も切ってある。養護施設ではガンテークというボランティアが電話に出た。ガンテークは二日前から働きだしたばかりで、ミクライという名に覚えがなかった。ヴァルナーは勤務表を確かめるようにいった。ガンテークは作業療法があるからあとで調べるといった。自分が受けるのかとヴァルナーが皮肉ると、ガンテークは作業療法を受けるふたりの若者の手伝いだといった。電話の向こうで若い声がした。

「おまえの番だぞ。パスするのか?」

ガンテークがいった。

「パスはしないさ、ちょっと待ってくれ」それから声をひそめ、受話器に向かっていった。

「五分したら、電話をかけます。いま勝負をかけているところで、手が離せないんですよ」

時間がないのなら、施設長に電話をかける、とヴァルナーがいうと、ガンテークは勤務表を見にいって、ミクライは早番だから、この時間には施設にいないと教えてくれた。ヴァルナーは改めてミクライの携帯に電話をかけ、留守番電話に、何時でもいいから折り返し電話をくれとメッセージを残した。

つづいてヴァルナーはミーケに電話をかけた。ミーケは帰宅途中で、アヘン湖のそばにいた。ヴァルナーは、シュヴァーツに戻って一泊するようにミーケに頼んだ。

「翌朝、すぐに調べてもらうことができそうなんだ」

ヴァルナーは、ミクライがツィラー谷の生まれであることを伝えた。

「不平をいいたいわけじゃないんですが」ミーケはいった。「それが本当に役に立つんですか？」

「これまでにも何度か偶然を体験したことがある。だがこれは違う。犯人は俺たちにツィラー谷を暗示している。被害者の父親たちは登山をしていた。そして三人目の被害者と近しかった人間がフューゲン出身だ。地図を見てみろ。ラストコーゲル山はフューゲンから十数キロしか離れていない」

「しかし、被害者の父親たちは謝肉祭《ファッシング》の火曜日にチロルにいなかったと証言してるんでしょう」

「ふたりとも嘘をついてる。間違いない」

「ボスの推理に合致しないからでしょ。時間の無駄だってことを認めたくないだけじゃないですか。気持ちはわかります。そこに賭けたわけですからね。だけど、これが袋小路だったら、とんでもない時間の浪費をしたことになりますよ」

「その通りだ」ヴァルナーはいった。それ以上いいようがなかった。

「それでもやれっていうんですね？」

「ああ」

しばらく双方が電話口で沈黙した。

「いいか」ヴァルナーはいった。「この線はないと思うのなら、戻ってこい。それでかまわない」

「やりますよ。仕事ですからね」

「それは違う。おまえが無駄だと思うことを強制するつもりはない。やる気がないなら、シュヴァーツに戻ってもらっても役に立たない」

ミーケはすこし考えた。

「どこかで線を引いてくれますか？」

「ミクライと電話で話して、なにも手がかりが見つからなかったら、チロルの線はあきらめる。まだレンタカーとアープラーベックがあるからな」

「いいでしょう。明日の朝六時に電話をくれますか」

「嫌ならいいんだぞ」

「毒を食らわば皿までですよ」

ヴァルナーはすこし考えをめぐらした。

「悪いな。じゃあ、シュヴァーッに戻ってくれ」


ヴァルナーが帰宅すると、家の前に車が駐まっていた。ハンブルクナンバーだ。妙だ。知らない人間の車は家の前に駐められないはずだ。ヴァルナーは見張りにつけた巡査に声をかけた。ジャーナリストの車だ、と巡査はいった。

「ジャーナリストを近づけるなといっておいたはずだが」

「それはわかってます。ボスのおじいさんを興奮させないためでしょう」

「そうだ。それなら、どうしてそこに車が駐まっているんだ？」

「おじいさんが、いいっていったんですよ」

「どういうことだ」

「ジャーナリストが女で、おじいさんは家でインタヴューを受けるといったんです」

ヴァルナーは困惑した。マンフレートは報道関係者を嫌っている。有名になることなどこれっぽっちも望んでいない。ヴァルナーは巡査に礼をいって、家に入った。マンフレートは台所にいた。四十歳くらいの女といっしょにテーブルに向かってすわっていた。女は金髪をショートにしていて、息をのむような美形だ。スリムなジーンズをはいている。

「ただいま」ヴァルナーはつっけんどんではないが、冷ややかにいった。

「おかえり」マンフレートが答えた。

「おじゃましてます」女がいった。マンフレートが紹介しようとしなかったので、女は自分でいうほかなかった。

「あなたは……」

「クレメンス・ヴァルナー。孫だよ」

「ああ、刑事さんですね！」女が顔を輝かせた。

「でもある」ヴァルナーは微笑んでから、祖父をじろっとにらんだ。

「ああ、そうだった。こちらはミセス・ヴェルナー、ジャーナリストさんだ」

マンフレートは、いっしょにどうだと誘う気がないようだ。

「聞いたよ」ヴァルナーはいった。

「自慢のおじいさんですね。死体を発見したんですから」

「そんな」そういうと、マンフレートは天井の角に視線を泳がせた。

「ああ、もちろんだ」ヴァルナーはいった。

ヴェルナーは大きな目でヴァルナーを見た。

「プリンセス殺人事件の犯人を追っている方ですよね！　すごい」

「しかし孫には守秘義務がある。口を滑らせたら、本部長から大目玉を喰《く》らう」

ヴァルナーとミセス・ヴェルナーが笑った。わざとらしい笑いだった。

「原則的にはそのとおりだ。特別捜査班には広報担当がいる」ヴァルナーは、この状況が気に入らないことを露骨に態度で示した。「祖父にすこし話があるんだが、いいかな?」とミセス・ヴェルナーにいった。

「ええ、どうぞ」

マンフレートは不服そうだったが、ヴァルナーはいっしょに居間に来るよう顎でしゃくった。

「インタヴューの途中だったんだぞ」マンフレートは口をとがらせた。ヴァルナーは居間の扉を閉めた。

「どういうことだ? リポーターは嫌いだと思っていたのに」

「そうはいってない」

「報道関係者なんて信用ならない。そういっていたじゃないか」

「あの人は別だ。うちの家族のことが書きたいというんだ」

「うちの家族のこと? だれについての?」

「ふたり目の死体を発見した男について。正確にはわしについて」

「ミセス・ヴェルナーが寄稿している雑誌なんて読んでいないくせに」

「だから、なんだ？　記事なんてどうだっていい」

「じゃあ、なにが望みなんだ？」

「目がついてないのか？　どんな美形か見なかったのか？」

ヴァルナーは唖然《あぜん》として祖父を見つめた。マンフレートの顔を見て、ますますあきれかえった。いままで見落としていたことに気づいた。鼻の下を伸ばしている。口が心持ち開いていて、目が異様にギラギラしている。間違いない。目の前に立っているこのおいぼれは、さかりがついている。

「あの女は四十歳は若い。見た目はシャロン・ストーン。いったいなにを期待しているのか教えてもらおう」

「おまえも大人だ。説明はいらんだろう」

「それでも説明を求める。いま想像していることが根も葉もない思い込みだと確かめたい」

「なにをいってるんだ。あの女は刈り込んだ芝生と同じだ」

ヴァルナーは呆気《あっけ》にとられた。マンフレートは本気でひと晩のアヴァンチュールを期待しているのだ。

「まさか本気で……」ヴァルナーは声をひそめて、扉のほうを見た。「あの女がいっしょにベッドに入ると思っているのか？」

「いけないか？」

「いい加減にしてくれ」

「あの女のいいところは外見だけじゃない」

「どういう意味だ？　カントやアドルノの話をするのか？」

「頭は大丈夫か？　教養のある人だ。そんなものを話題にするわけがなかろう」マンフレートはすこし考えた。「いや、待て。なんの話だって？」

「どうでもいい。あの女がいっしょにベッドに入るという根拠を挙げてもらおう」

「そりゃ、わしが有名人だからさ！　殺人事件の証人だ。そういうものに弱い女ってのがいるんだ。あの女はそのひとりだ」マンフレートの鼻がだんだん男の一物に見えてきた。「燃えてるんだ。わかるか？」

これでよくわかった。マンフレートは自分がシャロン・ストーンをベッドに引き込める男だと思っているのだ。ヴァルナーは祖父に惨めな思いはさせたくないと思った。十年前のカルラとの一件はひどかった。しかしマンフレートの脳みそはいま股間にある。お話にならない。

「ひとつ約束してくれ」ヴァルナーはいった。マンフレートはじれったそうにヴァルナーを見た。早く戻らないと、ミセス・ヴェルナーの気が変わって帰ってしまうと心配しているようだ。「ミセス・ヴェルナーが帰るといったら、馬鹿なことをしないでくれよ」

「おいおい、女の扱い方を教えようってのか。こっちは百戦錬磨だ」

ヴァルナーは、祖父が付きあったという女たちの外見を想像してみた。ミセス・ヴェルナーの足元にも及ばないことは確実だ。

「まあいい。ミセス・ヴェルナーのところに戻るんだな。無理はしないでくれよ」

マンフレートはズボンのポケットからインディアンの羽根飾りの絵をあしらったすこし折れ曲がったブリスターパックをだした。

「準備は万端整っているさ。安心しろ」ブリスターパックをポケットに戻すと、マンフレートは台所に消えた。


ヴァルナーはピザの出前をとって、テレビを観《み》ながら居間で食べた。台所からときどきミセス・ヴェルナーの笑い声がした。ヴァルナーはいつもと違って、深夜のミステリ番組を観た。十一時半ごろ、ミセス・ヴェルナーが帰るのを待っている自分に気づいた。だが一向に帰る気配はなく、十二時半ごろ、また台所からミセス・ヴェルナーの笑い声が聞こえた。マンフレートはあの女になにを話しているのだろう。ヴァルナーの子ども時代のはずかしい話をしているような気がしてならない。結局、ヴァルナーは観念して、ベッドに入った。毛布をかぶって、ミセス・ヴェルナーが帰るのを待った。いつものようにドアをすこしだけ開けておいた。眠ろうとしたが、どうしてもできない。二度うつらうつらしてははっとして目を覚ました。家の中の物音が聞こえない。ドアのほうを見ると、いまだに一階の淡い明かりが射し込んでいる。台所からかすかに物音がした。眠っているヴァルナーに気を使っているようだ。寝返りを打つと、ヴァルナーは頭から毛布をかぶった。次に目を覚ましたのは三時半だった。ふと見ると、ドアが閉まっていた。

十キロほど離れたところでは、いまだに眠れずにいる者がいた。ラートベルクは客室のバルコニーで野球帽をかぶり、手袋をはめて、月明かりを反射する湖面を見ていた。ミニバーにあったウィスキーのミニボトルを飲み干した。ウォッカのミニボトルはすでにゴミ箱行きになっていた。ラートベルクは不満だった。だいぶ心配になっていた。昨晩、計画を変更した。本来あってはならないことだ。なぜ明日まで待てなかったんだろう。どうして少女を車におびき寄せようとしたのだろう。たしかに警察が迫っている。しかし十二時間のうちに正体がばれるとはかぎらない。計画の変更を正当化することはできない。少女はあとすこしでラートベルクの車に乗るところだった。だがそのとき別の車がバス停で停まった。その車には、少女の仲間が乗っていた。〈ブロイシュトゥーベル〉に飽きて、店を変えることにしたのだ。そして停留所にいる少女に気づいて、家まで送っていくと声をかけた。少女はラートベルクとホテル・マイラッハへ行き、ディレクターに会うことになったと仲間にいった。少女の仲間は自分たちもディレクターに会ってみたいといいだした。ラートベルクは行動を中止せざるをえなかった。ちょうどそのときショートメールが届いたふりをして、ディレクターに予定が入ったことにした。

「いつものことさ。すっぽかされることもあって、キャンセルの連絡が入るだけでもいいほうだ。仕方ない。明日また連絡するよ」

ラートベルクは少女を仲間に任せて、ホテルに戻った。あやしむ者はひとりもいなかったが、リスクが大きくなった。ラートベルクは気持ちを落ち着けようとした。ミニバーにはまだ胃に効く強い酒が揃《そろ》っている。


六時半、ヴァルナーは目を覚ました。外はまだ暗い。寝不足だった。コーヒーができるあいだ、ヴァルナーは居間に入った。マンフレートが空気を入れ替えるためにすこし窓を開け、暖房を切っていた。ヴァルナーは朝、居間が冷え切っているのが嫌いだった。暖房を強めにつけ、毛布にくるまって窓を閉めた。朝の冷気の中、家の前で警備についている巡査が見えた。彼のシフトはもうすぐ終わるはずだ。ほかにも目にとまったものがあった。昨日、家の前に駐めてあった車がまだある。ミセス・ヴェルナーの車だ。ヴァルナーはしばらくじっとその車を見つめた。そのとき背後の木の階段がみしっと鳴った。ヴァルナーはその音を知っている。マンフレートが二階から下りてくるときの音だ。だが今朝はいつもよりも歩く速度が速いようだ。軽々とした足どりだ。ヴァルナーは、車が家の前に駐まっていることの答えをだそうとした。ありえない答えをいくつか捨て去り、ミセス・ヴェルナーは飲みすぎて、タクシーで帰ったという結論をだした。

ヴァルナーがそのまま居間にいると、マンフレートは冷蔵庫を開けて、牛乳をパックから直接飲んだ。ヴァルナーが台所にやってきたとき、マンフレートはちょうど牛乳パックを冷蔵庫に戻すところだった。

「おはよう。ちゃんと眠れたかい」マンフレートは上機嫌だった。

「ああ、よく眠れた。ドアを閉めたか？」

「そのほうが静かだろうと思ってな。おまえは朝が早いから」

「気を利かせてくれて、ありがとう。コーヒーは？」

「もういれてあるのか？　すばらしい」

ヴァルナーはカップにコーヒーを注いだ。マンフレートがなにかいうと思ったが、なしのつぶてだった。ヴァルナーがコーヒーを注ぐのを見ていた。ヴァルナーは作業台ごしにカップをマンフレートに差しだした。

「遅かったのか」

「まあな……」マンフレートはカップの取っ手に指を引っかけて、ゆっくり引き寄せた。

「飲み過ぎたようだな、ミセス・ヴェルナーは」

「どうして？」

「だって……タクシーで帰ったんだろう?」

マンフレートはあらためて冷蔵庫を開けて牛乳をだした。

「タクシー?」

ヴァルナーは道のほうを指した。

「車が家の前に駐まっている」

「ああ、そういうことか。車が家の前に駐まっているのは当然さ」マンフレートはコーヒーに牛乳をこぼさず注いだ。ヴァルナーはそれを見て驚いた。マンフレートが説明をする番だというのに、黙ってコーヒーをかきまわした。一日よくわからないまま放っておかれるのかと思いながら、台所から出ようとして、ヴァルナーは戸口で振り返った。

「車が家の前に駐まっているのが、どうして当然なんだ?」

「ホテルはここから歩いて三分のところだからさ」

ヴァルナーは列車事故にあい、何時間もヴァルナーを押しつぶしていた客車が特殊なクレーンで引きあげられるときのような感覚を味わった。

「なるほど。すぐそこなんだ」ヴァルナーは心が軽くなった。一日ははじまったばかりだ。これで心おきなく一日が過ごせる。心配するだけ無駄だったと思った。祖父があのシャロン・ストーンを本当にベッドに誘ったと思うなんて。ヴァルナーは流し台にカップを置いてほっと息をついた。

「そろそろ出かける。きつい一日になりそうだ」

マンフレートは孫に微笑みかけて、あいさつ代わりにコーヒーカップをあげた。ヴァルナーはマンフレートの笑みに悪意を感じた。それがなにを意味するのかわからなかった。なにかあるのは確かだが、これ以上気にしないことにした。この数時間、さまざまな妄想が脳裏に浮かび、頭が働かなくなっていた。台所から出ると、物音がした。一瞬、それがなんの音かわからなかった。頭ではわかっていたが、胃のあたりがそれを認めるのを拒んだ。二階から聞こえるその音は、シャワーの音に違いなかった。

「浴室はいま入れないぞ」マンフレートが背後の台所からいった。客車がまたヴァルナーの胸にのしかかってきた。

「ホテルに戻ったんじゃないのか？」

「ああ、戻ったさ。歯ブラシと化粧道具を取りにいった。女だからな」

ヴァルナーは祖父を見つめた。マンフレートが足を引きずりながら台所から出てきた。中身が空になったカップの取っ手に中指を通してぶらぶらさせていた。

「まさか……」ヴァルナーは口ごもった。「本当に……その、まじで……？」

マンフレートはヴァルナーの肩に腕をまわし、シャワーの音がするほうを見上げた。

「おまえが欲しいなら、そういうといい。わしはもうこの年だからな。おまえに譲ってもかまわない」

「そりゃ、どうも……」ヴァルナーはうまい言葉を探した。「……しかし……」

「しっかりしろ。今晩あの人を夕食に招待した。そのあとわしは引っ込む。おまえの出番だ。それでいいな！」

マンフレートはヴァルナーの腹部に拳《こぶし》を入れた。リバーブローが一夜のうちにずいぶんきつくなっていた。ヴァルナーは笑って、息が詰まったことを気取られないようにした。

「そろそろ行かなくちゃ。帰りはまた夜になる」

「上の彼女はどうする？　招待していいか？」

「いいかげんにしてくれ！」

「臆病者！　それだからだめなんだ」マンフレートは満足げに微笑むと、足を引きずりながら台所に戻った。

携帯電話の着信音がかすかに聞こえた。ヴァルナーは携帯電話をどこに置いたか一瞬思いだせなかった。ダウンジャケットに入れたままだった。だから音がくぐもって聞こえたのだ。ヴァルナーはワードローブを開けて、携帯電話をダウンジャケットからだしたが、手遅れだった。留守番電話を再生した。ドルトムントのミクライからの電話だった。

# 31

ヴァルナーはすぐにミクライに電話をかけることはしなかった。まず署に行って、捜査の現状を把握しなければならない。ティーナとルッはすでに仕事をしていた。ティーナはふさいでいた。娘のファレリーと喧嘩をしてしまったのだ。ファレリーは昨夜、仲間と外で遊んでいた。いつものことだが、ティーナは心配でならなかったのだ。ファレリーは、心配されることが理解できず、自分は馬鹿じゃないから、心配はいらないといい返したという。ティーナは、ファレリーがまだねんねでなにもわかっていないと頭ごなしにいった。そして、しばらく夜中の外出はだめだと禁じられたため、ファレリーはかんかんになって怒り、泣きわめいた。なにも悪いことをしていないのに外出禁止になることが納得いかなかったのだ。

「むずかしいところだな」とルッはいった。

「じつにむずかしい」ヴァルナーはいった。

ティーナにはなんの助けにもならなかった。

トラウドゥル・グリーザーがダストコンテナーに投げ捨てたという野球帽は意外なことに回収できた。グリーザーがいったとおり、ウナのスポーツ用品店で売られていた。あいにくクレジットカードの控えはなかった。現金払いだったからだ。ティーナは野球帽の内側にD

NAが付着していないか調べているところだ。すでにいくつか皮膚片が見つかっていた。

ヴァルナーはミーケに電話をかけた。ミーケはシュヴァーツ郡警察署に出直して、一九九〇年二月の報告書を片っ端からひっくり返している最中だった。殺人犯が示しているのは二月二十七日だが、該当する出来事は報告書ではなんらかの理由で別の日になっている可能性があるからだ。事故自体は二十五日に起きても、被害者が死んだのは二十七日ということもあるし、滑落した登山者が数日後に発見されることもある。殺人犯が日付を間違えている可能性もあるだろう。犯行をこれだけ正確に実行しているからありえないことだが、だれだってミスを犯す。ミーケによると、二月二十八日にはかなり多くの死亡事故があった。二月二十七日の夜は吹雪になった。バックカントリースキーのパーティが三組、翌日の午前中に雪崩《なだれ》に巻き込まれ、八人のスキーヤーが命を落とした。それから夜中に少女がスキー中に転落死している。だが犠牲者の姓は、ヴァルナーがミーケに送ったリストと一致しなかった。ミーケは口にしなかったが、ヴァルナーがツィラー谷にこだわりすぎると思っていた。ヴァルナーはミーケに礼をいって、ミクライと話したらまた連絡するといった。ミクライはまた早番だった。ヴァルナーは養護施設にいるミクライと電話で話ができた。午前中は担当している子どもたちが学校に行っているので、話す時間があった。

「わたしがヘルムートを気にかけていたというのはどういう意味ですか?」ミクライはそういう言い方をされるのが心外なようだ。

「強い結びつきがあったのではないですか？　たとえば自分の子どもと同じくらいに」ヴァルナーは穏やかな声でいうように心がけた。ミクライを怒らせたくなかった。

ミクライは泣きそうだった。

「ええ、たしかに」

「ヘルムートと仲がよかったのはあなただけだったのでしょう？」

「ええ。そのとおりです」

「周知の事実だったのですか？」

「もちろんです。養子縁組の申請までしていました。みんな、知っていました」短い沈黙があった。「なんでそんなことを確かめるのですか？」

「あなたに憎しみを抱いている人はいますかね？」

「ありえません。といっても、ここにいる子どもたちをきつく叱ることはありますけど。……なにがいいたいのですか？」

「施設の子のことではありません。あなたはフューゲン出身ですね？」

「そうです」

「フューゲンから離れたのはいつですか？」

「十年以上前になります」

「ということは、一九九〇年にはまだチロルにいましたね？」

「ええ」

「一九九〇年の謝肉祭《ファッシング》の火曜日にどこにいたか思いだせますか？」

「そんな昔のことはちょっと……」

「試してみてください」

「思いだせません。なにかヒントをくれませんか？」

「ラストコーゲル山はどうです？　なにか思い当たることは？」

「ラストコーゲル山……」ミクライの頭にスイッチが入るのが聞こえるようだった。「待ってください……」

ヴァルナーは気持ちが急《せ》いたが、ミクライが考える邪魔はしなかった。

「ラストコーゲル山の山小屋にいました。山の裏側です。リフトで上がれる側の反対側です。そこに山小屋が数棟建っているんです。個人の所有です」

「謝肉祭《ファッシング》のときですね？」

「ええ。謝肉祭《ファッシング》の火曜日。一九九〇年だったと思います」

「だれといっしょでしたか？」

「ドイツの人がいっしょでした。その山小屋はその人の家族の所有だったんです」

「その人の氏名は？」

「覚えていません。記憶にないです。ずいぶん昔なので。それっきり連絡をとっていませんせんし。謝肉祭《ファッシング》のときだけの付きあいです」

「覚えていることを話してください」

「知りあったのは昼でした。謝肉祭《ファッシング》の火曜日です。ホーホフューゲンでスキーをしていたときです。雪上バーで話が合いまして。まあ、なんといいますか、いい感じの人だったんです。それで、よかったら山小屋で一晩過ごさないかと誘われたんです。ちょっとくらい冒険してもいいかなって思いました。とても感じのいい人だったので」

「山小屋はラストコーゲル山にあったのですね？」

「リフトで山頂に上がって、山小屋までスキーで下りました」

「ふたりで？」

「いいえ。その人の友だちがいっしょでした。それからもうひとり女の子がいました。でも、名前は覚えていません」

「その山小屋でなにかありましたか？」

「あったと思いますけど、もう覚えていません。昔のことなので……」彼女はためらった。

「ほとんど覚えていないんです」

「それはそうでしょうね」
二、三秒、沈黙がつづいた。
「なにを捜査しているんですか？」

「ヘルムート・レッタウアーを殺害した犯人を追っています。その犯人はバイエルン州でも少女をふたり殺しています。ご存じですよね」

「自分が罪に問われる場合、証言する必要はないんですよね？」

「ええ、そうです。しかしヘルムート・レッタウアーを殺害した犯人を見つけるために、あなたの協力が必要なんです」

電話の向こうで、洟《はな》をすすり、ごくんとつばをのみ込む音がした。

「すみません。じつは……」

「なんですか？」

「あの……当時、ドラッグが絡んでいまして」

「だれも興味を持たないでしょう。どんなドラッグでしたか？」

「お酒となんかの錠剤。よく知りません。でも、ちゃんぽんは効きました」

「それで記憶が飛んでいるのですね？」

「あの夜、山小屋でなにがあったかよく覚えていないんです」

「なにか覚えていませんか？」

「乾杯をして、ドラッグをのみました。音楽は大音響でした。ほかの三人もかなりラリっていました」

「それだけですか？」

「なにもかも、霧に包まれたようで。でもほかにもなにかありました」

「どんなことですか？　喧嘩とか？」

「そんな感じです。たぶん喧嘩です。でも、だれがどんな理由で喧嘩をしたか訊かないでください。もう覚えていません。夜中に殴りあいがあったような気がするんです。……そうだ、ほかにもだれかいました」

「どういうことですか？」

「わたしたち四人のほかにも、だれかいたんです」

「五人目がいたということですか？」

「そうです」

「みんな、午後、山小屋に集まったんですよね？」

「いいえ。最初は四人でした」

「山小屋についたとき、五人目が先にいたということですか？」

「いいえ。その人は……夜中にやってきたんです。でも幻覚だったかもしれません。スピードやらなにやら、いろいろのみましたから」

「で、その夜の訪問者は朝、もういなかったんですね？」

「ええ。夜が明けたら、四人でした」

「次の朝、スキーの跡がありましたか。谷に下った跡です」

「あったと思います。でも、いいえ、よく覚えていません。いや、待ってください……夜中に雪が積もりましたから、シュプールは見えませんでした」

「山小屋が建っている場所をできるだけ正確に教えてくれますか」

「ラストコーゲル山の裏側です」

「方角は？」

「方角とかよくわからないのですけど、リフトは山の南側だったはずなので、山小屋は北側だったと思います」


ヴァルナーはミーケに電話をかけ、法務局でラストコーゲル山の北側にある山小屋が一九九〇年にだれの所有だったか調べるように指示した。そしてミクライから聞いた話をすると、ミーケの態度が変わった。ミーケは刑事警察が長い。有力な手がかりを嗅ぎ分ける勘はある。そしてこれはかなり有力だ。一九九〇年二月二十七日の夜、ラストコーゲル山の山小屋にあらわれた謎の訪問者。偶然が重なりすぎだ。ミーケはチロルであらゆる手を尽くすと約束した。

ヴァルナーは郡内に交通検問を敷くための要員をローゼンハイムの警察本部に要請した。二件の殺人事件が発覚したあとすでに交通検問がおこなわれていたが、結果が出ていなかった。なにを探せばいいかわからず、暗中模索だったからだ。だがもう状況が違う。六人の氏名が判明している。ところが、交通検問への要員派遣は却下されてしまった。その週は、チロル警察と合同で貨物車の検問が予定されていたからだ。優先順位を変えるには、よほどの緊急性を証明する必要があったが、そこまでは無理だった。犯人が近々犯行に及ぶという具体的な証拠はないし、犯人がミースバッハ郡にいるという根拠もなかった。同じ犯人と目される者の最後の殺人は、七百キロも離れたドルトムントで起きていた。

ヴァルナーは、さらになにか突き止めて、警察本部の人間が重い腰を上げるのを期待するほかなかった。今日の特別捜査班本部は猫の手も借りたいほど大忙しだ。ミーケがオーストリアから送ってきた交通事故の被害者全員を、アープラーベックの膨大な名簿と比較する必要がある。被害者の遺族に電話をかけ、当時のことを聞き込む特別班を編制した。なにか気になる出来事が聞けるかもしれないし、事故に絡んだ別の人間の氏名がわかるかもしれないし、被害者の関係者の中にドルトムントの精神科病院に入院した者がいるかもしれない。いまだに成果の出ない、いつ果てるとも知れない作業。シシュフォスになった気がする。

パトロールの合間に、クロイトナーが現状を知るために特別捜査班に立ち寄った。カーリング大会が数日前に終わり、その報告をする必要もあったからだ。クロイトナーは両手を背中で握って部屋を歩いた。シャルタウアーをまるで副官のように連れまわし、だれ彼かまわずあいさつしては、個人的なことや捜査上のことなど訊きまわるので、みんなをいらだたせた。ヴァルナーに気づくと、クロイトナーはすぐそばへ行って、右手で部屋全体を指すような仕草をした。

「俺のせいで、大変なことになっちまったな」

クロイトナーのいわんとしていることがはじめ、ヴァルナーにはわからなかった。それから最初の死体を発見したことをいいたいのだなと気づいた。

「ああ。大変な目にあってる」ヴァルナーはそういってからかい、早くここからいなくなってくれと祈った。

ところがクロイトナーにその気はなく、シャルタウアーを指差した。

「こいつはシャルタウアーだ。いい奴だ。まだ若いが、よくやってる。俺の捜査に協力してくれている」

「捜査？」ヴァルナーはびっくりした。

「おたくらはここが持ち場。俺たちは外が持ち場だ。いつも目を光らせている。そうだよな、ベニ？」

シャルタウアーがうなずいた。

「ええ、そのとおりです」

「交通検問をもっとやったらいいのに」クロイトナーがいった。

「そうしたいのは山々だ。申請はしたんだがな……」ヴァルナーは笑みを浮かべて、話はこれで終わりだというサインにクロイトナーが気づくことを祈った。そのとき、クロイトナーはデスクにのっている紙を見つけた。ウナに住んでいる人物六人をリストした紙だ。

「これは？　はじめて見るな」

「具体的な手がかりとはいえない。手がかりになるかどうかいま調べているところだ。このうちのひとりと遭遇したら、逮捕して、連絡をくれ」

クロイトナーはリストをじっと見てから、シャルタウアーの顔を見ることなく、そっちに渡した。

「なにか思いつくことはあるか？」

シャルタウアーはリストをなめるように見た。捜査を指揮する首席警部の前だ。念には念を入れようとしたのだ。そしてひとつの名前に引っかかった。

「ラートベルク？」

クロイトナーはヴァルナーから目をそらすことなく、紙を自分のほうに引き寄せた。

「ふむ」クロイトナーはいった。いつになく言葉数がすくない。「ラートベルクか」

「ラートベルク？」クロイトナーにはよく驚かされる。この男を甘く見てはいけない。

「ラートベルクねえ」クロイトナーは憂いのこもった微笑みを浮かべ、首を横に振った。

「はっきりいえ」

「昨日の午後五時ごろ、こいつの車を調べた。ヴァルとオスターヴァルンガウをつなぐ道だ」

ヴァルナーの頭に血が上った。

「それで？」

「最後まで調べられなかった。グリーザーを迎えにいくタクシーになれっていわれたんでね」

「こいつが郡内にいて、どういう車で移動しているかわかっているということか？」

「ああ、どこぞのコンピュータおたくが、こっちの報告書を消していなければな……」

ラートベルクがいまでも郡内にいるなら、おそらく車を変えているだろう。だがこれで名前がわかった！

## 32

ラートベルクは湯沸かし器で沸騰させた湯を魔法瓶に注いだ。準備にかかるたび、気持ちが高ぶる。何度も繰り返して慣れたはずなのに、高ぶる気持ちをほとんど抑えられない。犯行の準備をやりなおしているだけだが、それでも落ち着かない。

ラートベルクはティーバッグが魔法瓶に落ちてしまわないように気をつけた。日をさんさんと浴びた客室は暖かかった。ラートベルクは廊下側のドアノブに「邪魔をしないで下さい」という札をかけていた。魔法瓶は熱湯でいっぱいになった。あとはティーバッグをだして、フルニトラゼパムを加えるだけだ。ラートベルクは時計を見て、携帯電話をつかんだ。

少女が電話に出た。休み時間の校庭にいるのか、電話の向こうで騒ぐ声がする。

「やあ、元気かい？　昨日は無事に家に帰れたね？」

「ええ」

「ホテルで会う手はずがうまく整わなくてすまなかった」

「いいんです。今日の午後は？」

「大丈夫だ。ディレクターはわたしとロケーションを検分することになっている。ほら、写真で見せたところ」

「ええ、覚えています」

「いつなら取材できるかな？」

「学校は二時に終わります」

「それはいい。直接来られるかな？」

「どこですか？」

「それがまだはっきりしない。たぶんヴァルンガウのどこかだ。だれか学校に迎えにいかせるよ」もちろんだれかに少女を迎えにいかせるつもりはない。だがそういったほうが、プロっぽい。

「わかりました。バス停で待ちます」

「よし。それなら、迎えにいかせるドライバーにも説明しやすい。では、あとで」

ラートベルクは携帯電話の電源を切って、魔法瓶からティーバッグをだして、そのまま蓋を開けておいた。彼女にだすとき、熱すぎないほうがいい。

ヴァルナーはクロイトナーの報告を聞いたあと、ペーター・ラートベルクの人物と現住所を調べるように指示した。いまはシュピッツィング湖の駐車場に駐めた車の中から雪に覆われた表面を見つめている。太陽が輝き、雪の結晶に当たってキラキラと乱反射している。その先に雪に覆われた森と山並みが見える。うっとりする冬景色だ。ピア・エルトヴァンガーの死体が凍結した湖に横たえられたあの日と同じ。ヴァルナーは三十分ほど、あてもなく車であたりを走りまわった。頭を整理する必要があった。それも大至急。

ペーター・ラートベルクという男がこの数日、テレビ局の車でフォアアルペンラントをうろついている。ただの偶然かもしれない。しかしヴァルナーの指示で調べが進めば進むほど、心穏やかではいられなくなった。該当するテレビ局にペーター・ラートベルクという職員はいなかった。連続殺人事件を取材する計画もないという。ラートベルクはウナの自宅に不在で、携帯電話も切られていた。電源が入っていれば、位置情報が得られるのだが。ルッから電話があり、ラートベルクの親類縁者がまだ見つかっていないと報告があった。それにラートベルクの妻が最近死亡したという知らせがウナ警察署からあった。ラートベルク本人はどうやらウナにはいないらしい。それでも、ウナ警察署は彼を手配した。ヴァルナーは移動中、ローゼンハイムの警察本部に電話をかけた。新たな展開を見せているというのに、警察本部は交通検問に人を割くことに難色を示した。緊急事態である証拠が必要だというのだ。

ルッによると、ラートベルクの妻は三ヶ月前に自殺したという。ヴァルナーは状況に聞き覚えがあると思った。最近、だれかから似たような話を聞いた。ヴァルナーは懸命に考えた。話したのはミーケか証人のだれかだろうか？　ミクライ？　どうしても思いだせない。ヴァルナーは、すべてがデジャヴのような気がしていた。最近知ったことをすべて反芻《はんすう》し直す。ミクライの話、クロイトナーの報告、ミーケの報告。ヴァルナーはここで改めて引っかかりを覚えた。ラートベルクの妻の自殺。ミーケは、一九九〇年二月二十七日の夜、スキー中に転落死した少女の話をしていた。どうして夜中に転落したりしたのだろう。突然、記憶が洪水のようにあふれだした。酒場で牧師が話していた男だ。そいつの娘がスキー中に転落死し、三ヶ月前に妻が自殺したといっていたじゃないか！

ヴァルナーはミースバッハに戻る途中、ミーケに連絡をした。ミーケはちょうど土地台帳でおもしろいものを見つけたところだった。一九九〇年当時、ラストコーゲル山の裏側に建つ山小屋の一棟がロタール・エルトヴァンガーの両親の所有だったことが判明したのだ。ヴァルナーは一九九〇年二月二十七日の夜に起きたスキー事故に関する報告書を調べるようミーケに頼んだ。特にペーター・ラートベルクの名が報告書にあるかどうか。

ロタール・エルトヴァンガーの携帯電話は電源が切れたままになっていた。ヴァルナーは留守番電話にメッセージを残し、大至急電話を寄越《よこ》すように伝えた。秘書に電話をかけると、エルトヴァンガーは社外で重要な会議に出ていて、連絡がとれないという。ヴァルナーは、できるだけのことをしてくれるよう秘書に頼んだ。

「だれかにエルトヴァンガーさんへ伝言を頼めないですかね。緊急なのです」

秘書はヴァルナーの声の調子から、ただごとではないと察して、最善を尽くすと約束した。

そのあいだに、ティーナがウナでゼーレン・ケルティング牧師を見つけだした。ヴァルナーが〈鸚鵡亭〉で話をした牧師に違いない。ペーター・ラートベルクについて有用な情報を持っている者は、あの牧師しかいないだろう。半日だけ秘書をしているというエーヴァルト夫人によれば、ケルティング牧師は教区に不在で、教会の行事に出ているので、いまのところ電話がつながらないという。それはともかく、秘書はラートベルクの名を知っていた。電話の向こうで、ため息が漏れた。

「よく知っていますよ。ただし、よく会ったり、電話で話したりしているという意味ではありません。教区秘書という立場なのでよく知っているのです。それも、いやというほど。あの方はよくここに電話をかけてくるんです。押しかけてきたこともあります。ケルティング牧師とすぐに話をさせろといつも迫るんです。ケルティング牧師に話があるのはあなただけではないと説得するのに、いつもひと苦労します。こちらが不安を覚えるほどしつこいんです。人当たりのいいときもあるんですが、それもケルティング牧師が応対できないとはっきりわかると一変するんです。幸いこの二、三週間、顔を見ていません」

めげずにやりとりした結果、ケルティング牧師がトゥッツィング福音派アカデミー（バイエルン州福音ルーテル教会が運営する教育センター）で教会の催しに出席していることがわかった。トゥッツィングはシュタルンベルク湖のそばで、ミースバッハから車で一時間のところだ。

トゥッツィングへ移動中、ルッツがヴァルナーに電話をかけてきた。ラートベルクのワンボックスカーが発見されたという。ホルツキルヒェン駅の駐車場に駐めてあった。車はワンボックスカーの後部に取りつけたウェブカメラ以外、なにも積んでいなかった。状況から、車の発見がラートベルクに察知されたと考えるほかない。ラートベルクは郡の外に逃走しただろう、とルッツは推理した。

「検問が厳しくて、危険を感じたはずです」

だがヴァルナーの読みは違った。ラートベルクはきっと電車でミュンヘンへ行き、新しい車を調達したのだ。ミュンヘンにあるすべてのレンタカー会社を調べるようにルッツに指示した。ラートベルクには今回、だれかに頼んで車をレンタルしてもらう時間の余裕はなかったはずだ。偽名で車をレンタルするのもむずかしい。運転免許証とクレジットカードを呈示する必要がある。ラートベルクに、偽造運転免許証と偽造クレジットカードを手に入れる時間はなかった。だから彼の名前に突き当たる可能性は高い。

一時十五分ごろ、ラートベルクのノートパソコンにふたりの巡査の姿が映った。ふたりは駅の駐車場に駐めたワンボックスカーの後ろに立って、ナンバープレートを見た。それからひとりがパトカーに戻って、いったん画面の左端に半分姿を消して、薄いファイルを持ってきた。そのあいだ、もうひとりはワンボックスカーの後ろ数メートルのところに立って、いつ爆発するかわからないという様子で車を見つめていた。ファイルを持った巡査が戻ると、ふたりはファイルを確かめてうなずき、まわりを見た。ふたりとも緊張した顔つきだ。それから車に取りつけたカメラを見つけて、深刻な表情になった。顔が大写しになって、手袋をはめた指がカメラに向けられた。

計画Aはこれで頓挫《とんざ》した。警察が車を見つけたということは、彼が手配されているということだ。それはつまりラートベルクが被疑者になっていることを意味する。警察は郡内に交通検問を敷くだろう。もしかしたら顔写真も出まわっているかもしれない。検問に引っかかれば万事休すだ。もちろん警察の人海戦術にも限界があるので、要所要所に集中するだろう。グムントとホルツキルヒェンのあいだの国道三一八号線で検問するのはまず間違いない。ヴァルンガウで選んでおいた場所には無事に行き着けそうにない。だがグムントの手前で検問することはないだろう。テーゲルン湖の湖畔道路が国道三一八号線に合流する地点とグムントを通過したところのほうが効果的だ。ラートベルクは緊急事態に対応するシナリオを複数準備していた。そのひとつはグムントの教区教会だ。
少女を迎えにいくまでまだ四十五分ある。ルームサービスでコーヒーを頼み、車をできるだけ長くホテルの地下ガレージに駐めておくことにした。警察がすでに新しい車を突き止めている恐れがある。そのとき恐ろしいことが脳裏をかすめ、ラートベルクはあわてて携帯電話をつかみ、ほっと安堵《あんど》した。電源は切ってあった。これなら居場所を押さえられることはない。ホテルの客室の固定電話から携帯の留守番電話を再生した。少女が電話をかけてきた可能性がある。だが留守番電話には、ウナでベトナム人が経営する洋服の仕立て直し屋から一本電話があっただけだった。ラートベルクのズボンの仕立て直しが終わったので、受け取りにきてほしいというメッセージだった。ラートベルクは、ズボンを引き取りにいくことはできないだろうと思った。だがすでに代金は払ってある。ベトナム人にただ働きをさせたわけでないということが彼をほっとさせた。

一時半になる直前、ヴァルナーは福音派アカデミーとして使われている城の駐車場に車を駐めた。「リズムと自己の時間」というセミナーがひらかれていて、参加者が湖畔の散歩から戻り、セミナー室に用意された飲食コーナーに集まっていた。ヴァルナーはアカデミーの女性職員に頼んで、ケルティング牧師をロビーまで呼んでもらった。すぐに職員がセミナー室から出てきた。六十歳くらいの、小ぶりのアタッシェケースを持った白髪《しらが》の男を伴っている。職員はヴァルナーを指差し、なにかささやいて立ち去った。

「どのようなご用件ですか?」白髪の男がいった。

「ヴァルナー、ミースバッハ刑事警察署の者です。大至急ケルティング牧師と話がしたいのですが」

男は目を丸くしてヴァルナーを見た。ヴァルナーはとくに変だとは思わなかった。いきなり刑事があらわれると、たいていの人が及び腰になるものだ。

「わたしがケルティング牧師ですが」男がいった。

## 33

ヴァルナーはケルティング牧師と名乗った白髪の男を見つめた。面食らっていた。

「人違いですか?」ケルティング牧師はいった。

「じつは、そうです」

「お気の毒です」

「いいえ。こちらの落ち度です」ヴァルナーの頭の中でいろいろな考えが渦巻いたが、冷静になろうとした。すこしでも。

「ペーター・ラートベルク氏をご存じですか?」

「もちろん」牧師が、そういうことかという顔をした。

「最近、ラートベルク氏についてある人から話を聞きました。つまりラートベルク氏に関する話だと思っていたのです」

「そうですか」牧師はヴァルナーの話についていけないようだった。「ところが、だれのことを話したのかわからなくなったというわけですね？　それがわたしとどういう関係があるのでしょうか？」

「話し相手はケルティング牧師と名乗ったのです」

牧師がどう答えようが、ヴァルナーの困惑する気持ちはいや増すはずだ。

「しかしお会いするのは初めてですね？」そういうと、牧師はヴァルナーを見て、それでも会ったことがないか考えたようだ。「少なくとも記憶にありません」

「ええ。会うのははじめてです」

「つまり、だれかがわたしを騙《かた》ったということですか？」

「そのようです」

「しかしそれがだれか、あなたはご存じない」

「ええ。しかし、あなたにはわかるのではないでしょうか。その人物は、数年前に娘と死別した男が懺悔《ざんげ》をするためにやってきたといいました。そして、懺悔に来た男にさんざんののしられたといっていました。しかし牧師を名乗ったその人物は、その男の名前は伏せたのです」

「なるほど……」

「懺悔に来たのはペーター・ラートベルクではないですか？」

「そうかもしれません」ヴァルナーは正確な返答を期待していたが、牧師は明かそうとしなかった。

「申し訳ありません」ケルティングはいった。「守秘義務がありますので」

「ラートベルクはプロテスタントではないでしょう」

「カトリック教徒に対しても守秘義務があります」

ヴァルナーは別の攻め方を考えた。

「どういうことなのですか？」ケルティングがたずねた。

「ラートベルクは人を三人殺害しているのです。プリンセス殺人事件の犯人です」

ケルティングが息をのんだ。

「わたしは、四人目の殺害を阻止したいのです」

ケルティングは考え込んだ。守秘義務をどこまで守るべきか迷っているようだった。

「わたしに答えられる質問をしてください」ケルティングはいった。

「ラートベルクの話をしたのがだれか推測できますか？」

「わたしはあの方の話を他言していません。またラートベルクさんがその話をだれかほかの人にしたとも思えません。わたしにしか話していないはずです」

「ということは……」ヴァルナーは真相に気づいて愕然《がくぜん》とした。だが実際には、この白髪の紳士がセミナー室から出てきたときに、もうその結論は出ていた。「つまりわたしはラートベルク本人と話したということですか？」

「そうとしか考えられません。しかし、人を殺しておいて、わざわざ警察に接触するでしょうか？」

ヴァルナーはセミナー室に通じる廊下をじっと見つめた。

「ええ、彼ならやるでしょう。多くのシリアルキラーがそういうことをします」

ヴァルナーは目をこすった。疲労がたまっていた。昨夜、寝不足になったせいだ。ヴァルナーはそれでも冷静に考えようとした。

「ラートベルクはどこかこのあたりにいます。テーゲルン湖、シュリーア湖、ミースバッハの周辺。見つけなくてはならないのです。守秘義務に抵触しない範囲で、ラートベルクのことを教えてくれませんか？」

「あまり話せることはありません。あの人は変わってしまいました。お嬢さんを亡くした直後は、激情に駆られていましたが、精神科病院に入院してからはおとなしくなりました。いまだに決めつけがひどかったですが、気持ちを抑えられるようになっていました。感情を表面的な落ち着きと親しみ深さで隠せるようになりましたから」ケルティングは口をつぐみ、壁の一点を見つめながら答えた。「あとは……？　わかりません」

「ラートベルクには、なにか特別な癖はないですか？」

「いいえ。いや、そういえば……」

「なんですか？」

「しょっちゅうノートパソコンを持ち歩いていましたね。無線でインターネットにつながるタイプのものです。なんといいましたか？」

「無線LANとかBluetooth」

「そういうのと違って」

「SIMカードですか？」

「それかもしれません。携帯電話経由でどこでもインターネットにつながるといっていました。そのコンピュータで監視カメラをチェックしていました」

「監視カメラ？」

「家にそういうものを取りつけたのです。それから車にも。バイエルン州内のどこかの映像を見せてくれました」

「それがどこかご存じですか？」

「いいえ、わかりません。広々した農村地帯で、農家があっただけですので」

「なんで撮影しているのか訊かなかったのですか？」

「その映像があとで役に立つといっていましたね。これからバイエルン州を旅するとも」

「それじゃ、説明になっていないですね」

「ええ。しかしあの人がメンタルに問題を抱えていたことは知っていましたから、深くは訊かなかったのです。それに長々と話す気がありませんでしたし」

「ほかに彼を見つける助けになるようなことはないですか?」

牧師は考えた。そして窓辺に立って、窓台にアタッシェケースをのせて開けた。中身はごちゃごちゃしていたが、牧師はいくつかある側面のポケットから一枚の写真を取りだした。スキー用のセーターとアノラックを着た十五歳くらいの少女。日の光を浴びて佇《たたず》んでいる。背景は雪と青空。少女の顔は若く、夢見がちで、美しかった。牧師はその写真をヴァルナーに差しだした。

「ラートベルクの娘ですね」写真を見てからヴァルナーはいった。

「ええ。リザです。死ぬ一日前の写真。ラートベルクさんがそういっていました」

「どうしてこの写真を?」

「二、三ヶ月前でしたか、ラートベルクさんが教会に置いていったのです。忘れたとは思えません。わたしに持っていてもらいたいと思ったのでしょう。役に立つかどうかわかりませんが」

「たしかに。預かっていってもいいですか」

牧師はうなずいた。

「本当にラートベルクさんが人殺しをしたのですか?」

「わたしもそのことを本人に確かめたいと思っています」ヴァルナーはいった。

一時四十分、ヴァルナーはミースバッハへ戻るところだった。道はすいていて、時速百三十キロで走っていた。なにかにせき立てられていた。このままでは手遅れになるような気がしてならなかった。一時四十五分、ロタール・エルトヴァンガーがヴァルナーの携帯に電話をかけてきた。会議中の彼に伝言が届いたのだ。重要な会議だったらしく、エルトヴァンガーは不機嫌そうだった。

「あまり長く会議をあけていられない。重要な決定を下すところなんだ」

「ご家族がラストコーゲル山のツィラー谷に山小屋を所有していますね?」ヴァルナーはいった。

沈黙。

「単刀直入に訊きます。こちらも時間がないので。あなたは一九九〇年の謝肉祭《ファッシング》の火曜日にその山小屋にいましたね。アストリッド・ミクライという女性がいっしょだったことを突き止めています。ほかのふたりはだれですか?」

「ひとりはベルンハルト・ディヒル。もうひとりはたしかハウスハムに住んでいた女だ」

「名前は？」

「会ったのはそれっきりだ。名前は忘れた」

「その女性がだれか、ディヒルさんは知っていますかね？」

「直接聞いてみてくれ」

「昨日はなぜ嘘をついたのですか？」

「事情があった」

「ドラッグですね？」

エルトヴァンガーがまた黙った。電話の向こうで話す声がした。人が会議室から出てきたのだろう。エルトヴァンガーが退出した機会に休憩に入ったようだ。

「奥さんに知られたくなくて嘘をついたのですか？」

「昔の話だ。そんなことのために結婚を破綻《はたん》させたくなかった。ピアが死んでからはどっちにせよ……」エルトヴァンガーは当たり障りのない言葉を探した。「……むずかしくなった」

「当時なにがあったんですか？　だれか山小屋に来ましたね？」

「ああ。夜中だった。だがそれがだれだったか知らない」

「必要ありません。なにがあったのですか？」

「そいつは……変な奴だった。最初は頭がいかれていると思った。なにもいわなかったし、海賊のような恰好《かっこう》だった。海賊みたいに頭にバンダナをかぶり、顔にひげを描いていた。だがそのひげは雪が溶けた水で落ちかかっていた。そいつがドアロに立っているのを見て、スピードをやりすぎたかと思った。それからその日が謝肉祭《ファッシング》だということを思いだした」

「その人物が夜中に山小屋へやってきた理由を覚えていますか？　お話の様子だと、かなりの時間、雪の中を歩いていたようですが」

「さあ。ひどく凍えていた。外は猛吹雪だった。たぶん道に迷ったのだろう。たしか無線機を使わせてくれといったと思う。当時はまだ携帯電話なんてなかったからね。山小屋には緊急連絡用に無線機があった」

「その人物は無線機を使ったのですか？」

「覚えていない」

「その男と話をしましたか？」

「飲みものを与えたと思う。体が温まるように。そのあとは……なにも覚えていない。わたしは前後不覚になった」

「では、その男がいつ立ち去ったか覚えていないんですね？」

「朝になったら、いなくなっていた。そしてわたしの鼻の骨が折れていた。知っているのはそこまでだ」

「あとでほかの三人とその人物について話しましたか？」

「ああ。だがほかの三人もおぼろげにしか覚えていなかった。ドラッグをやっていたんでね」

エルトヴァンガーとの通話を終えると、ヴァルナーは通話中に電話がかかってきていたことに気づいた。ティーナだった。さっそく電話をかけてみた。ティーナは、電話攻勢が功を奏したと報告した。

「電話で問いあわせたレンタカー会社で、ラートベルクが車をレンタルしていました。さっそく車の捜索をはじめました。ラートベルクが郡内にいれば、すぐに見つかるでしょう。広範囲の交通検問とパトロールにも要員を確保しました」

ヴァルナーは、テーゲルン湖とシュリーア湖の周辺にある大型ホテルの地下駐車場も調べるようにティーナに指示した。ラートベルクは金を持っている。そういうホテルに宿泊している可能性が高い。それに路上駐車してはいないだろう。新しいレンタカー捜しに警察が手間取るように考えるはずだ。

「もう管轄内にはいないのではないですか?」ティーナはいった。「わたしたちに追われていることを知っているのですから」

「いや、奴はここにいる」ヴァルナーはいった。

つづいてヴァルナーはディヒル家に電話をかけた。ベルンハルト・ディヒルは不在だった。妻によれば、森の伐採に出かけているという。携帯電話は持っていない。チェーンソーを使うので、どちらにしても着信音が聞こえないからだ。それに森の中はつながりづらい。

ヴァルナーは、ディヒル夫人にたずねた。

「ご主人を呼んでこられませんか？　急ぎの用事なんですが」

「急ぎといわれましても困ります。娘がもうすぐ帰宅するんです。家にだれもいなかったら、心配すると思うんです」

ヴァルナーは一瞬、絶句したが、ディヒル夫人の妄想に付きあっている時間はない。ディヒル夫人から森のどのあたりに夫がいるか聞きだした。


午後一時四十九分、ロットアッハ＝エーゲルンにあるホテル・リッサーコーゲルの前にパトカーが一台停まった。クロイトナーとシャルタウアーがパトカーから降りた。クロイトナーは気持ちがふさいでいた。郡内のほかの警官と同様に、彼も狩りへの情熱に燃えていた。それなのに検問やパトロールの代わりに、車捜しを命じられた。これでは卑劣な殺人犯を逮捕できるわけがない。それこそ警官の本懐だというのに、新入りと地下駐車場巡りとは。クロイトナーは、こんなことをしても成果が挙がらないとあきらめていた。ただの時間の浪費。それでもシャルタウアーは興奮して、頬を紅潮させていた。

「捜索中の車を見つけたらどうします？」

「持ち主を見つけて、書類を呈示させる」

「それだけ？」シャルタウアーはまた煙に巻く気かと勘繰って、クロイトナーの表情をじっと見つめた。いらいらしていることだけはわかった。

「そんなに騒ぐな。こんなことでなにかつかめると思うか？」

シャルタウアーはそう期待していた。ふたりはホテルのロビーに入って、フロントに向かった。民族服を着た女性のスタッフが微笑んで、用件をたずねた。スタッフの笑顔もクロイトナーの機嫌を直すことはなかった。ぶすっとした顔で、地下駐車場への行き方をたずねた。

午後一時五十一分、クロイトナーたちはエレベーターで地下に向かった。そのとき、白いフォード・トランジットがホテルの地下駐車場から出ていった。運転していたのはペーター・ラートベルクで、テーゲルンゼー方面にハンドルを切った。ホテルの前にパトカーが駐まっているのを見て、一瞬息をのんだ。行動を中止しようかとも思ったが、パトカーにはだれも乗っていなかった。ということは、テーゲルン湖の湖畔道路には警官がふたりすくないことになる。

五分後、ラートベルクは学校前のバス停に着いた。少女はまだ来ていなかった。ラートベルクはそのまま走りすぎた。二百メートル走ってからバーンホーフ通りを右折し、数メートル先でアム・ゾマーケラー通りに入った。彼はそこで車を方向転換させて待機した。ここからなら交通量が多いバーンホーフ通りを見張ることができる。車が六台ほど通りすぎた。三分ほど前に通った最後の一台はパトカーで、国道と学校があるほうへ走っていった。ラートベルクはそわそわした。待機すべきかどうか必死に考えた。だがパトカーがどこへ向かうかわからない。危険を冒して、パトカーをつけるほかなかった。アム・ゾマーケラー通りを出ると、五十メートル先にパトカーがいた。国道と合流するところで一時停止すると、パトカーは左折のウィンカーをだした。バス停のほうへ向かうということだ。ロットアッハ方面だ。ラートベルクはほっとした。そろそろバス停へ行かなくてはならない。だがそこで方向転換しないと、グムントへは向かえない。国道と合流するところで、ラートベルクはパトカーがバス停を通りすぎ、ロットアッハへ向かうのを確かめた。少女はすでにバス停に待っている。そわそわしている。ラートベルクが迎えにくるとは思っていなかった。

「だれかをよこすという話じゃなかったですか？」

「そのつもりだったけど、頼んでいた者はディレクターに用事を仰せつかって、ミュンヘンに行くことになった。ここでは手に入らないミネラルウォーターを買ってこいっていうんだ。ディレクターってのはこれだから！」

少女は車に乗り込んだ。

「出演承諾書は持ってきたかい？」

「いけない！　忘れちゃいました。でも、母が署名してくれました。家にあります。家に寄ってくれれば」

「時間がない。すこし急がないと。あとでテレビ局に郵送してくれないか。それでいいから」

ラートベルクは発車して、車の向きを変えた。

「ディレクターにはどこで会うんですか？」

「それもまた変更になった。グムントの山の墓地だ。ロケーションがいいっていうんだ。教会の塔と雪に覆われた牧草地がバックになるからね」

「あまりうれしそうじゃないですね」

「そう聞こえたかい？」

「ええ、まあ」少女は笑った。

「すまない。五分ごとに計画変更だからね。さすがに閉口するよ。だが心配はいらない。きみには優しくしてくれるさ」

ラートベルクはルームミラーを見て、愕然とした。パトカーが方向転換して、グムントへ向かおうとしていたからだ。だがまだかなり離れている。車を見られたはずがない。それでも、パトカーが後ろについているというのはいただけない。なにか理由をつけて停車してやりすごさないと、そのうち気づかれる。ラートベルクは小さな脇道に右折して、停車した。

「どうしたんですか？」少女がたずねた。

「ちょっと確認することがあってね」ラートベルクは後ろに手を伸ばして、書類挟みをとって、ぱらぱらめくりながら、こっそりルームミラーを見た。しばらくしてパトカーがミラーに映った。ラートベルクは書類挟みを片付けて、車の向きを変えると、ふたたび国道に出た。これでパトカーの後ろを走ることになった。ラートベルクは距離を置くようにした。警官がこれから四キロ停車しないことを祈った。

ヴァルナーは雪に覆われた森の道をずんずん歩いた。トラクターが雪を踏みしめた轍《わだち》に従った。それでも歩きづらかった。何度も足を滑らせ、道端の深雪に手をついた。気温が下がっていた。ここへ来る途中、車中は日を浴びて暑いくらいだったが、ここの森は緩やかな北東の斜面に広がっていて、太陽はしばらく前に姿を消していた。ぐずぐずしていては、ダウンジャケットを着ていても凍え切ってしまいそうだ。

車を降りたときから、チェーンソーの音が聞こえていた。冬の森で唸《うな》り声をあげ、樹木の死を告げている。音が大きくなった。次の角を曲がれば、ディヒルがいそうだ。ヴァルナーは足の運びを早めた。歩きながらズボンのポケットから携帯電話をだし、画面を見た。アンテナが立っていない。ディヒルからなにか聞きだせても、車に戻るまで署に連絡することができない。

ベルンハルト・ディヒルは樹高二十メートルのトウヒをチェーンソーで切っていた。ヴァルナーはディヒルを脅かさないように横から近づいた。チェーンソーのことはよく知らないが、驚いてあらぬところを切断してしまったら大ごとだと思ったのだ。ディヒルはなかなかヴァルナーに気がつかなかった。チェーンソーのエンジンを止めて、イヤーマフをはずした。

ヴァルナーの目を見て、ディヒルは愉快な話にはならないと察したようだ。

「やあ、ヴァルナー刑事」ディヒルはおずおずとあいさつした。

「単刀直入にいいます。わたしに嘘をつきましたね。あなたは一九九〇年二月二十七日、ロタール・エルトヴァンガーさんといっしょにツィラー谷の山小屋にいた。ほかにアストリッド・ミクライという女性もいた。エルトヴァンガーさんが連れてきた女性です。あなたが連れてきた女性はだれですか？」

「待ってください……妻にそのことを知られたら……」

「ディヒルさん、いい加減にしてください。その女性に子どもがいれば、その子が次の犠牲者なんですよ。女性はだれですか？」

ディヒルは唖然としてヴァルナーを見たが、なにもいわなかった。ヴァルナーは殴ってでも吐かせようと思ったが、自制した。

「ディヒルさん！　一刻の猶予《ゆうよ》もないのです」

「娘がひとりいる。そしてその子は……」

「つづけて！」

「その子のことを妻に知られたら……」ディヒルはためらった。目が泳いで、あたりを見まわした。近くにこの窮状を救ってくれる者がいるとでもいうように。それから手にしたイヤーマフを見つめ、それを木に投げつけた。

「わたしの子なんだ!」ディヒルはヴァルナーに向かってわめき散らした。「あなたが公にしたら、妻はきっと自殺する。わかりますか?」

ディヒルは切り倒して、枝を落としていたトウヒに腰掛けた。

「女性の名前は?」

ディヒルはヴァルナーを見上げ、一瞬ためらってから背筋を伸ばした。

「ポルケ。メラニー・ポルケです」

## 34

ヴァルナーは車に向かって大股で歩いた。何度もつまずき、息が切れていた。二十メートルごとに携帯電話の画面を見た。まだ圏外だ。車に辿り着いても、電話はつながらなかった。国道に出て、ミースバッハに近づいたとき、やっと液晶画面にアンテナが立った。ドルトムントに発《た》つ前に保存しておいたメラニーの携帯の番号にかけようとした。だがあのとき持っていた携帯電話はいま、ラルフ・ヴィッケーデの手元にある。ヴァルナーはティーナに電話をかけた。

「どこにいるんですか? 携帯に写真を送ったんですけど」ティーナがいった。

「圏外だった」

「見てくれました？」

「いまは写真などどうでもいい。携帯の番号を調べてくれ。少女の名前はコニー・ポルケ。事情聴取したひとりで、ピア・エルトヴァンガーの友だちだ。ファイルのはじめのほうにあるはずだ。それからメラニー・ポルケの電話番号も欲しい。母親だ。すぐに見つからなければいい。コニー・ポルケのほうが重要だ。急いでくれ」

「わかりました。折り返し電話をします」

「いや、待て」

「二分待ってください。そのあいだに写真を見ておいてください」

　ヴァルナーは通話を終え、ティーナが送ってきた写真を携帯の画面にだした。あまり鮮明ではないが、ケルティング牧師と名乗って話しかけてきた男に間違いない。携帯の着信音が鳴った。ティーナだった。

「番号はわかったか？」

「ええ。写真は見ました？　そいつですか？」

「ああ。〈鸚鵡亭〉で話をしたのはこいつだ」

「それがラートベルクです」

「ちくしょう。携帯の番号をくれ」

二時半近くになっていた。ラートベルクと少女はしばらく前からグムントの墓地の駐車場に立っていた。墓地は村の外の斜面にあった。ここには宗教の制限がなく、だれでも葬ることができる。村の教区教会の墓地は違う。そこはカトリック教徒にかぎられていた。山の墓地からは教区教会の塔しか見えない。まるで雪に覆われた牧草地に塔のてっぺんが生えているかのようだ。冬場にこの墓地を訪ねる者はすくないし、長くとどまる者はいない。雪が墓石に積もっている。墓の手入れは春を待つほかない。ときおり年配の旅行者が、ルートヴィヒ・エアハルト（元西ドイツ首相）の墓を訪れるが、ラートベルクたちと相前後してあらわれた老夫婦もそうした墓参者のようだ。ラートベルクは、夫婦が立ち去るのを待つことにした。連れてきた少女はワンボックスカーのまわりを歩き、かじかんだ手をいらいらしながらこすっている。

「いったいだろう。時間に正確じゃない。だがちゃんと来る。心配しないでほしい」

墓地の柵のそばに、さっきの老夫婦があらわれた。ラートベルクはほっとした。これではじめられる。彼は車のスライドドアを開けた。荷室にはいつものせているもののほかに新しいキャリーカートと大きなポリバケツがあった。ラートベルクは助手席の背もたれの裏側のネットから魔法瓶をだした。そのとき老夫婦が墓地の門から出てきた。ふたりは歩幅を小さくして雪の地面に気をつけ、互いに支えあいながらシルバーのフォルクスワーゲン・ジェッタのところに向かった。携帯電話の着信音が鳴った。ラートベルクは自分のかどうか一瞬考えた。だが電源は切ってある。彼は少女のほうを見た。少女が携帯電話を手にして画面を見ていた。それから通話ボタンを押して、携帯電話を耳に当てた。少女はフォルクスワーゲン・ジェッタのほうへ離れていった。話し声は切れ切れにしか聞こえない。「テレビ局」「ディレクター」「墓地」。フォルクスワーゲン・ジェッタが少女、次にラートベルクのそばを走っていった。気づくと、少女は通話を終えていた。ラートベルクは少女のところへ行った。少女の目つきが変わっていた。だがそれは、ラートベルク自身がそわそわしているせいかもしれない。

「どうした？」ラートベルクはたずねた。「大事な電話だったのかい？」

「いいえ、たいした電話じゃなかったです」

「本当に？　大したことなかったのかい？」

少女はためらった。なにか考えている。すくなくともラートベルクにはそう思えた。なにを考えているのだろう。わからないことがラートベルクをいらだたせた。ほかにも、彼を神経質にさせているものがあった。少女の目がリザを思いださせるのだ。冬の日差しが一瞬、少女の目に当たった。その目は薄茶色で、青い目のリザとは違う。それでも、きらっと光った少女の目には、胸に来るものがあった。

「なにか問題でも？」

少女の目がラートベルクに向けられた。ラートベルクには半ば永遠のときが過ぎたように思えた。突然、少女の目に小さな笑いじわが浮かんだ。

「いいえ」少女はいった。「さっきのは友だちです。ディレクターに会えたかって訊かれたんです。でも、まだだから……」

少女は人気のない駐車場を指差した。

「変なことを気にしてしまった。紅茶でも飲まないかい？」

少女はすこしためらった。ラートベルクはまた、すべて段取りどおりか心配になった。

「いいですね。寒くなってたから」


ヴァルナーは番号を記憶するほかなかった。ミースバッハに向けて移動中で、メモを取る余裕がない。数あわせでもしている気分になった。最初に出たのは若い男だった。背後の音から推察するに空港のようだ。ヴァルナーはもう二回試してから断念して、もう一度ティーナに電話をかけた。


ラートベルクは魔法瓶の蓋をしめ、助手席の背もたれの後ろのネットに戻した。少女が落ち着きをなくした。だがその目を見れば、フルニトラゼパムが効きだしたことがわかる。

「遅いなあ」ラートベルクはいった。携帯電話をだしてボタンを押し、耳に当ててディレクターと話すふりをした。

「はい……わかりました……では」彼は携帯電話をしまった。「グムントの手前まで来ているそうだ。五分で着くだろう」

少女はすこし安心した様子でうなずいた。そのときまた携帯電話が鳴った。ラートベルクはどこで鳴っているのかすぐにはわからなかった。そして少女が紅茶を飲むとき、携帯電話を助手席に置いたことを思いだした。ラートベルクは急いで車に向かった。

「取ってくる」

ラートベルクは助手席の携帯電話に手を伸ばして画面を見た。知っている電話番号だ。彼を追っている刑事の新しい携帯の番号だ。

ラートベルクはミースバッハ警察の通信指令室から番号を入手していたのだ。携帯電話の電源を切って、少女にいった。「切れてしまった」

少女はかすかにうつろになった目でラートベルクを見た。

「おじさんが切ったでしょう」

「なんでそんなことをいうんだ？」

「見えたからよ。どうしてわたしの携帯の電源を切ったの？」

ラートベルクは少女に微笑みかけた。

「まあ、そんなに騒がないで」

　それから驚いた目をして、少女はへたり込んだ。ラートベルクは少女を受け止めて、あたりを見まわした。だれも見ていない。車のスライドドアを開けて、少女を荷室に入れた。

　クロイトナーとシャルタウアーはロットアッハにある主だったホテルの地下駐車場をあらかた覗いたが、捜索している車は見つからなかった。ふたりはふたたびホテル・リッサーコーゲルの前を通った。ホテルマンの恰好をした五十歳くらいの男がホテル前の歩道に塩をまいていた。リッサーコーゲルに泊まる客は金持ちが多いので、足を滑らせて怪我《けが》をさせたら高くつくからだ。クロイトナーは、道路脇に駐めろ、とシャルタウアーにいった。ふたりは車から降りて、ホテルマンのところへ行った。

「よう、ミルコ」クロイトナーが声をかけた。「元気か?」

「あんたとはもう話さない」ホテルマンの言葉には東欧の訛りがあった。それに突き放すような物言いだ。といっても、ビールの一杯もおごれば手打ちになるような仲間うちのちょっとした諍《いさか》いのようだった。

「なんだよ、このあいだのバッテン（ドイツのバイエルン州やオーストリアでプレイされているトリックテイキングゲーム）のことをまだ根に持ってんのか?」

「あたりまえだ」ミルコはシャルタウアーのほうを向いた。「こいつ、ひどいいかさまをしたんだ」

「バッテンでいかさまなんてできるもんか」クロイトナーがいった。「勘がものをいうんだ」

「勘だって！　マクシ（切札のハートのキング）を引いたとき、ローマイアーにまわしただろう」

「おい、言いがかりはよせ。密入国者のくせして」

「密入国者？　馬鹿をいうな！　俺はとっくにEU市民だ」

「おまえが？　いつからだ？」

「ずっと前からだ。とっくの昔にEU市民になってる」ミルコがまたシャルタウアーのほうを向いた。「十ユーロのためにいかさまをした。こいつを逮捕してくれ」

「愚にもつかないことをいうな。こいつが信じちまうじゃないか」

　ミルコは哀れっぽい目つきをしてシャルタウアーを見た。そういう目をすれば、愚にもつかないことをいっているのがクロイトナーのほうだということに同意してもらえると思ったようだ。

「車を捜してるんだ。白のフォード・トランジット。ナンバーはこれだ」クロイトナーはミルコの鼻先にメモを突きつけた。

「ナンバーまでは知らないが、その車種ならうちの地下駐車場にあったぞ。いまはないけどな。さっき出ていった」

「本当か。よく覚えてたな？」

「おい！　ここは高級ホテルなんだぞ。あんなボロ車を見るのは、十五年ぶりだ」

「出ていったのはいつだ？」

「二時前だ」

クロイトナーとシャルタウアーは目を見交わした。すれ違いだったようだ。

「どっちへ行った？」

ミルコは市中心部のある東を指差した。

ホテル・リッサーコーゲルが面するゼー通りがぶつかる国道は、右折するとクロイトと国境へ向かい、左折するとテーゲルンゼー、グムント、ミュンヘン方面になる。クロイトの直前では交通検問を実施している。白いフォード・トランジットがそっちへ向かって、オーストリアに入ろうとしたのなら、すでに罠《わな》にかかり、警察無線でクロイトナーの知るところとなっているはずだ。ゼー通りのはずれからクロイトの検問までのあいだには、犯人が向かいそうな場所がいくつかある。だがテーゲルンゼーとグムント方面にもいろいろある。これはもう確率の問題だ。それにテーゲルンゼーとグムントの重要な道や太い脇道なら、比較的短い時間で見てまわれる。グムントを出たところにも検問所がある。捜索中の車はロットアッハの十字路とモースラインの検問所のあいだのどこかにいるに違いない。テーゲルンゼーとグムントのあいだのパトロールが最後に行われたのは午後二時ごろだ。ふたりはモースラインの検問所に行ってみたが、捜索中の車はそこでも確認されていなかった。ロットアッハからグムントまでの所要時間はわずか十分。車をどこかに停めた可能性がある。

クロイトナーが次々と繰りだす推理に、新入りのシャルタウアーは感銘を受けた。

「本当は組んでいる同僚にこんな説明はしない。わかって当然のことだ」とクロイトナーはいった。「しかしおまえはまだ研修中だから、こういう説明も役に立つだろう」

シャルタウアーは素直にうなずいた。

「経験豊かな先輩から理由を教えられると力がつく。しかしほかの奴は、左折しろというだけで、説明まではしない」

捜索中の車が向かった可能性があるところが複数あるなら、応援を頼んだほうがいいのではないか、とシャルタウアーはいいたくなったが、クロイトナーの顔を見て、一人前になるにはまだまだだと思った。

「午後はなにをするようにいわれてた？」クロイトナーがろくに口もあけずにたずねた。

「ホテルの地下駐車場をまわって白いフォード・トランジットを捜せって指示でした」シャルタウアーはそのことを忘れていなかった。「しかし捜索中の車が駐車場にないことがわかりましたから、捜索するところを変更することになります」

「命令の変更なんてあったか？」クロイトナーはたずねた。「俺は聞いてない。おまえのほうが情報に通じてるってことか？」

「いいえ、まさか。わたしたちが勝手に変更したということです。すこし混乱していました。

ホテルの地下駐車場を捜索するのをやめて、問題の車を路上で捜すことについていけなくて」

「よく気づいたな。俺たちはなんの指示も受けずに動く。指示もなく動くのなら、命令違反に同僚を巻き込むのはまずい」

なるほど、とシャルタウアーは思った。またすこし知恵がついた。といっても、本当はやっちゃいけないことをしているのではないかという疑問も湧いた。クロイトナーはいった。

「おまえは黙って白いフォード・トランジットを捜せばいい」

テーゲルンゼーの市内に入ると、国道を離れ、ローゼン通りとバーンホーフ通りをまわり、坂道のノイロイト通りを上って食堂のリーバーホーフや冬でもノイロイトへのトレッキングの出発点になる駐車場も調べた。市内に戻る際には、途中の脇道や射撃場の駐車場も確認した。だが成果は挙がらなかった。グムントの道はもっとすくない。もし南からグムントに入るなら、右側に食堂の廃墟《はいきょ》が見えてくる。こざっぱりした村も、村はずれはこんなものだというように。廃墟を過ぎるとすぐ、右側に村役場、教会、学校がある。そこを直進すると、山の墓地に着く。クロイトナーは右折して、左折した。その小さな脇道はカトリック教会に通じている。道の右側に村役場が建っている。十七世紀のどっしりした建物で、一九六〇年代に当時の雰囲気をそのまま残して改築された。玄関を見るかぎり、オーストリアのスキーリゾートホテルのようだ。その村役場の駐車場に白いフォード・トランジットが駐まっていた。

「見つけたぞ」クロイトナーはシャルタウアーにいった。

# 35

ヴァルナーは気が気ではなかった。電話の向こうで聞こえた音から察するに、着信が切られたようだ。どうしてコニー・ポルケは携帯電話の電源を切ったのだろう。邪魔されたくないのだろうか。それとも別のだれかが電源を切ったのだろうか。ラートベルクがすでにコニーの携帯電話の電源を切れる状況にあるということか。コニーの母親に電話をかけなくてはならない。ヴァルナーはミースバッハ署の前の駐車場に車を駐めて、メラニー・ポルケの電話番号を捜した。手がふるえた。

「もしもし！　クレメンス・ヴァルナーだ」

「あら、クレメンス。わたしのことなんて忘れたかと思っていたわ」

ヴァルナーは汗をかいた。車は建物の陰にあるし、暖房は切ってある。車内の温度はじわじわと冷凍庫の温度に近づいているのに汗が出る。メラニーは間を置いた。ずっと電話をかけなかったことを、ヴァルナーがあやまると思ったのだろう。だがヴァルナーにはもっと心配なことがあった。そしてメラニーもじきに心配ごとを抱えることになる。しかしまだ、そのことを知らない。

「すまない。コニーはいまどこにいる？」

「テレビ局の人と会っているはずだけど。たしかヴァルンガウで。連続殺人事件のドキュメントを撮っているそうよ」

「なんでコニーが？」

「ディレクターがインタヴューしたいんですって。ピアの親友だったから」

ヴァルナーは一瞬、息をのんだ。恐れていたことが現実になった。

「テレビ局の人間に、きみも会ったのか？」

「いいえ。でも、大丈夫だと思って、出演承諾書にサインした。コニーはまだ十八じゃないから。娘に電話をかけてみて。わたし……」

「コニーの携帯の番号にはかけた。携帯電話は……」ヴァルナーはどこまでいっていいか考えた。「電源が切ってあった。どこでインタヴューしているか知ってるか？」

「知らないわ。どういうこと？　なんだかいやな感じがするんだけど」

「コニーがどこにいるか知りたいだけだ。わたしが安心したいんでね。犯人がまたこの辺りにいることがわかったんだ」

「なんですって！」

メラニー・ポルケの声がいきなり裏返った。死ぬほど驚かせてしまったようだ。しかしそれを乗り越えてもらうほかない。

「よく聞くんだ。犯人がテレビ局の人間と関係しているという具体的な手がかりはない。コニーがどこにいるかわかれば、それでいい。たぶんインタヴューを受けていて、携帯電話を切っているんだろう」

電話の向こうが沈黙した。それからかすかにすすり泣く声がした。

「メラニー！ よく聞け。郡全域に百人の警官が張っている。犯人は捕まえる。ここにいるならな」

「娘になにがあったというの？ なんでそんな言い方をするのよ！」

「これが仕事だ」ふたたび電話の向こうが沈黙した。メラニーがこのまま思い詰めてしまうのはよくない。「コニーはベルンハルト・ディヒルの子だな？」今度も電話の向こうが沈黙した。しかし沈黙の質が違った。

「なぜそのことを？」

「彼がいった。妊娠したのは一九九〇年の謝肉祭《ファッシング》の火曜日だろう？」

「ええ。どうしてそんなことを訊くの」

「山小屋でなにがあったか知っているか？ 謝肉祭《ファッシング》の火曜日の夜から灰の水曜日にかけて」

「わたしたち、お酒を飲んで……」彼女はためらった。

「ドラッグをやった。わかっている。ほかにだれかいなかったか？」

「夜中にだれか来たわ。でも、ほかの人たちがそう話していたから知っているだけ。それがコニーとどういう関係があるの？」

「それがわかっていれば、捜査はもっと捗《はかど》っただろう。頼みがある。コニーに電話をかけてみてくれ。インタヴューが終われば、電源を入れるかもしれない。連絡がついたら教えてくれ」

「わかった。そうする」

「脅かしてすまない。たわいもないことかもしれない」

たわいもないはずがなかった。そしてメラニーは娘と連絡が取れずに終わるだろう。それでも役目があれば、すこしは気が紛れるはずだ。


署に戻ると、ヴァルナーは最新の状況を把握するため、ティーナと、チロルから帰ったミーケを呼んだ。ドルトムントのラルフ・ヴィッケーデにもラートベルクの写真を見せ、夜の港で会った人物と同じかたずねたという。ヴィッケーデは情報を与える代わりに、ヴァルナーからもらった携帯電話の回線をひらくよう要求した。もちろんそんな要求はのめない。ヴィッケーデの証言には、すでにわかっていることとの確認以上の意味がなかった。それから、ラートベルクがコンピュータ用に別のプロバイダーと契約を結んでいることが判明した。彼がそこに接続すれば、位置確認ができる。検察にさっそく動いてもらったのだ。だがいまのところ、ラートベルクは携帯電話もコンピュータもインターネットにつないでいなかった。それに、仮に接続が確認できても、郡内には広域無線機しか設置されていないため、おおよその位置しか突き止められない。どの町や村にいるかわかるのがいいところだ。それでもないよりはましだった。ミーケは、ラートベルクが一九九〇年二月二十七日の夜から二月二十八日にかけて事故死した少女の父親だと報告した。少女の姓が違っていたために、報告書を見たときには気づかなかったのだ。ラートベルクは当時まだ少女の母親と結婚していなかった。ミーケは、これが殺人事件とどういう関係があるのか疑問を呈した。

「おそらくこういうことだ」ヴァルナーはいった。「ラートベルクの娘が事故死した夜、ラストコーゲル山の山小屋に四人の人物がいた。ロタール・エルトヴァンガー、ベルンハルト・ディヒル、アストリッド・ミクライ、メラニー・ポルケ。ラートベルクはこの四人の子を殺すことにしたんだ」

「なぜですか？」ティーナが唖然とした。

「たぶんこの四人のせいで娘が死んだと思っているんだ。ラートベルクと四人のつながりについてはよくわからない。おそらくラートベルクが山小屋にいたとき、なにかが起きた」

「それなら、四人もなにがあったかわかっているはずですよね」ルッツが口をはさんだ。

「ところが記憶していない。ドラッグパーティの最中だったのさ。とにかくはっきりしたことはまったく覚えていない」

「しかしなんでいまになって？　十七年も経っているのに」ミーケがたずねた。

「ラートベルクの妻が三ヶ月前に自殺した。それが引き金になったんだろう。ラートベルクは精神不安定だ」

「なるほど」ミーケがいった。

「それから、奴は捕まることを覚悟している。だから危険だ。おそらくもう一度、殺人をおこなう。標的はメラニー・ポルケの娘コニー。あいにく所在がわからない」

その瞬間、電話が鳴った。邪魔されたくなかったヴァルナーは、自分にかかってくる電話を指令センターで受けるようにしていた。クロイトナーがヴァルナーと話したがっているという知らせだった。きわめて重要な話だという。ヴァルナーは神経が逆なでされたが、電話に出ることにした。クロイトナーはなにをするかわからないところがある。

「どうした？」

「白いフォード・トランジットを捜索中だよな」

「それで……？」

「グムントの村役場にそういう一台が駐まっている。いま見張っている」

「わかった。なにもするな。すぐに行く」

いっても無駄だ、とヴァルナーにはわかっていた。どうせクロイトナーは好きにする。それより、なんで奴はグムントにいるんだ。地下駐車場のあるホテルなど、あそこにはないはずだ。それでも車を見つけたのはお手柄だ。ヴァルナーは動ける者を全員グムントに向かわせ、自分もミーケといっしょに部屋を出た。だが出口で、コンピュータ処理担当のハイトミュラーに呼び止められ、数分前、ラートベルクのコンピュータの位置が確認されたと報告を受けた。

「グムントとその周辺です。あいにくそれ以上絞り込むことはできませんでした。それから今日のテレビ放送開始時間直後に、ラートベルクからのメールが放送局に送られてきました。指定したウェブサイトを見るようにと警察に要求する内容でした」

見てみたのか、とヴァルナーがたずねると、ハイトミュラーがいった。

「ご自分で見たほうがいいかと」

ウェブカメラは一枚のカードに向けられていた。そのカードはなにか金色のものに立てかけてある。よく見れば、それが金襴緞子の衣装であることがわかる。カードの下のほうに小さなバッジがつけてある。きらきら光っていて、三人の被害者の口中から見つかったものに似ている。ほかのバッジと同じで、一見しただけではなにかわからないが、「M」という文字が刻まれていた。そしてカードにはこう書かれていた。

ヴァルナー刑事！

この携帯に

# 電話をかけろ！

## 36

吹雪がセーターの編み目から吹き込む。だがもうほとんど寒さを感じなかった。額も、鼻も、唇も感覚がない。息もまともにできない。顎だけが寒さのせいで焼けるように熱かった。ふたたび雪が降りだしていた。雪片が山の夜の闇から飛んできて、開け放ったドアから漏れる光の中にいるペーターのそばを吹き抜けた。風が吹くたびに、すごい咆哮《ほうこう》が聞こえるが、山の中にいるときほど恐ろしく感じなかった。山小屋から大音響の音楽があふれだし、吹きすさぶ風の音に混じっていたからだ。戸口に立った男は三十歳くらいで、背が高く、無精髭を生やしていた。長めの髪が、風にあおられて、バサバサ揺れている。髭を剃り、スーツに身を包んでいたら、若いエリートサラリーマンのようだ。男はうつろな目でペーターを見た。男のTシャツが吹雪ではためいている。酔った目の焦点を合わせようとして目をすがめ、同時に顔を前に突きだした。顎が胸に触れ、頭が落ちそうになったところで、また上げて、目の焦点を合わせた。ペーターの目を見ようとしても、それができないらしく、代わりにペーターの頬骨のあたりに視線を向けた。男はいきなり笑った。まるでなにかおかしなことに気づいたかのように。

「たまげた」男は山小屋の中に向かって叫んだ。「海賊が来たぞ！」それから愉快そうに笑い、音を立てて息を吸った。笑い声は突然消え、男の視線がすこし揺れてからまたペーターの頬骨に止まった。「入れよ！」

　ペーターはうなずいて、スキーブーツの音を響かせながら山小屋に入った。山小屋の中は暖かかった。薪ストーブが熱を発していた。室温は三十度を超えていそうだ。髪についた雪が解けだした。ペーターはあたりを見まわした。そこは大きなひと間で、一方に台所と食卓セットがあった。別の一角には古い応接セットと安楽椅子が二脚置いてある。調度品は田舎風ではなく、都会人が田舎で使いそうなものばかりだった。床には衣服や雑誌が散乱し、椅子が一脚倒れ、食卓には使用済みのグラスと空き瓶が並んでいる。ワイン、ウォッカ、ウィスキー、ビール。パンチボウルもある。パンチボウルの中身は色の感じからしてイェーガーテー（ラム、紅茶、赤ワインなどで作られたオーストリア生まれのパンチ用リキュール）のようだ。コカインを吸うのに使ったらしい鏡が窓台に置いてあった。コーナーベンチには、使用済みのブリスターパックがあり、錠剤が散らばっている。コーナーベンチの下にも、錠剤が数個落ちているのが見えた。そこにすわっていた色白の黒い髪の若い女がタバコを吸いながら、濃いアイシャドウをつけた目でペーターを見ていた。くすくす笑いだしたかと思うと、タバコを吸い、また笑った。そして笑うのをやめると、ダミ声で「本当に海賊だ！」といって、けらけら笑った。ペーターのことをいったのか、女の妄想か定かではなかった。

　ペーターは話そうとしたが、凍えていて唇が思うように動かなかった。歯科医院で麻酔をかけられたときのようだ。この山小屋に無線機がないか、となんとかたずねた。わかってもらうのに、その質問を二度繰り返した。Tシャツの男がしばらく考えてから、無線機はたしかにあるが、まず捜さなくてはならないといった。男は無線機、無線機と繰り返しいって、笑いながら首を横に振ると、ふらふらしながらコーナーベンチを指差した。

「そこのかわいい子のところにすわんなよ。なにか飲むといい。そのあいだに無線機を捜すからさ」

「急いでいるんだ。娘が滑落して、死にかけている」ペーターはそう訴えた。男は生温い濁ったイェーガーテーをグラスに注いで、ペーターに差しだした。

「なんだって？」

　ペーターはいったことを繰り返した。男は山小屋の奥に通じる扉のほうへ歩いていったが、倒れた椅子につまずき、床にどさっと倒れたまま起き上がらなかった。その音で、カウチの前の安楽椅子でだれかが動いた。長い金髪の、目にアイシャドウを塗った別の娘が安楽椅子の背から顔を覗かせた。褐色の瞳がペーターを見つめた。

「ハロー、海賊さん」金髪の女がけだるそうにいった。

　床に倒れた男がまた動きだした。

「大丈夫？」金髪の女がたずねた。

「腕を折ったみたいだ。それ以外は大丈夫だ」

男はひきつった笑い声をあげて、よろよろと立ち上がった。

「ベルニーはどこだ？　あいつなら、くそったれ無線機がどこにあるか知ってる」

その瞬間、扉の奥でだれかが便器に吐く音がした。

「もどしちゃったみたい」金髪の女がいった。

ペーターは一気にグラスの酒を飲み干した。生温かったが、体が温まった。相当アルコール度数が高そうだ。ペーターは立ち上がって、男のところへ行った。男はドア枠に手をついた。ペーターは、無線機捜しを手伝う、と男にいった。唇の血の巡りがよくなって、普通にしゃべれるようになっていた。男は首を横に振って、チェストのところへ行った。引き出しを下から開けていって、開けたままにし、一番上の引き出しから無線機を取りだした。安楽椅子にいた金髪の女がふらふらとペーターのところにやってきた。サイズの大きなセーターを着て、フットウォーマーをつけている。セーターの下になにか着ているかどうかはわからなかった。

「あなた、本物の海賊？」そうたずねると、女は倒れまいとしてペーターに抱きついた。ペーターは女を食卓の椅子に連れていって、すわらせた。Tシャツの男はそのあいだエキゾチックな虫でも見るように無線機を見つめていた。山小屋の奥に通じる扉が開いた。灰色のセーターを着た男が部屋に入ってきた。顔が青白く、濡《ぬ》れていた。

「おい、手伝ってくれ。吐くのはあとでいいだろう」

Tシャツの男はベルニーというセーターの男に無線機を差しだした。

「どう使うんだ？」呂律《ろれつ》がまわっていなかった。

「さあな」ベルニーも呂律がまわらず、無線機をチェストに置いた。そのとき、ペーターに気づいた。

「よう、インディアン！」

「海賊よ」金髪の女がいった。

「そういっただろ」ベルニーはペーターのところへ行って、指先でペーターの顔に描かれたひげに触ろうとした。ペーターはその手をそっと払った。

「無線機の使い方がわかるか？」

ベルニーはうつろな目をチェストの上の無線機へ向けると、わかるわけがないとでもいうように、ぎこちない動きをした。

「おい！　しっかりしろ！　娘が外で動けず、死にそうなんだ！」

「知ったことか。外にいるなんて、なにやってんだ」カウチのほうに歩いていった。「俺はここで横になる。ここに入ってくるなら、いっしょに横になってもいいぞ」

ペーターはベルニーの肩をゆすり、頬を張り、怒鳴りつけた。

「馬鹿やろう！　外で娘が死にそうなんだ。わからないのか？」

ペーターはもう一度、男の頬を張った。だが反応はなかった。濡れた袋を殴っているような気がした。ベルニーは驚くというよりも、あきれた様子でペーターを見ると、「くそったれ！」といって気を失った。

ペーターはパニックになって、ほかの者たちを見た。女たちがじろじろ見ていた。

「馬鹿面さげてないで、なんとかしてくれ！　外で娘が死にそうなんだ！」

黒髪は金髪のほうを向いた。

「海賊さんが怒ってる」

ふたりは競うようにけたけた笑った。ペーターは怒り心頭に発して、ふたりを斧《おの》で切りつけたくなった。しかしそんなことをしても、リザを救えない。そのときガリガリと音がした。無線機から音が出ていた。無線機はＴシャツの男が手にしていた。キュウウと周波数を探る音がして、「マイヤーホーフェン山岳救助隊」という声が聞こえた。発信者の氏名と、問題が起きたのかどうか訊いている。Ｔシャツの男は勝ち誇ったように笑いながら無線機を高く掲げた。ペーターは男に飛びついて無線機を手に取ろうとした。ところがＴシャツの男はペーターに取られまいとして身をよじり、人差し指を立てた。

「海賊に無線機は渡せない！」

ペーターは無線機を奪いとろうとした。無線機からは、雑音にまじって「なにがあったのですか？　答えてください」という声が聞こえていた。

Tシャツの男は無線機を取りあう遊びが気に入ったと見える。ラリっているはずなのに、身のこなしがスムーズだ。しかも、「異常なし。オーバー」と無線機にしゃべった。ペーターはスキーブーツをはいていたので、思うように動けなかった。

「その無線機をよこせ」と怒鳴った。Tシャツの男はますます面白がり、無線機を金髪に投げた。金髪はそれをテーブルに置き、ペーターが来ると、黒髪のところにすべらせた。そうやって無線機が何度かまわされ、Tシャツの男がまた無線機を金髪に投げたとき、ペーターは男の目の前に立って、男の鼻骨に肘を入れた。男は鼻から血を流してチェストに倒れ込み、それっきり動かなくなった。そのあいだに黒髪がまた無線機を手にした。黒髪は血を流しているTシャツの男を見つめた。ペーターは彼女のところへ行った。しかし黒髪は無線機を意地でも渡そうとしなかった。ペーターが手をかけようとしたとき、黒髪は無線機から手を離した。ドボンと音がして、無線機から出ていた音が消えた。無線機はイェーガーテーの中に沈んでいた。

ペーターは一瞬、身をこわばらせ、目をむいてその濁った酒を見つめ、それからパンチボウルから無線機をだして揺すってみた。イェーガーテーがプラスチックケースからしたたり落ちた。無線機はうんともすんともいわなかった。ペーターは朦朧《もうろう》となった。

山小屋の中は冷え込んでいた。だれも薪をくべなかったからだ。ペーターはゆっくりと目を開けた。毛布を半ばかぶるようにして床に横たわっていた。右隣ではベルニーと呼ばれたセーターの男がいびきをかき、左側にはセーターを着た金髪の女がいた。女は口を開け、手をペーターの首にのせている。鼻骨が折れたTシャツの男はいまだにチェストにのしかかるようにして気絶している。ペーターはそこがどこなのか思いだそうとした。リザと宿泊したペンションではない。その瞬間、熱した鋼を心臓に突き刺されたような痛みが走った。リザ！　飛び上がると壁の時計を見た。四時になろうとしている。外はまだ暗い闇に包まれているが、嵐はやんでいた。無線機は食卓の下の床にあった。食卓の上にはグラスや瓶が乱雑に並んでいて、コーナーベンチに盆があり、コカインを吸うために使った鏡が窓台にあった。ペーターはここでなにがあったか思いだした。自分が飲み干した空のグラスが目にとまった。あれはただのイェーガーテーではなかった。きっとなにかドラッグが入っていて、そのせいで意識が飛んだのだ。

ペーターは山小屋の中を探った。どこかにスキー板があるはずだ。先にスキースーツを数着見つけた。ペーターが着られるサイズがあった。山小屋の横で小さな物置を見つけた。そこにスキー板やスキーストックや工具が置いてあった。ペーターは男物のスキー板を取って、ビンディングが自分のスキーブーツに合うか試した。それからもう一度、山小屋にもどった。開けっぱなしのチェストの引き出しにハイキングマップがあった。自分が持っている地図よりも詳しい。山小屋から断崖をまわり込めば、リザが転落したところに直接行けることがわかった。ルートをできるだけ頭に刻み込んだ。闇の中でそのルートを見つけだせなくてはならない。たとえリザが見つかっても、生きている可能性は百分の一だろう。だがそれに賭けるしかない。

山小屋を去るとき、ペーターは玄関の横の小さな棚に目をとめた。ゲストブックがある。山小屋を訪問した人が、名前と住所を記入するものだ。最後のページに四人の名前と住所が記されていた。ペーターはもう一度振り返って、四人を見た。こいつらのせいで、リザはまだ雪に埋もれているのだ。おそらく凍死しているだろう。ペーターはゲストブックを懐に入れて、夜の闇の中へ足を踏みだした。

四時四十五分、ペーターはリザが落ちた断崖の下に辿り着いた。リザはすぐに見つかった。嵐が吹き荒れていたおかげで、雪は彼女の体を完全におおってはいなかった。ペーターは雪を払った。スキースーツの上から着ていた金色の衣装が見えた。リザの唇は紫色で、顔に血の気がなく、雪が解けないほど冷え切っていた。それでもまだ息があった。ペーターは娘をそっと肩に担ぎ、谷に向かってスキー板を滑らせた。六時ごろ、除雪車の運転手に出会った。男はペーターとリザを近くの村に運んだ。だがリザはもう息をしていなかった。

# 37

「やあ、ヴァルナー刑事」コンピュータのモニターに手があらわれて、カードを取り除いた。これでカードがなにに立てかけてあったか判明した。金襴緞子の衣装に身を包んだ女の子だ。少女の顔には布がかぶせてある。そのあと、ラートベルクが画面に顔をだした。彼は少女の背後にある椅子に腰を下ろした。少女がなんの上に横たわっているのかはわからなかった。ラートベルクはベルトのホルダーに携帯電話を差している。その携帯電話から伸びているケーブルが右耳へとつづいていた。

「俺を覚えているかい？」ラートベルクがたずねた。

「ああ」ヴァルナーはいった。落ち着いているふりをし、声がふるえないように心がけた。経験から、たくさんしゃべるほうがいいとわかっていた。まずはどうでもいい話をする。緊張がほぐれれば、短絡的な行動に出る確率は低くなる。電話をかけろという要求も、ラートベルクが周到に準備し、考え抜いたことに違いない。

「楽しい夕べだった」

「ああ。悪くなかった。ところで、話をつづける前に、この会話は品質向上のため編集されることを断っておく。ちなみにこのウェブサイトを案内したたくさんのテレビ局と通信社によって編集される。だからこのおしゃべりの結果、人が死ねば、ミスがなかったかあとで徹底検証されることになるだろう。覚悟しておいたほうがいい」

「なんで俺がその栄誉に浴すことになったのかな？」

「個人的な理由はない。おたくが担当。それがすべてだ。仕事を失いたくなかったら、別のだれかに任すんだな」

「いいかい、もともと俺は間抜けで通っている。ところで、俺が会話をつづけると、どうしてわかるんだ？」

「理由はふたつある。ひとつ目、おたくが通話を切れば、報道機関はおたくとおたくの上司をつるしあげる。ふたつ目、つながっているかぎり、わたしがなにをするか確認することができる。わたしのコンピュータのインターネット接続を遮断したら、映像は見られなくなる」

「どうしてこんな犯行をするのか教えてくれないか？」

「決まっているだろう。わたしのやっていることをPRできるからだ」

「こっちはなにが得られる？」

「わたしと話す機会。そうすることで、そこの少女の命をつなぎとめられる」

「そうなのか？」

「昔、だれかがいっていたな。しゃべっているあいだは、血が流れない」

「それで少女は助かるのか?」

「無理だね。この少女は、わたしたちのおしゃべりが終わったら死ぬ。母親にはなんといったんだ?」

「俺が母親と話したことをどうして知っているんだ?」

「母親にはなんていったんだ。子どもがどういう状況に置かれているか、母親は知っているのか?」

「われわれが娘を捜していると伝えてある」

ラートベルクは上着からスティレットをだした。細長い針の部分は、四角錐状になっていて、先端がとがっている。ラートベルクはスティレットに息をかけ、上着からだしたメガネふきで針の部分をみがくと、カメラの前でかざしてみせた。

「どうだい、この凶器」ラートベルクは少女にかがみ込み、針の先を下にしてスティレットを落とした。ドスッと音を立てて、木の床に突きささった。それでもまだ少女がどこに横たわっているのかわからなかった。

「やめろ。殺人自体に大した意味などないとかいうんじゃないだろうな。あんたは母親に遺恨があるんだろう。その子には関係ない」

「かもしれない。しかしおたくだって関わりはないじゃないか。それなのにこの問題に首までどっぷり浸かっている。この子も、母親が摂取したドラッグと一切関係ない。だがそのせいでリザは死んだ。人生とはそういうものさ」

「おしゃべりはもう充分だ。本題に入ろう。どうすればその子は死なずにすむんだ？」

ラートベルクの顔に驚きの表情が浮かんだ。なにに反応したのか、ヴァルナーにはよくわからなかった。ヴァルナーの無愛想な態度に驚いたのだろうか。それとも、ヴァルナーが少女の死にいきなり話を持っていったことが意外だったのだろうか。

「おたく、いま地雷を踏んだぞ」ラートベルクがいった。スティレットを床から抜いて、もう一度メガネふきでふいた。それから、くもりひとつないことを確かめて、そっと金襴緞子の衣装の上に置いた。「死なずにすむ方法か。考えていなかった」ラートベルクは視線を上に泳がせた。「無理だな。だれも死なないという選択肢はなさそうだ。お気の毒」

「いや、あるはずだ。いつだって、選択肢はやるか、やらないかだ」

「理論上はね。わたしの娘にも理論上、ふたつの選択肢があった。死ぬか死なないか。ところが実際には選択肢などなかった。結局のところ、ある出来事をどの時点から見るかにかかっているって話だ」

「あんたの娘にはもうなにもしてやれない。そこにいる娘にはしてやれることがある。そこが違う」

「自分の娘にしてやれなかったことを、どうして他人の子にしなけりゃならないんだ？」

「あんたにやれることだからだ」

「ではなぜリザにはしてやれなかったんだ？」

「それはあんたにしかわからないことだ」

「ということは、それなりの理由がある、とわたしがいえば、おたくは信じるほかないじゃないか」

「そんな理由なんてありはしない。だが、ひとつ教えてくれ。なにも変わらないというのなら、なぜ俺と話す？」

「さっきいっただろう。インターネットの接続を切られないようにするためさ。なぜ四人の若い人間が死ななければならないか、わたしは世界に説明したいんだ」

「あんたが話し相手に俺を選んだということは、なにか俺に関係しているのか」

「いいや、それはない」ラートベルクの姿が画面から消えた。

ヴァルナーは困惑した。まだそこにいるのか、と携帯電話を通じてラートベルクにたずねた。返事はなかった。デスクの上の電話が鳴った。ヴァルナーはミーケに、出るように合図した。ミーケが受話器を取り、三十秒ほど話を聞いた。ミーケが目で、かなり厄介なことになっていると合図した。それから、すこし待つようにいって、ミーケは受話器に手を当てて、ヴァルナーのほうを向いた。

「州の内閣官房からです。インターネットを使ってなにをやっているのかという問いあわせです」

「ラートベルクの配信を絶対に止めるなといっておけ。それから特別出動コマンドが現地に向かっている、ひっかきまわすな、ともな。俺は集中しないといけない」

ミーケはうなずいて、受話器に向かっていった。

「やれるものならやってみろ。こっちはやることをやってる。内閣官房が面倒を起こすのなら、いますぐインターネットに流す」内閣官房の返事は長くなかったようだ。ミーケは「それはこっちの台詞《せりふ》だ」といって受話器を元に戻し、ヴァルナーに微笑みかけた。

ヴァルナーはすこし心配そうな目つきをした。

「もうちょっと言い方があったんじゃないか？」

ミーケはヴァルナーの批判を手で払い、コンピュータのモニターを指差した。

「つづきがはじまりそうです」

ラートベルクが少女の背後の席に戻ってきた。ミニボトルを手にしている。ラム酒だ。キャップをねじって、半分ほどぐいっと飲んだ。

「誤解のないようにいっておくが、これは景気づけじゃない。教会の中がめちゃくちゃ寒いんだ。わかってくれるよな、ヴァルナー刑事」

ヴァルナーたちはすでに、その映像がグムント教区教会から配信されていることを知っていた。より正確にはオルガンの演奏台からだ。

「俺の質問にまだ答えていないな」

「なんだっけ?」

「だれも死なずに終わらすにはどうしたらいいかという質問だ」

ラートベルクはカメラを見ながら考えた。彼の表情にあざける様子はなかった。ついに己の道の最終地点に到達したという表情だ。その顔からは絶望を読み取ることもできなかった。切実さはある。苦難の道を最後まで歩きとおすと決意した人間の切実さだ。

「おたくには驚かされる」ラートベルクがいった。本心のようだ。

ヴァルナーは考えた。一度に無数の考えが頭の中を駆け巡り、逆に考えがまとまらなくなった。だが悠長に考えている暇はない。ラートベルクはそんな時間を与えてくれないだろう。そのときヤネッテが入ってきて、ドアを閉めた。ラートベルクには聞かれたくないことをヴァルナーにいいたいようだ。

「ちょっと待ってくれ」ヴァルナーは電話に向かってそういうと、受話器に手を当てた。

「特別出動コマンドが向かっています」

「どのくらいかかる?」

「三十分」

「わかった」そういうと、ヴァルナーは受話器から手を離した。

ラートベルクは気を悪くしていた。

「待たせるなんて、気にくわないな。なにかたくらんでるだろう」

「そのとおりだ。あんたをびっくりさせたい」

「びっくりって、特別出動コマンドじゃないよな？」

ヴァルナーの部屋にいるみんながいっせいに天井を見た。天井にもう一台ラートベルクのウェブカメラが設置されているとでもいうように。

「特別出動コマンドなど、びっくりするに値しないだろう。予想はついていたはずだ」

「到着するまでどのくらいだ？」

「一時間くらいかな」

「おい、おい！　三十分もあれば到着するだろう」

「俺はあやふやな約束はしない主義だ」

「教会の入口はすべて監視しているといっても、驚かないだろうな。だれかが教会に入ろうとしたり、カメラを破壊しようとしたりすれば、どんな結果が待っているか……」

「そう伝える」

「それはそうと、昨日、俺に職務質問したおたくの道化がふたり、外にいる」

「クロイトナーとシャルタウアーのことか。いるかもしれない」ヴァルナーはミーケのほうを向いて、受話器に手を当てることなくいった。「馬鹿なことはするなとクロイトナーにいえ」ミーケはうなずいて、その場を離れた。ヴァルナーはまた受話器を耳に当てた。

「おたくの自発的行動は賞賛に値する」ラートベルクはいった。「まあ、あのふたりならたいして危険はないだろう。昨日の仕事ぶりを見ればな」

「あのふたりの落ち度ではない。俺が別の命令をだしたからだ。しかしなんでこんなどうでもいい話をしているんだ？　あんたは世界になにか大事なことを伝えたいんだろう？」

「おお、それでいいのかい？」

「勝手にいえばいい」

ラートベルクはうなずくと、少女をまわり込んで、ウェブカメラの前に立ち、ウェブカメラをすこし動かした。少女が横たわっているのは板か古い扉らしい。ラートベルクはそれを二脚の椅子にのせていた。ラートベルクは別の椅子を取って、少女の前にすわった。ちらっとウェブカメラを見てから、ノートパソコンをひらいて、映像をチェックした。

「聞こえるかい？」

「もうすこし大きいほうがいい」ヴァルナーは電話に向かっていった。

ラートベルクは両手を合わせると、その両手に額を当てた。ふたたび顔を上げたとき、表情は一変していた。

「一九九〇年二月二十七日、謝肉祭《ファッシング》の火曜日……」彼ははじめた。彼の物語だった。娘のリザがバックカントリースキー中に崖から滑落したこと。彼が助けを呼ぼうとしたこと。スキーの板が折れ、夜の吹雪の中、一縷《いちる》の望みを託して山小屋をめざしたこと。

「なんであいつにしゃべらせるんですか？」ティーナがたずねた。

「考えをまとめる時間が欲しい。なにかいいことを思いついたら教えてくれ」全員が押し黙った。ヴァルナーは気持ちを集中させた。額に汗が浮かんだ。オフィスチェアの背にもたれかかって、うつむいた。モニターでは、暗い教会にいるラートベルクがしゃべりつづけている。考える邪魔になったが、音声を消すわけにはいかなかった。もしかしたら、ラートベルクがなにかヒントを口にするかもしれない。ヴァルナーは順を追って考えた。ラートベルクの弱点はなんだ。どうすれば奴に一矢報いることができるだろう。わからない。奴はどんな感情の揺さぶりにも心の準備をしているはずだ。さもなければ、これほど正確無比に三人の若者を殺せるわけがない。ヴァルナーは牧師から預かったラートベルクの娘の写真を思いだした。それを札入れからだして、しばらく見つめた。それからコンピュータ処理担当のハイトミュラーを手招きした。ふたりは部屋の隅に行った。ヴァルナーはモニターから目を離すことなくささやいた。短い会話が済むと、ヴァルナーはふたたびオフィスチェアにすわって、ラートベルクの話を聞いた。ハイトミュラーは写真を手にして、急いで部屋から出ていった。

グムントの役場前には、パトカーが三台到着していた。さらにパトカーが五台とミュンヘンから特別出動コマンドが現場に向かっている。いつもは変わり者と評判のクロイトナーがみんなから肩を叩かれた。だが当のクロイトナーはむきになっていた。

「目撃者から聞いたが、フォード・トランジットを運転していた奴は、キャリーカートで大きなポリバケツを教会に運んだらしい。中身はだいたい想像がつく。決着をつけるぞ」

クロイトナーはそういって胸を張った。七人の巡査が黙ってうなずき、村役場の雪におおわれた駐車場を見た。

巡査のひとりがいった。

「そうだ、やってやろう」

それから十秒ほどして、同じ巡査がいった。

「で、どうするんだ？」

「そりゃあ」クロイトナーはいった。「引導を渡すのさ」

別の巡査がいった。

「引導を渡すって、だれが？　特別出動コマンドはまだ来てないし、刑事警察は誘拐犯と交渉中だ」

「そうさなあ」クロイトナーはそういいながらサングラスをかけ、パトカーに寄りかかって教会のほうを見た。ほかの巡査たちは落ち着きをなくした。上司のヴィチェックからは、教会と車を見張り、特別出動コマンドが到着したら指示に従えといわれていた。「いっさい手をだすな。なによりクロイトナーに勝手なことをさせるな。クロイトナーがなにかやらかしそうになったら、止めろ」と厳命されていた。

「そうさなあ」クロイトナーはいった。「刑事はいない。特別出動コマンドも見当たらない。

目に入るのは教会だけ。そしてその教会には残虐な人殺しがいる。そいつがいつ十六歳のコニー・ポルケを殺すかわかったもんじゃない。どうすべきだと思う？」

だれにもアイデアはなかった。巡査たちは指示に従うべきだといった。

「犯人はあちこちにカメラを設置していて、お前が教会に侵入しようとしたら、少女の命が危険にさらされる」

クロイトナーはうなずいて、サングラスの上から仲間をのぞき見た。口元に不敵な笑みが浮かんだ。

「フォード・トランジットは消えてなくなるわけがない。見てわかるだろう」

彼はシャルタウアーに、ついてくるように合図した。ほかの巡査たちはもう一度ボスの指示を伝え、馬鹿な真似はするなといった。

「おまえたちは指示どおりにしていろ。俺はほかにやることがある」そういうと、クロイトナーはその場を離れた。シャルタウアーもしぶしぶ従った。

クロイトナーは教会とは逆方向の、村役場のほうへ足を向けた。ふたりは数メートル歩いて細い道に出ると、右へ下って国道に向かった。国道に出ると、クロイトナーは二度右に曲がり、五十メートルほど先にある、いまでは戦没者記念碑になっている昔のペスト記念礼拝堂に辿り着いた。

その礼拝堂は自然石でできた墓地の塀のすぐ下にあった。塀といっても、墓地を完全に囲っているわけではない。どちらかというと土留めだ。教会は七十メートルほど上の、氷河期の氷河が削り残した丘に建っていた。墓地はその丘の斜面ではなく、教会の敷地が平らになるよう盛り土されたところにある。

クロイトナーはこの教会を見上げる位置にある、マングファル川と丘を覆う森にはさまれた集落の出身だ。住居は小さく、じめじめしていて、寒かったが、教会には近かった。何年もミサで侍者を務めた彼は教会に自由に出入りできる身で、侍者のかたわら色々といたずらをして遊び、礼拝堂と教会をつなぐ古いトンネルを発見していたのだ。そのトンネルは、物騒な時代に神父たちの逃げ道として使われていたものだ。

クロイトナーは礼拝堂の入口を開けて中に入り、シャルタウアーを手招きした。シャルタウアーはためらった。おそるおそる署の指示を口にした。クロイトナーはシャルタウアーをじろっとにらんだ。

「だからなんだ？　黙って見ていろってのか？」

「いいえ、そうじゃなくて……防弾チョッキが必要ですし、臨床心理士とか狙撃手とかいるわけで、彼らに任せればいいんじゃないかと」

「連中ならうまくやれるというのか？」

シャルタウアーはもじもじした。クロイトナーがなにをいいたいのかよくわからなかったのだ。

「最初の死体を発見したのは俺だぞ。コールヴァイトを捕まえたのも俺だ。刑事警察から無線連絡で指示を受けなかったら、とっくに奴を御用にしていた。あいつらがドジを踏むのを黙って見てられるか」

「はあ。てことは、本気で……」

「来るのか、来ないのか、はっきりしろ」

シャルタウアーは歯を食いしばってうなずくと、クロイトナーがいる小さな礼拝堂に入った。クロイトナーはドアを閉めて、祭壇の前に膝をついた。シャルタウアーも膝を折って十字を切った。

「馬鹿な真似はよして、いっしょにこれをつかめ」クロイトナーがいった。どうして彼が祭壇の前に膝をついたのかわかった。大理石のプレートが一枚ゆるんでいた。ふたりでそのプレートを持ちあげて脇に置くと、穴が口を開けていた。シャルタウアーには、その穴がどのくらい深いかわからなかった。だがすぐに目が闇に慣れた。穴の深さは一メートル半ほどで、そこから教会へ横穴がつづいていた。

「穴の高さはこのくらいだ」クロイトナーは掌をへそのあたりにかざした。「ガキの頃はちびだったからな」

「身長が一メートルだったんですか？」

クロイトナーは、あきれたという顔をした。

「中に入るぞ。ほら、懐中電灯だ」クロイトナーがどこからともなく懐中電灯をだしたので、シャルタウアーはびっくりした。「長さは八十メートルくらいだ。それで塔の下に着く。ついてこい」

シャルタウアーはうなずいて穴に入った。

モニター上の男の上唇に汗が浮いていた。かすれた声で、二月の冷たい朝、死んだ娘を腕に抱いて、除雪車に乗っていたときの話をしたところだ。

「山小屋にいた四人のうちひとりでもまともだったら、娘の命は救えたかもしれない。別に救助を手伝わなくてもよかった。山岳救助隊と話させてくれるだけでよかったんだ。だがドラッグといたずら心が連中をけだものに変え、殺人者に仕立てあげた。それなのに四人はそのまま罪の意識を感じることなく、この社会でのうのうと生きてこられた。だがこれでもう無邪気に生きることはできなくなる。ロタール・エルトヴァンガー、ベルンハルト・ディヒル、アストリッド・ミクライ、奴ら三人は自分がやったことの代償を払った。次はメラニー・ポルケだ」

ヴァルナーは気が気ではなくなった。もうあまり時間がない。ラートベルクがスティレットを手にしているというのに、特別出動コマンドの到着までまだ十分かかる。ヴァルナーは机上の電話を見つめた。ハイトミュラーからの連絡を待っていたが、電話は鳴らなかった。

ヴァルナーは受話器を取って、ハイトミュラーの短縮ダイヤルのボタンを押した。ハイトミュラーが出た。声に余裕がなかった。

「どうした？　まだできないのか？」

「あと一分ください。そうしたら奴に送れます。もう一分だけもたせてください」

ヴァルナーは受話器を置いた。ラートベルクがちょうど話を終えて、手にしたスティレットを見つめ、それから眠っている少女に視線を向けたところだ。画面には金襴緞子の衣装の一部しか映っていない。ミーケはオフィスチェアに乗ったままヴァルナーのところへ移動した。

「教会の前にパトカーが六台待機しています。突入させますか？」

ヴァルナーは首を横に振った。

「ドアノブに手をかけた瞬間、少女は死ぬ」

ラートベルクは少女のそばに立った。部屋にいるみんながモニターとヴァルナーに目を注いだ。なにかしなくてはいけない。ラートベルクを引き止めなければ、数秒後にはカメラの前で殺人がおこなわれる。

「ひとつ質問があるんだ、ラートベルク」

ヴァルナーとつながっていることを、本人はすっかり忘れていたらしく、ヴァルナーの声にすこし驚いた顔をした。ラートベルクはカメラのほうを向いた。

「早くいえ。特別出動コマンドがもうすぐ来る」

「ちょっとしたことなんだが、ケルティング牧師に会ってからずっと気になっていることがある」

ラートベルクはスティレットで早くいえという仕草をした。

「あの晩、どうして〈鸚鵡亭〉にいたんだ？　俺よりも前にいた。つまり俺を尾行したわけじゃない。それに俺があそこに来ることは知りえなかった。めったに足を向けないからな」

「俺があそこにいたのは、おたくとは関係ない」

「というと？」

ラートベルクはスティレットで少女を指した。

「調べものさ。少女の母親があそこでなにをしているか見にいってたんだ。俺たちはある意味、同じ理由でいっしょになった。メラニー・ポルケだよ」

背後で電話が鳴った。ミーケが出て小声で話し、すぐに受話器を置くと、もの問いたげな目をしたヴァルナーにうなずいた。

「ラートベルク、あんたにメールで送ったものがある。興味を持つと思うんだが」

「悪いね。時間だ」ラートベルクはふたたび少女のほうを向いた。

「時間は取らせない」ヴァルナーはいった。「メールをチェックしてくれ」

ラートベルクは動きを止めた。迷っている。それから身をひるがえして、コンピュータのところへ行った。コンピュータを操作する彼の体がカメラからはみだした。ヴァルナーはミーケのほうを向いた。

「ハイトミュラーが送ったものを、こっちでも見られるか？」

ミーケはうなずいて、目の前のキーボードになにか打った。モニターに写真が映った。ゲルトラウト・ディヒルの死体だ。ヴァルナーの家の中庭で雪の中に横たわっている。ルッが撮った写真だ。だが一ヶ所違うところがある。写真は加工されていたのだ。被害者の顔はゲルトラウト・ディヒルではなく、リザだった。ヴァルナーが渡した写真をハイトミュラーがスキャンして、合成したのだ。

ラートベルクはノートパソコンで写真をひらいて、さっと身を引いた。明らかに面食らっている。目が泳いでいた。一瞬の当惑ののち、ゆっくり少女のほうに顔を向けて、静かに見つめた。ヴァルナーのモニターにはラートベルクの背中が映った。ステイレットを握った右手がふるえている。ヴァルナーは息を詰めて見つめた。ラートベルクはかっとして少女を刺すだろうか。それとも合成写真を見て、考え直すだろうか。ほんのすこし同情心が芽生えるだけでいい。ラートベルクの異常な心理が築いた伽藍《がらん》がガラガラと音を立てて崩れるだろう。ヴァルナーは彼に話しかけようと思ったが、邪魔するのをやめた。さまざまな光景が彼の脳裏に浮かんでいるはずだ。画面に動きがあった。ラートベルクが振り返った。彼の顔が大写しになった。顔がこわばっている。感情を押し殺し、まったく表情がない。

「こんな悪趣味なことを考えるとはな。おたくの頭はろくでもない」

「悪趣味だと！」ヴァルナーはできるだけ時間をかけていった。「あんたの口からそういう言葉が飛びだすとはな。だがまあいい。あんたを傷つけるつもりはないんだ。ちょっときつい言い方かもしれないが、あんたはそれでひるむ玉じゃないだろう」

「ほほう！　おたくがこれでなにをいいたいか、当ててみせようか」

「どうぞ」

「俺が殺した少女は、実の娘でありうるといいたいんだろう。うまい表現じゃないが、意図は汲《く》みとれる」

「ああ、そのとおりだ。よくわかったな。あんたにそのことを伝えられてうれしいよ」

ラートベルクはまたカメラに顔を近づけた。「よく聞け。俺の話が聞けるのはこれで最後だ。ひとつだけはっきりわかっていることがある」彼は自分の顔とカメラのあいだにスティレットをかざした。「これで心臓をひと突きした少女は俺の子ではない。俺の娘を殺した連中の子どもだ」ラートベルクはついに自制心を失い、怒りで顔をゆがませた。

ラートベルクがカメラに向かって叫んだ。

「リザは十七年前、雪の中で悲惨な最期を遂げた！　あの子は死んだ！　死んだんだ！　わかるか？　俺の娘は死んだ！」

もう手がつけられない、とヴァルナーは覚悟した。犯行を止めるには、あと三秒でなにかしなくてはならない。

シャルタウアーは一メートルほど先を懐中電灯で照らした。淡い光で浮かび上がったトンネルの地面を見てがっかりした。数百年のほこりをかぶった遺物に遭遇すると期待していたのだ。農民の一揆《いっき》にあい、あわてて逃げだした騎士の錆《さ》びた兜《かぶと》とか、異教徒の軍団に墓地を荒らされているすきに、逃げだした僧侶の靴とか。ところがそうした波乱に富んだ過去の遺物などひとつもなく、落ちていたのはビール瓶や空き缶や二十年前に販売中止になったポテトチップスのビニール袋。汚れたミッキーマウスのコミックには骨董《こっとう》的価値がありそうで心がひかれ、シャルタウアーは持ち帰ろうと手を伸ばしたが、クロイトナーに腰を肘で突かれ、「馬鹿か？」とたしなめられた。シャルタウアーはしぶしぶ腰をかがめ、前方を懐中電灯で照らしながらすすんだ。八十メートルは移動した。残りがどのくらいか確かめようと懐中電灯でまっすぐ前方を照らしたシャルタウアーはぎょっとして立ち上がり、天井に頭をぶつけて、うめきながら膝をついた。五メートル前方に鉄格子がはめてあり、その奥にしゃれこうべと人骨がうずたかく積まれていたのだ。

「昔、納骨室だったんだ」クロイトナーはいった。「それをこっちに寄越せ」

懐中電灯を受け取ると、クロイトナーは上を照らした。トンネルは鉄格子の二メートル手前で終わっていた。そこは小さな部屋になっていて、トンネルよりもすこし天井が高い。といっても、ここでも完全に腰を伸ばすのは無理だった。クロイトナーは捜しているものをすぐに見つけた。部屋の天井にはめ込まれた石のプレートだ。彼はその石を持ちあげ、石をきしませながら横にずらした。冷えた香炉の匂いが鼻をくすぐった。その穴から出ると、そこは教会の祭壇側にある控室の中だった。クロイトナーは人差し指を唇に当てて、静かにするように合図してから、シャルタウアーを引っ張りあげた。教会のホールから声が聞こえた。堂内に音が反響して、はじめは聞き取りづらかったが、いきなりこんな言葉が聞こえた。

「あの子は死んだ！　死んだんだ！　わかるか？　俺の娘は死んだ！」

その叫び声に、シャルタウアーはふるえ上がった。いつもは動じないクロイトナーも一瞬、ぞっとした。

ラートベルクはまた静かになった。ウェブカメラの前の顔が一瞬こわばった。モニターの光を浴びて、顔が明るくなっていた。逆上している、とヴァルナーは思った。きわめてまずい状況だ。奴は本当に逆上しているのだろうか。だが、ここであきらめるわけにいかない。そのときベルンハルト・ディヒルのことがヴァルナーの脳裏をよぎった。ディヒルは伐採したトウヒに腰かけていた。チェーンソーがすぐ脇の雪の上に置いてあった。彼も自分の子を失ったひとりだ。いや、彼はもっと多くのものを失おうとしている。妻を、そして子どもを。おかしい。そのことを思いつかなかったとは。コニー・ポルケはディヒルの娘だ。ヴァルナーはそう考えた。だがその考えに引っかかりを覚え、先にすすめなかった。どうして引っかかるのだろう。閃《ひらめ》いたのはそのときだ。ほんの一瞬だが、それまでに知りえた状況の全体像がぱっと眼前に浮かんだ。これまで思っていたのとは違う。見落としていたことがある。それが本当なら、とんでもないことだ。ヴァルナーは一九九〇年の謝肉祭《ファッシング》の夜のできごとをもう一度さらってみた。憶測が正しければ、少女は助かるかもしれない。冒険だ。とんでもないことだ。だが、やってみる価値はある。

「それは本当か?」ヴァルナーはいった。

ラートベルクの硬直が解けた。

「なにがだ?」

「あんたの娘が死んだということだ」

はじめてラートベルクが戸惑いを見せた。

「なんのことだ?」

「本当にわかっていないのか?」

ラートベルクは立ち上がって、スティレットをしっかり握りなおした。

「ヴァルナー刑事、おたくはやれるだけのことはした。次は取調室で会おう」ラートベルクは振り返って、少女のところへ行った。

「俺のいっていることが理解できないようだな」ヴァルナーは携帯電話に向かっていった。

「いまのは時間稼ぎじゃない。本当に質問しているんだ」

ラートベルクがもう一度カメラのほうを向いた。

「あんたはなんでその子の顔に布をかぶせている」ヴァルナーはたずねた。

「死者への崇敬の念からだ」

「違うな。その子の目を見ることができないからだろう。あんたはその目を知っている」

ラートベルクはびくっとした。墓地でのあの一瞬が、ふたたび目の前に浮かんだ。コニー・ポルケの目が冬の日差しを浴びて光った瞬間だ。十七年前、リザの目に最後の日の光が宿ったときと同じだった。

「少女の目ってのは似ているものだ。違うか？」

「認めたくないんだな？」

「なにがいいたい？」

「ディヒルがコニー・ポルケの父親なのは知っているな？」

「ああ、知っている。こっそり養育費を支払っている」

「そういうことだ。コニー・ポルケは一九九〇年二月二十七日に命を得た。あんたの娘が死んだ夜に」

「ただの偶然だ。なにがいいたい？」

「ゲルトラウト・ディヒルが養子だったことを知っているな」

「知っているとも」

「なぜだと思う？　よく聞け。ディヒルに子種がないからだ」

ラートベルクがウェブカメラの前で口をあんぐり開けた。十七年前、複雑に絡まりあった運命の糸がゆっくりとほぐれていくようだった。

「じゃあ、なんで養育費を支払っていた？」ラートベルクが口ごもった。

「子種がないことを知ったのは、何年も経ってからだ。それでも払いつづけた。結婚生活を破綻させたくなかったから」

「嘘だ。ありえない。それなら父親は、山小屋にいたもうひとりということになる。あいつらはラリっていたから、だれがだれと寝たか覚えちゃいない」

「エルトヴァンガーは夜どおし、チェストの上で昏倒《こんとう》していた。あんたが自分でいったじゃないか。仮に意識を取り戻したとしても、セックスができる状態じゃなかっただろう。事実と向きあうんだ。ほかに可能性はない」

ラートベルクは明らかにそわそわしだした。

「まさか娘が死につつあるときに、俺がラリった女と寝たっていうのか？」

「意識がはっきりしていたら、そんなことはしなかっただろう。しかしあんたもドラッグを摂取したと自分でいったじゃないか」

ラートベルクがかすかに首を横に振った。

「ドラッグのせいで、山小屋にいた者はみな、けだものと化したともいったぞ。あんたも例外じゃないってことだ。違うか？」

「そ……そ……そんな……馬鹿な。馬鹿げている」ラートベルクは取り乱し、最後まで口にすることができなかった。

「事実と向きあうんだ。その子を身籠《みご》もらせることができたのは、あんただけだ。後ろに横たわっている子、コニー・ポルケはあんたの娘だ。顔にかけた布を取って、その子の目を見てみろ」

ラートベルクは、現実を見る目を奪っている悪《あ》しきベールをはぎ取ろうとでもいうように手で顔をぬぐった。教会の天井を見てから目をつむり、気持ちを集中させようとした。だがうまくいかなかった。朦朧としながら、ラートベルクは金襴緞子の衣装に身を包まれた少女と顔にかぶせた布を見た。よろよろしながら少女に近づき、布に手を伸ばした。だがあわてて手を引いた。コニー・ポルケの目を見る勇気がなかったのだ。ラートベルクはどんどん落ち着きを失っていき、激しくあたりを見まわしてから、手にしたスティレットを見て、どうしてそんなものを持っているのかわからないとでもいうようにぎょっとした。見えない人形使いに操られたかのように手がひらき、ナイフが床に滑り落ちた。

「特別出動コマンドが到着しました。突入させますか？」ミーケがヴァルナーにささやいた。

「ラートベルクを我に返さないほうがいい。あいつはもうなにもできない」ヴァルナーはふたたび携帯電話に向かってできるだけ静かにいった。

「ラートベルク、聞こえるか？」

ラートベルクは呆然《ぼうぜん》とカメラを見つめた。その瞬間、モニターが暗くなり、また明るくなった。板切れがウェブカメラの前をよぎり、ばきっという音と共にラートベルクの顔にぶつかった。ラートベルクはとっさに両腕を上げ、そのすぐあと鼻から血を流してよろめいた。それからまた板切れが画面をよぎった。だが今回は後ろからだった。板切れはうなじに命中し、ラートベルクは床に倒れた。まず膝を突き、それから目をまわして、モニターの画面から消えた。代わりにカメラの前にあらわれたのはクロイトナーだった。いまだに板切れを手にしていて、それを気絶したラートベルクに投げつけ、カメラに顔を近づけた。

「これはオンラインで世界中につながっているそうだな。俺はレーオンハルト・クロイトナー上級巡査だ。最初の死体を発見したのも俺だから、知っている者も多いだろう……」

クロイトナーは自分の手柄話をしゃべりだした。ヴァルナーはげんなりしてミーケを見た。

「特別出動コマンドを奴のところに向かわせろ」

## 38

ラートベルクがまだ自分の娘を殺す気だったかどうか、そしてベルンハルト・ディヒルが少女の父親かどうか、それが明らかになることはないだろう。そのことを気にする者もいない。各放送局の夜のニュースでは、警官がシリアルキラーを板切れで張り倒す場面が繰り返し放送された。板切れは、ラートベルクを取り押さえるのに決定的な役割を担わなかった。だが見た目が派手だし、十秒ほどのクリップには最適だった。だからどの局もその場面を流した。ヴァルナーの電話での説得工作は、本人がビデオに写っていないし、声も録音されていなかったので、テレビ向きではなかったのだ。彼の努力は、クロイトナーの颯爽《さっそう》とした登場によって台無しになった。

コニーの身を案じて、メラニー・ポルケと彼女の元夫が現場に駆けつけていた。意識不明のコニーが教会から運びだされるのを待つあいだ、ヴァルナーはふたりに会った。ふたりは娘といっしょに救急医の車に乗った。救急医の車のドアが閉まるときに見せたメラニーのまなざしをどう捉えたらいいか、ヴァルナーにはわからなかった。そこには非難の色があった。彼が嘘をついたからだ。しかしほかに方法があっただろうか。いろいろなところで、違うやり方があったかもしれない。だがもう手遅れだ。

ヴァルナーは特別捜査班を招集して、全員をねぎらった。起訴するまでの作業は、いつものチームで充分だ。ヴァルナーは全員にグリューワインを振る舞い、残ったクリスマスクッキーを食べ終わったら特別捜査班を解散すると宣言した。

七時半ごろ、ヴァルナー、ティーナ、ルッツ、ミーケの四人は〈鸚鵡亭〉に繰りだし、一杯ひっかけることにした。途中、ヴァルナーは祖父のマンフレートを拾った。メラニー・ポルケはカウンターにいなかった。その晩は休みを取っていた。代わりにほっぺたの赤い田舎美人がいたので、マンフレートは大喜びした。祖父はそのウェイトレスをほめそやし、手をなでた。

ティーナとルツは十時ごろ、席を立った。ティーナは娘のファレリーのことが気がかりだったからだ。また外出する許可を与えたが、十時半を門限にしていた。ルツは待つ人のいない住まいに帰った。そんな家にどうして帰る気になるのか、だれにもわからなかった。しかしルツは十時を過ぎるまで飲むことはなかった。いつもそうだった。

ミーケは十時半に別れを告げた。クロイトナーが〈マウトナー〉に繰りだしたらしく、これからそっちにまわってみるという。いったいなにをしゃべるかわかったものではないからだ。友だちからショートメールがあって、クロイトナー目当てで複数の放送局のチームが〈マウトナー〉にあらわれ、インタヴューしようとして、クロイトナーの取りあいになっているらしい。ミーケは、自分にも話をする機会があるかもしれないといった。ヴァルナーはミーケにいった。

「幸運を祈る。それから朝の九時までにデスクを片付けるように。やってなかったら、チームから追いだす」

ミーケはげらげら笑い、ヴァルナーの肩をやさしく叩いた。ついでにマンフレートの肩をそっと叩くと、マンフレートがハイチェアから滑り落ちそうになり、ヴァルナーとミーケはあわてて受け止め、もう一度、椅子にすわらせた。それからミーケは立ち去った。ヴァルナーはミーケの背中に声をかけた。

「ちゃんとドアを閉めていけよ」

ミーケはよくドアを開けっぱなしにする。

飲み過ぎたんじゃないか、とヴァルナーがたずねると、マンフレートは、そんなことはないといって、田舎美人にもう一杯白ビールを注文した。

「またぞろ女漁《あさ》りかい？」ヴァルナーはいった。

「くだらん」マンフレートが唸るようにいった。「この年になると、目の保養だけで充分だ」

赤い頬のウェイトレスがカウンターの上に取り付けた棚からグラスを取ろうと手を伸ばした。セーターが上がった。へそが見えると思ったか、マンフレートは体を低くした。ヴァルナーは念のためマンフレートの袖をつかんだ。

「よくいうよ」ヴァルナーはいった。「昨日のジャーナリスト。大したものだ」

「ああ、あいつか！」マンフレートがいった。苦虫をかみつぶしたような顔になった。

「どうしたんだ？　てっきり……。朝シャワーを浴びていたじゃないか」

「ホテルに歩いて帰れないほど飲んでたからな」田舎美人のウェイトレスが白ビールを持ってきた。マンフレートが一瞬、顔を輝かせた。「ありがとうな。いい子だ。わしにはわかる。

八十年も年季を積んでいるからな」

田舎美人は笑った。マンフレートのお世辞を本当に喜んでいるようだった。

ヴァルナーは、祖父がチャーミングなことを認めるほかなかった。ウェイトレスがいなくなると、マンフレートはじっとビールの泡を見つめた。これから口にする一杯を楽しみにしながら、グラスをつかんだ。手はふるえていなかった。ヴァルナーは祖父がグラスを置くときに、すこしだけ手を貸した。白ビールで有頂天になったマンフレートはまた現実に戻って、眉間にしわを寄せた。

「あれはだめだ」マンフレートはジャーナリストのことをいっていた。「わしは客間で寝た」

祖父がシャロン・ストーンをベッドに誘い込めなかったと知って、ヴァルナーはなんとなくほっとした。マンフレートがせっかくの機会を逸したことが残念でもあったが、なにもなかったとわかって、気持ちが楽になった。

「また機会はあるさ。もうちょっとだったじゃないか」ヴァルナーはそういってなぐさめた。

「馬鹿をいうな。その話はもうよそう。それより、おまえがうまくやれないのが、歯がゆくてならん。おまえは有名になったのに」

「そんなことはない。有名になったのはクロイトナーさ。まあ、それでいい。さもないと、女のジャーナリストが次々と迫ってきて困るからな」

「それはそうと、土曜日に髭を剃ったときのお相手はどうなった？」

ヴァルナーは憂いを帯びた目でビールサーバーを見た。だがそこにいるのは田舎美人だ。

「だめだろうな。いつものことさ。だろう？」

「焦ることはない」マンフレートはいった。本当をいうと、このままではもうすぐ相手が見つからなくなると心配している。そのとき店の電話が鳴った。田舎美人が電話を取った。電話で話をしながら、何度もヴァルナーを見た。

「おまえを見ているぞ」マンフレートがヴァルナーをつついた。

「がんばれ。わしはタクシーで帰る」

「見てわからないのか？　忠告を受けてるのさ」

「若い子はいい」マンフレートはささやいた。「長いあいだ楽しめる」

マンフレートの最後の言葉が聞こえたのか、田舎美人がまたヴァルナーとマンフレートを見た。ヴァルナーはダウンジャケットを頭からかぶりたかった。いいかげんにしろ、とマンフレートに目で合図した。すると田舎美人が電話に向かっていった。「ええ、たぶん、その人ね」そしてヴァルナーのところへやってきた。

「お客さんはクレメンス？」田舎美人がたずねた。ヴァルナーがうなずくと、電話を渡した。

「メラニーが話したいそうよ」そういって、ヴァルナーに電話を渡した。マンフレートは目を輝かせ、目配せをしていった。

「さあてと、タクシーで帰るとするか」

# 謝辞

このプロジェクトを支援してくれた方々に感謝の意をあらわします。なかでも数々の質問に忍耐強く答えてくれたミースバッハ刑事警察署のヨハン・シュヴァイガー第一首席警部とコンラート・パウルス首席警部に感謝します。ふたりからはたくさんの刺激をもらいました。

## レーオンハルト・クロイトナー上級巡査とハイキング

読者のみなさんへのサービスとして、地元に詳しい人物にお気に入りのハイキングコースを教えてもらうことにしました。レーオンハルト・クロイトナー上級巡査は昔から親しまれているコースを三本選んでくれました。ハイキングひと筋で、途中休憩することなど眼中にない人にたずねたら、コースの選択はまったく違ったものになったでしょう。しかしまともな選択では面白みに欠けます。

☞リーダーシュタイン（ガラウン丘陵）、所要時間　四十分

ここは、俺たち警官にとってとくになじみのコースだ。ここで未解決殺人事件が起きているからだ。行き方はテーゲルンゼー駅を起点にアルプアッハ谷を抜ける。時間がたっぷりあって、喉が渇いていなければな。ただし長い道のりになる。機転が利く奴《やつ》なら、テーゲルンゼー市をさらに南下して、ロットアッハ市の手前で左折し、登山口の駐車場まで車で上る。

そこからならガラウン丘陵の食堂まで徒歩で三十分から四十五分だ。あそこは最高だ！　まる一日テラスにすわって、テーゲルンゼー谷の眺望を楽しみながら白ビールを飲み、ほうれん草のクネーデル（ドイツ語で「団子」の意）を食べて過ごせる。ほうれん草のクネーデルはチロルから伝わった料理だが、白ビールを飲みながら食べるとうまい。

俺は、日暮れまでテラスでのんびりするが、リーダーシュタインの天辺《てっぺん》に登る奴も多いな。リーダーシュタインの天辺は食堂のすぐ先だ。高さにして百四十メートル。ただし急な階段がつづく。天辺には小さな礼拝堂があるだけで、食堂などはないから、登ってもつまらない。それでも観光客は先を争って登る。どういう頭をしているんだろうと、つくづく思うよ。まあいい。せっかく登ったのなら、マリア洞窟も見学するといい。一八九七年、ひとりの労働者がここで骸骨を見つけて、リュックサックに詰め込み、〈ブロイシュトゥーベル〉まで運んだ。そいつがしゃれこうべをビールジョッキの横に置いたものだから、みんな、興味津々だった。骸骨は猟師のポッティンガーだという奴が多かった。その猟師は一八六一年に行方不明になっていたんだ。ポッティンガーは当時、地元の英雄だったから、別の猟師に妬まれて撃ち殺されたんじゃないかって噂《うわさ》されていたが、正確なところはわからない。つまり未解決事件ってこと。

でも、スタニスラウス・クメーダーが礼拝堂のすぐそばで射殺された事件は、俺が解決した。事件当時、俺は奴と五メートルと離れていないところにいたんだ。こういっちゃなんだが、俺が一八九七年に生きていたら、リーダーシュタインで見つかった骸骨がだれなのかとっくにわかっていただろうな。

☞ノイロイト山、所要時間　五十分

冬に楽しく過ごそうというのなら、夜のノイロイト山をすすめる。テーゲルンゼー市から車でノイロイト通りを上る。ただし道は急なので気をつけること。アクセルを踏んでも、車がさがることがあるほどだ。あいだの二月、このあいだの二月、ゼンライトナーがとんでもないことをやらかした。あいつの運転する車がさがったとき、ラウベルト・キリアンが車をぶいぶいいわせて後ろから上っていた。あそこでぶつからなけりゃ、ラウベルトはゆうゆう上ってみせただろう。この二台がずるずるさがってきたものだから、俺のパサートはお釈迦《しゃか》。しかも俺たちの三台が、ゲッピンゲンから来たBMWと東アルゴイから来たアウディを巻き添いにした。俺たちは腹を抱えて笑ったもんさ！　その夜はノイロイト山まで行かなかったけどな。
　普通はもちろん上まで行く。ノイロイト山でのお楽しみといえば、夜のソリ遊びさ。上まで行けば、堪能《たんのう》できる。滑るときは、声をださない。どうせ声をだしても、夜だからなにも見えないし、見えたときは手遅れだ。声をあげて叫ぶときは、注意喚起するときだ。だけど、どうせなんの役にも立たない。避《よ》けることなんてできないからさ。右も左も雪の壁。滑走者が道を登ってきた連中と鉢あわせしたら、一巻の終わり！　ブレーキなんて利くわけがない。とくにアイスバーンのときはね。そしてあそこはいつもアイスバーンときた。

ノイロイト山で傑作だったのは、ハリー・リンティンガーが最初のカーブをまわりきれずにそのまま森に突っ込んだときだな。トウヒに激突。ハリーの傷を縫った医者まで、目に涙を浮かべるほど笑ってた。とにかく冬のノイロイト山は楽しさ満点の穴場だ。

## ☜ヴァイスアッハアルム、所要時間　五分

ミュンヘンの連中は、ヴァイスアッハアルムを「カモのアルム」って呼んでいる。みんな、ここにカモを食べにくるからだ。「カモのアルム」の本当の名前はヴァイスアッハアルムだけど、あそこのカモ料理はたしかに絶品だ。

車で行くときは、クロイトの手前で左折する。二、三百メートル行くと駐車場がある。その駐車場から徒歩で百メートルのところに木の橋がある。そこを渡るとヴァイスアッハアルムだ。登山といえるほどきつくはないが、危険と無縁かというと、それは違う。カモ料理は胃にもたれることを忘れちゃいけない。そういうときは酒がすすむ。果実蒸留酒を一本あけてからの帰り道は楽じゃない。たとえば二〇〇五年の新年、ゼンライトナーは車まで歩くことができなかった。俺はしらふだとか豪語して、橋の欄干に乗って歩いたから、さあ大変。

しかも呂律《ろれつ》がまわらず、なにをいったのか、俺たちにはわからずじまい。だけど、あいつが欄干に乗った瞬間、どういう結末が待っているか、俺たちにはお見通しだった。運がよかったのは、ヴァイスアッハが増水していたことだ。さもなかったら、あいつは川床の岩で頭をかち割っていただろう。その代わり、川に流され、俺たちは何キロも先であいつを川から引きあげる羽目に陥った。そのとき、あいつはすっかり酔いがさめていた。教訓——ビギナー向けのハイキングも、甘く見るな！

# 解説

大矢博子

ドイツの人気ミステリ作家、アンドレアス・フェーアの『咆哮《ほうこう》』をお届けする。

すでに日本では『弁護士アイゼンベルク』『弁護士アイゼンベルク　突破口』（創元推理文庫）のリーガルサスペンス二冊が刊行され高い人気を得ているフェーアだが、彼の出発点たるデビュー作が、本国で二〇〇九年に刊行されたDer Prinzessinnenmörder、すなわち本書である。直訳すると『プリンセス殺し』という意味だ。

小学館文庫には初登場なので、まずは著者の紹介から始めよう。

アンドレアス・フェーアは一九五八年、ドイツのバイエルン州生まれ。本書の舞台であるミースバッハ郡のテーゲルンゼーで学生時代を過ごした。その後、バイエルン州の放送メディアで法律関係の職務に携わりながら、ミステリ・ドラマの脚本家として活躍する。

インタビューによれば、小説を書こうと思ったのは、時間という制約のあるドラマと違って、制限なくストーリーを複雑にしたり登場人物を描きこんだりできるからとのこと。もちろん映像に頼れない分、緻密な書き込みが必要になると語っている。そういえば本書にも、小説の自由度の証明と言えるような趣向があった。著者がほくそ笑むのが目に浮かぶようだ。

この『咆哮』は翌年のフリードリヒ・グラウザー賞（ドイツ推理作家協会賞）の新人賞を受賞。以降、本書を第一作とする「ヴァルナー&クロイトナー」シリーズは十二年で八巻を数え、著者の看板シリーズとなった。

物語は、ミースバッハ警察の警官・クロイトナーが死体を発見した場面から始まる。カーリング大会の下見に行き、湖に張った氷の下に十六歳の少女の体が浮かんでいたのを見つけたのだ。奇妙なことに彼女は刺殺されたあとで金襴緞子《きんらんどんす》のドレスを着せられるという、まるでプリンセスの仮装のような姿で発見された。また、現場の近くには犯人が残したと思《おぼ》しき受難者記念碑（事故や遭難で亡くなった人を弔う木の十字架）があり、そこに被害者の名前と死亡日が刻まれていた。さらに口の中から「2」という数字が刻まれたバッジが発見されるなど、事態は混迷を深める。

ヴァルナー首席警部の指揮のもと、捜査員総出で被害者の周辺を調べているとき、思いも掛けない場所から第二の被害者が出た。ひとりめの被害者は裕福なお嬢様だったが、ふたりめは農家の娘。しかしやはりプリンセスのようなドレスを着せられ、数字の書かれたバッジが残されていた。犯人はシリアルキラーなのか。この連続殺人の目的は何なのか——。

本書には大きく分けて三つの読みどころがある。ひとつずつ見ていこう。

まずはミステリとしてのレベルの高さだ。装飾された死体というミステリファン垂涎《すいぜん》の外連味《けれんみ》。被害者たちに関連性の見出《みいだ》せないミッシング・リンク。わざと残したとしか思えない手がかりの数々。さらには殺人事件と並行して語られる父娘《おやこ》の遭難の顛末《てんまつ》が、どう本筋に絡んでくるのか。序盤から実に魅力的な材料がちりばめられ、一文字たりとも読み逃せない。

だがそのまま「犯人は誰か」を追うのかと思いきや、事件は意外な展開を見せる。具体的に書くのは避けるが、読者にだけ警察より先に多くの手がかりが与えられるのだ。その結果、警察はいまだに「誰が」を追っているのに、読者は一段階先の謎を追うことになる。すなわち「なぜ」だ。しかもその「なぜ」も、詳細はわからないまでもうっすら見当がつくようになっている。

おやおや？　ずいぶん親切なミステリではないか——と思った。だがそれが著者の手だ。それで警察に先んじたと思ってはいけない。さらなる逆転が待っている。終盤に用意された何重ものサプライズはまったく予想外のところから飛んでくる、とだけ書いておこう。

ふたつめの読みどころは、キャラクターが生み出す物語の緩急だ。

先ほど、著者の紹介のところで「ヴァルナー&クロイトナー」シリーズと書いたが、本書の時点では、このふたりがいわゆるコンビのように活躍するわけではない。ドイツの州警察には、制服警官による外勤部門である保安警察（SchuPo）と私服刑事による犯罪捜査部門の刑事警察（KriPo）があり、作中にふたりの役職などは明記されていないものの、その職務内容からクロイトナーは保安警察、ヴァルナーは刑事警察であることがわかる。所属が違うわけで、いわゆるバディを組んで動く警察小説とは形が異なるのだ。

そのふたりがなぜシリーズ名で並んでいるのか？

ヴァルナーは刑事警察の捜査官として、極めて真面目《まじめ》で、労を惜しまず仕事をひとつずつ着実にこなしていくタイプ。部下に対しても厳しいが、その一方で部下のプライベートまで気を回したりという優しさも持っている。

一方、クロイトナーは正反対だ。勘と勢いとノリで動くタイプとでも言うべきか。そもそも最初に死体を見つけたのも、明け方まで呑《の》んで、「酔い覚ましのドライブ」に出たからなのである。警官が酔い覚ましのドライブって！　死体を見つけた話を膨らませて酒場で自慢げに話したりもするし、さしたる考えもなく独断で動くことも多い。クロイトナーについている見習い警官の苦労たるや。

シリアスなヴァルナーのシーンとコミカルなクロイトナーのシーンが、サスペンスとユーモアの絶妙な緩急を生む。ヴァルナーが緻密にひとつひとつ積み上げた計画のど真ん中を、クロイトナーがあれこれ薙《な》ぎ倒しながら走り抜けるという感じか。たとえば作中、ある人物が部屋に閉じこもってしまったとき、ヴァルナーは時間がかかっても鍵屋を手配する。窓はあるが中の様子がわからず、部下を危険な目には遭わせられないという判断だ。ところがそこで、独断即決即行動で窓を割って入ってしまうのがクロイトナーなのである。

このふたりのすれ違いが妙におかしい。終盤に決定的なすれ違いがあるのだが、手に汗握る緊迫感たっぷりの場面なのに、思わず笑ってしまった。

おかしいといえば、ヴァルナーの祖父、マンフレートもなかなかだ。歳《とし》をとって体も衰えているのに気持ちだけは現役で、ヴァルナーを脱力させることしきり。

おっと、誤解されそうだが、事件はとてもシビアで、悲しくて、重いものなのである。だがこういった楽しいキャラクターの存在で読者はふっと息をつくことができる。逆に笑える場面があるからこそ、その対比で残酷な場面がより残酷に浮かび上がる。人生は常に重く苦しいだけではないし、また楽しいだけでもない。そのふたつが混じってこそなのだ。このバランス感覚は著者の大きな武器である。

そして最後の読みどころは、バイエルンのご当地ミステリであるということ。

前述したようにミースバッハ郡は著者の故郷である。インタビューでは実在の場所を使うことの制約（勝手に都合の良い場所を設定できない、嘘《うそ》を書くとばれるなど）は充分認めながらも、テーゲルンゼーのような多くの人が知っている観光地を舞台にすることで、読者がその光景を思い浮かべやすくなるという利点を説いている。

日本の読者が光景を思い浮かべるのは難しいだろうが、警察主催のカーリング大会があるとか、謝肉祭の仮装とか、バックカントリースキーとか、あるいはマンフレートが作る料理や鸚鵡《おうむ》亭《てい》で出るお酒などなど、南ドイツの生活感にたっぷりと浸れるのは間違いない。なにしろ、巻末にはクロイトナーによる観光案内までついてるんだから！　そうそう、クロイトナー（Kreuthner）の名前はテーゲルンゼーの近くの地名、Kreuthから発想したとのこと。著者の郷土愛がわかるエピソードである。

本書でバイエルン地方に興味を持たれた方には、コージーで楽しい田舎ミステリのフォルカー・クルプフル＆ミハイル・コブルの「中年警部クルフティンガー」シリーズ（『ミルク殺人と憂鬱な夏』『大鎌殺人と収穫の秋』ハヤカワ・ミステリ文庫）をお勧めする。また、ぐっとシビアで重いものがお好みの方には、南バイエルンの森で実際に起きた事件をモチーフにした、アンドレア・M・シェンケル『凍える森』（集英社文庫）を紹介しておこう。そこからさらに、ベルリンなどドイツの他の地方ものにも手を伸ばしていただきたい。ネレ・ノイハウスやフェルディナント・フォン・シーラッハに代表される豊穣《ほうじょう》なドイツミステリの森が、あなたを待っている。

外勤のクロイトナーと刑事のヴァルナー、この凸凹コンビ（と言っていいのかな?）がこれからどんな活躍を見せてくれるのか。バイエルン州の自然や行事や生活には他にどんな魅力があるのか、この先が楽しみでならない。ぜひとも続刊が翻訳刊行されることを願っている。

（おおや・ひろこ／書評家）

参考：https://www.herzgedanke.de/interview-mit-andreas-fohr

## 本書のプロフィール

本書は、二〇〇九年一月にドイツで刊行された小説『Der Prinzessinnenmörder』を、本邦初訳したものです。

小学館文庫

咆哮《ほうこう》

著者　アンドレアス・フェーア
訳者　酒寄進一《さかよりしんいち》

二〇二一年一月九日　初版第一刷発行

発行人　飯田昌宏
発行所　株式会社　小学館
〒一〇一-八〇〇一
東京都千代田区一ツ橋二-三-一
電話　編集〇三-三二三〇-五一三四
　　　販売〇三-五二八一-三五五五
印刷所――図書印刷株式会社


ISBN978-4-09-406803-0